CASA DE CINZAS E SOMBRAS

LEIA STONE

TRADUÇÃO SANDRA MARTHA DOLINSKY

CASA DE CINZAS E SOMBRAS

SÉRIE CIDADE DOURADA - LIVRO UM

FARO EDITORIAL

Diretor editorial **PEDRO ALMEIDA**
Coordenação editorial **RENATA ALVES**
Editora-assistente **LETÍCIA CANEVER**
Tradução **SANDRA MARTHA DOLINSKY**
Preparação **DANIELA TOLEDO**
Revisão **PAMELA J. OLIVEIRA e CARLA SACRATO**
Imagens de capa e miolo **ADOBE STOCK | @ssstocker | Fay Lane | Alerim**
Diagramação e adaptação de capa **VANESSA S. MARINE**

Dados Internacionais de Catalogação na Publicação (CIP)
Jéssica de Oliveira Molinari CRB-8/9852

Stone, Leia
Casa de Cinzas e Sombras / Leia Stone ; tradução de Sandra Martha Dolinsky. — São Paulo : Faro Editorial, 2025.
256 p. (Coleção Cidade Dourada ; vol 1)

ISBN 978-65-5957-865-8
Título original: House of Ash and Shadow

1. Ficção norte-americana 2. Literatura fantástica I. Título II. Dolinsky, Sandra Martha III. Série

25-2868 CDD 843

Índices para catálogo sistemático:
1. Ficção norte-americana

FARO EDITORIAL

1ª edição brasileira: 2025
Direitos de edição em língua portuguesa, para o Brasil, adquiridos por FARO EDITORIAL.
Avenida Andrômeda, 885 - Sala 310
Alphaville — Barueri — SP — Brasil
CEP: 06473-000
www.faroeditorial.com.br

PARA MINHA SOBRINHA
AVERY. NÃO IMPORTA
SE VOCÊ LÊ RÁPIDO
OU NÃO: VOCÊ AINDA
PODE SER A PESSOA
MAIS PODEROSA
DO MUNDO.

1

— Feliz aniversário! — gritamos eu e Sorrel em uníssono, saindo de baixo da mesinha da cozinha onde estávamos escondidos.

Meu pai havia acabado de entrar em nossa cabaninha depois de um longo dia de trabalho, e embora parecesse estar exausto e meio corado, um sorriso se abriu em seu rosto.

Peguei o bolo meio torto que eu havia feito e o estendi para ele, me arrastando pelo chão de terra batida de nossa cabana.

— Laranja com amêndoas? — perguntou ele, animado.

Fiz que sim.

— Seu favorito. Com cobertura de mel das abelhas da senhora Lancaster.

Eu não era tão boa confeiteira quanto meu pai, mas sabia me virar na cozinha.

Minha vizinha e querida amiga Sorrel tirou a bolsa de ferramentas de meu pai e a deixou no chão para que ele pudesse se sentar à mesa conosco.

Papai se aproximou da mesa meio devagar e eu franzi a testa.

— Ainda está com febre?

Ele havia sofrido um arranhão no rio, uns dias antes, e a ferida havia infeccionado.

Meu pai fez que sim e olhou para Sorrel.

— Passei o óleo de nim que você me deu hoje de manhã.

Sorrel era nossa autodidata especialista em herbologia. O que lhe faltava em magia de cura ela compensava com inteligência.

— Agora você está com quantos anos? Uns setenta? — brinquei.

Ele deu uma risadinha.

— Quarenta e quatro, quase setenta.

Ele alongou o pescoço. Havia sujeira sob suas unhas e até nas orelhas pontudas. Como ele era um dos principais trabalhadores de nossa aldeia, eu não me lembrava de uma única vez que meu pai houvesse voltado para casa limpinho. Ele era muito esforçado, e eu tinha orgulho disso.

— Conseguiu consertar a represa? — perguntou Sorrel enquanto cortava um pedaço de bolo para ele e o servia.

Ele fez que sim com a cabeça.

— Já remendamos; o lago deve aguentar.

Isariah, nossa cidadezinha, ficava a três horas de caminhada da Cidade Dourada, lar dos feéricos mais poderosos do reino. Lá havia água encanada e outras comodidades em abundância, mas nós tínhamos de nos virar com o que podíamos arranjar sozinhos. O que significava uma represa artificial no rio Cobra Morta, que desaguava no lago Mirtilo, apropriadamente batizado por conta das centenas de pés de mirtilos silvestres que cresciam em seu perímetro. O rio Cobra Morta havia ganhado esse nome porque, sem a represa, era um riacho fraco que não podia sustentar mais de dez pessoas.

O lago e a represa eram cruciais para nossa sobrevivência; não só bebíamos a água deles, como também irrigávamos nossos campos e nos lavávamos com ela. Se os perdêssemos, ninguém ligaria se um bando de feéricos banidos e sem poderes mágicos morressem de sede ou fome.

Sorrel serviu bolo para mim e eu pensei em tirar minhas luvas, que chegavam até os cotovelos, para comer. Mas melhor ficar com elas para evitar acidentes. Eu não queria estragar o grande dia de meu pai me contorcendo de dor no chão.

— Fallon, qual é sua lembrança favorita com seu pai? — perguntou Sorrel, dirigindo-se a mim enquanto comia o bolo.

Sorri, olhando para o homem que havia me criado como se eu fosse sua filha.

— Quando eu tinha doze anos — respondi. — No dia em que cheguei da escola chorando porque as crianças ficavam me tocando para ativar minha maldição.

Meu pai estendeu a mão e a pousou sobre a minha — sobre a luva, com cuidado para não tocar minha pele nua.

— Lembro bem desse dia.

Meu coração ficou apertado ao pensar naquele dia tão doloroso, tanto físico quanto emocionalmente. Eu havia nascido com uma maldição sobre a qual não tinha nenhum controle, e injustamente tinha que carregá-la pelo resto da vida.

— Você me disse uma coisa, nesse dia, que nunca mais esqueci — disse eu. — Você disse que eu não podia controlar a maneira como as pessoas me tratavam, mas que podia controlar minha reação aos maus-tratos delas. Que isso me definiria como pessoa.

Aquilo havia sido um ponto de virada em minha vida. Eu poderia ter seguido um caminho sombrio, revoltada e odiando o mundo; mas graças a meu pai, escolhi focar no que eu podia controlar e nas bênçãos que eu recebi.

Sorrel pigarreou.

— Se bem me lembro, naquele dia ele também te deu a adaga dele e disse que era para você se proteger, se necessário — disse ela, indicando meu quadril, onde eu costumava levar a faca.

Caímos na gargalhada e meu pai concordou.

— Bem, a moral da história é: seja gentil com os outros, mas, se for preciso, defenda-se.

— Senhor Brookshire, sua vez. Sua lembrança favorita com a Fallon — disse Sorrel. Era tradição em Isariah compartilhar histórias em aniversários e feriados, uma vez que não tínhamos moedas para dar presentes.

Ele se recostou e olhou para mim com um olhar afetuoso.

— Essa é fácil. O dia em que te encontrei.

Senti um nó na garganta ao ouvir suas palavras e lembrei que tinha sido levada para Isariah na calada da noite, dezessete anos atrás. Eu havia sido deixada no portão da casa, dentro de uma cestinha, ainda com o cordão umbilical amarrado às pressas.

Dentro da cesta, escondido em meu cobertorzinho, havia um bilhete com apenas quatro palavras:

Não toque nela. Amaldiçoada.

Já dá para imaginar o que isso provocou no povo de minha aldeia: ficaram em alvoroço. Que tipo de maldição? Uma maldição mortal para quem tocasse em mim? Uma maldição para a terra que dizimaria as plantações? Uma doença que se espalharia pela aldeia como uma pneumonia e eliminaria todo mundo?

Ninguém me queria.

Fiquei na cesta, chorando noite adentro, até que, finalmente, nas primeiras horas da manhã, um jovem de vinte e poucos anos saiu à rua. Ele havia perdido a esposa por causa de uma doença respiratória um ano antes, e nunca tiveram filhos. Queriam ter tido, mas ela era estéril. Sem hesitar, ele pegou minha cesta. Como ele não morreu de imediato, as pessoas se aproximaram para me ver.

— É só uma criança inocente — disse o homem. — Vou cuidar dela, e qualquer maldição que ela carregue cairá sobre mim.

Foi assim que meu pai se apegou a mim. Ele me amou quando ninguém mais me queria, quando todos morriam de medo de chegar perto de mim.

Mais que depressa ele aprendeu que "não toque nela" *literalmente* significava não tocar em minha pele. O que causava prazer em todo mundo, em mim provocava uma dor insuportável. Um simples toque de pele era como se eu houvesse sido atingida por um raio. Já dá para imaginar, trocar a fralda suja de um bebê cuja pele não se podia tocar era quase impossível. Nos primeiros cinco anos da minha vida, meu pai tinha usado luvas até os cotovelos. Por mais que ele quisesse me livrar da maldição que me afligia, o fardo era meu, eu teria que carregá-lo sozinha.

— Esse também foi meu dia favorito — disse eu, abrindo um sorriso largo. — Mesmo sem lembrar de nada.

Então, eu e Sorrel começamos a contar uma infinidade de lembranças favoritas da infância, que nos faziam rolar de rir.

Por fim, olhei para meu pai e vi gotas de suor em sua testa, e seu rosto, antes corado, agora estava pálido.

— Você não parece bem, pai. Não quer tomar um banho e descansar um pouquinho?

Ele deu um sorrisinho e um tapinha em minha mão coberta.

— Você sempre pensa no seu velho. — Ao se levantar, ele fez uma careta e levou a mão à lateral do corpo. Eu e Sorrel trocamos um olhar preocupado. Meu pai se segurou na cadeira e cambaleou.

— Pai! — Eu me levantei com o coração disparado.

Sorrel foi mais rápida; levantou-se às pressas e foi até meu pai, que estava pálido como se fosse de cera.

Então, horrorizada, eu o vi cambalear mais uma vez e cair como um saco de batatas. Seu corpo fez um baque quando bateu no chão e eu gritei e corri para tentar pegá-lo. Mas não adiantou. Ele era pesado, e mesmo estendendo as mãos cobertas, não consegui.

— Sorrel! — gritei em pânico. Ela colocou a cabeça dele no colo, enquanto eu esticava suas pernas, para que ele ficasse todo estendido, de costas no chão.

Sorrel ficou cuidando de meu pai, enquanto eu andava de um lado para o outro pelo chão de terra batida da cabana.

— Ainda está infeccionado. Está com um cheiro podre — disse Sorrel, franzindo a testa enquanto cutucava o abdome de meu pai.

— Aquele cortezinho? — Eu me inclinei sobre ela e olhei o cortezinho perto do umbigo dele. Meu sangue gelou. Estrias vermelhas e profundas saíam do corte e subiam pelo seu peito; mas o corte em si era ridículo de tão pequeno. Ele havia se arranhado num galho perto do rio outro dia. Eu estava junto. — Essa coisinha? — Franzi a testa, a inquietação caía sobre mim como uma sombra.

Sorrel olhou para mim com terror.

— Eu já vi isso antes. Estrias vermelhas que vão na direção do coração significam morte em 24 horas. — Ela indicou as estrias vermelhas, que já cobriam metade do caminho para o coração dele, e eu fiquei sem ar.

Morte?

Não.

— Foi… foi só um galho. Um galhozinho besta. — Um soluço se formou na garganta; Sorrel cobriu a barriga de meu pai com um pedaço de pano. Então, pousou a cabeça dele delicadamente no chão e se aproximou de mim.

— Eu sei que ele é importante para você — disse, tentando me consolar.

Pela Luz. Ela estava me olhando como se eu fosse perder meu pai a qualquer momento. E justo no dia do aniversário dele.

— Ele é tudo o que eu tenho — murmurei. Parecia que meu coração ia sair pela boca só de imaginar perdê-lo. — Colocamos mais óleo de nim? Ou melhor eu ir buscar umas ervas? Faça uma lista e…

— Fallon. — Sorrel segurou minha mão coberta. — Isso está além da minha compreensão. Você sabe que, se eu pudesse ajudar, ajudaria, mas…

— Não — rosnei, tentando me controlar; eu não podia entrar em choque. Ele precisava de mim. — Eu não vou aceitar. Do que você precisa para salvá-lo? — Olhei para Sorrel com firmeza.

— Um curandeiro feérico da Cidade Dourada ou uma tintura antigermes de um boticário — zombou ela.

Eu sabia que Sorrel estava sendo sarcástica, mas ela não sabia até onde eu estava disposta a ir para salvar o homem que me tratou como uma pessoa quando todo mundo tinha me abandonado.

— Tá bom — eu disse, soltando a mão dela e atravessando a cozinha para ir até meu quartinho. Os sacos de dormir estavam uma bagunça; eu não os havia arrumado como ele havia me pedido, e agora me arrependia. *Eu deveria ser uma filha mais obediente.*

Me larguei no chão, alisei os dois cobertores grossos e dobrei as pontas como ele gostava; a seguir, fui até meu bauzinho.

— Ei, Fallon… — Ouvi a voz de Sorrel à porta enquanto eu pegava minha pequena adaga no baú e a guardava na bota. — O que está fazendo? — perguntou por fim.

Sorrel era uma amiga querida; nunca zombava de mim por causa de minha condição e tomava muito cuidado para não me tocar. Quando éramos pequenas, ela jogava pedras nas crianças que me zoavam tocando os próprios braços e fingindo chorar e ter convulsões como eu.

Ela era uma joia rara; mas também era toda certinha. Como pessoas expulsas da Cidade Dourada e sem poderes mágicos, o povo de Isariah já tinha muita coisa contra nós. Sorrel achava que podia compensar isso aprendendo a ler e tentando se especializar em herbologia. Tentava elevar seu status por meio de métodos acadêmicos, e eu a respeitava por isso, mas ela não concordaria com o que eu pretendia fazer. Inclusive, talvez até tentasse me impedir, por isso, quanto menos eu contasse, melhor.

Fiquei em pé e coloquei minha pesada capa cinza, curta demais e cheia de buracos. A seguir, calcei minhas grossas luvas de camurça até os cotovelos. Sorrel começou a andar de um lado para o outro à porta do quarto.

— Fallon, eu estava brincando! Você não pode ir lá e pegar um curandeiro da Cidade Dourada.

Concordei.

— Vou buscar a tintura primeiro.

Ela arregalou os olhos.

— Os únicos boticários que vendem tinturas antigermes ficam *lá dentro* da Cidade Dourada.

Concordei de novo e fiquei em pé para encará-la.

— Não deixe que ele morra até eu voltar; senão, *nunca* vou te perdoar.

Vi a tristeza em seu rosto, e eu sabia que não era justo dizer isso e pressioná-la, mas estava desesperada.

— Você não pode estar falando sério! Fomos banidas. O preço de invadir ilegalmente a Cidade Dourada sem poderes mágicos é a morte.

Lágrimas encheram meus olhos, embaçando minha visão, e então transbordaram e rolaram pelo rosto.

— Se ele morrer, vou morrer por dentro; aí não faz mal se me matarem — eu disse. — Agora, por favor, *saia da frente.*

Sorrel sabia que eu não podia lutar fisicamente com ela. Bastava que ela estendesse a mão e roçasse um pedacinho de carne exposta e eu cairia de joelhos em agonia.

Ela engoliu em seco.

— Você é tão teimosa. — Havia derrota em sua voz. Ela era dois anos mais velha e eu a considerava como uma irmã. Ela e a mãe moravam ao lado de nós e havíamos crescido juntas. Não havia ninguém em quem eu confiasse mais do que nela para manter meu pai vivo.

— Sei que sou — concordei.

Ela levou a mão ao rosto para enxugar uma lágrima perdida.

— E se eu pudesse, abraçaria você agora. Droga.

— Eu também sei disso — disse com voz trêmula. Não podíamos arriscar... até o cabelo de alguém roçando em mim desencadeava minha maldição.

Ela saiu pela porta, cabisbaixa.

— Que a Luz te proteja.

Que a Luz me ajude a invadir a botica e sair sem ser vista, era o que eu queria dizer.

Fui até meu pai e acariciei seu rosto com minhas luvas de camurça. Ele se mexeu de leve; sua pele cinzenta e cerosa estava coberta de suor. Com seus quarenta e poucos anos, ele já tinha uns fios grisalhos nas têmporas, mas era um dos homens mais fortes da aldeia. Eu não deixaria que a Luz o levasse por causa de uma infecção provocada por um galho de árvore idiota!

— Aguenta aí, meu velho, não vou deixar você partir assim tão fácil, não — eu disse, e então, parti para a proibida Cidade Dourada.

Eu nunca havia entrado lá, não sabia onde ficavam as boticas e não tinha moedas nem status para atingir meu objetivo. As chances de voltar com vida e com a ajuda necessária para meu pai eram mínimas, mas eu não podia ficar de braços cruzados assistindo à morte do único homem que já me amou.

Eu não faria isso.

Que se danem as consequências.

***

A caminhada da aldeia, nos arredores da Cidade Dourada, até os portões dourados levava três horas, mais ou menos. Eu fazia essa viagem duas vezes por ano para assistir ao espetáculo de luzes no céu, nos solstícios de verão e de inverno. Os cidadãos dourados tocavam música, dançavam e faziam espetáculos de luzes incríveis, e todo o povo de Isa ia só para poder ter um vislumbre daquilo do lado de fora dos portões. Mas eu nunca havia passado pelos portões, que, segundo os boatos, eram eletrificados. A Cidade Dourada era a mais rica do reino, e eles ostentavam isso no próprio nome e na barreira que usavam para bloquear a entrada de feéricos pobres e inúteis como eu.

Diziam as más línguas que os portões não eram feitos de ouro de verdade, e sim de um mero feitiço que a rainha Solana usava para embelezar a cidade. De qualquer forma, eu passaria por eles, ou os atravessaria, custe o que custar. Depois daqueles portões estavam os curandeiros, as tinturas, a magia e um mundo inteiro sobre o qual eu nada sabia. Um mundo que podia ajudar a salvar meu pai.

Eu só havia visto magia em duas ocasiões: uma vez, quando um soldado da realeza dourada tinha passado pela nossa aldeia a caminho de uma cidade distante. Ele casualmente havia usado magia para fazer o sal flutuar sobre a mesa e cair em sua mão na taberna de Hipsie, onde eu trabalhava.

Eu havia ficado boquiaberta, completamente chocada ao ver aquilo — assim como metade das pessoas ali. Mas o homem apenas sorria, tímido, como se gostasse de se exibir para a pobre ralé sem poderes mágicos.

A segunda vez que vi magia foi um pouco mais séria. Uma criatura da noite havia atacado nossa aldeia. Ouvimos a senhora Turvy gritar e corremos para ajudar, mas quando chegamos, a criatura já estava grudada no pescoço dela, bebendo seu sangue. Meu pai atirou nela com seu arco de caça e a criatura da noite se transformou em sombras negras e desapareceu. Eu tinha ficado tão assustada que não dormi por três noites.

Vozes adiante me fizeram diminuir o ritmo. Eu estava tão perdida em pensamentos que não percebi que havia chegado ao posto avançado da Cidade Dourada. Estava tudo escuro, eu só tinha a lua para me iluminar. Uma torre de vigilância surgia à frente e eu pude ver as luzes da cidade além dela, por entre a densa floresta. Os portões brilhavam ao luar, criando um perímetro de inveja em todos que não tinham permissão para entrar.

Eu estava a ponto de comer o fruto proibido que a Cidade Dourada tinha a oferecer, e deveria estar com medo. Minhas mãos deveriam pelo menos estar tremendo, mas eu só conseguia pensar no meu pai e nas linhas da morte tentando chegar ao coração dele.

Respirando fundo, fiz o que fazia de melhor.

Desapareci.

Não como um feérico com tal poder faria, mas do jeito que eu sabia fazer depois de dezessete anos tentando evitar ser tocada pelas pessoas. Se ninguém me notasse, ninguém me tocaria. E se não me tocassem, eu não sentiria dor.

Coloquei o capuz, grudei as costas nas árvores e atravessei a parte mais densa da floresta. Fui andando na ponta dos pés, evitando pisar em folhas, galhos ou qualquer coisa que fizesse barulho. Misturei-me ao musgo macio e terra remexida. Seguindo na diagonal para o leste, consegui passar de fininho pela torre de vigilância e evitar a entrada principal da Cidade Dourada. Aqueles portões eram protegidos, feitos de algo que eu não podia ultrapassar. Depois de caminhar na diagonal para o nordeste por um bom tempo, finalmente cheguei a uma parte da floresta em que as árvores eram mais esparsas e eu podia ver os portões dourados e brilhantes da cidade.

Meu coração pulsava forte na garganta, enquanto eu me abaixava para ver se a adaga ainda estava firmemente escondida na minha bota, onde ficaria longe da vista. Eu não sabia por que a havia pegado; não sabia se seria capaz de machucar alguém na tentativa de salvar meu pai, mas… podia muito bem ameaçar. Essa simples ideia fez a vergonha tomar conta de mim. Meu pai tinha me ensinado muito sobre Isa. Éramos sobreviventes das circunstâncias. Quando me deu a adaga, no meu aniversário de doze anos, ele havia dito para usá-la apenas quando achasse que minha vida me seria tirada se eu não agisse. Sem dúvida, a vida em Isa não era fácil — crescer sem poderes mágicos, sem status, sem dinheiro era difícil. Comparados aos feéricos da Cidade Dourada, nós morríamos mais jovens, éramos mais magros e trabalhávamos como servos. Mas não éramos criminosos. Não éramos assassinos. Eu não queria machucar ninguém.

O que eu estava a ponto de fazer — roubar na Cidade Dourada e possivelmente usar minha adaga para isso — não deixaria meu pai orgulhoso.

Mas eu não ligava.

Se ele estivesse vivo para ralhar comigo, já seria o suficiente para mim.

Com este último pensamento, passei por entre as árvores e cheguei ao campo que se abria diante da cerca dourada. Olhando depressa para a esquerda e a direita, não vi ninguém e segui em frente. Corri pelo gramado como uma leoa perseguindo uma presa. Eu sabia que naquele momento estava mais exposta aos guardas das altas torres e que precisava ser rápida. Tinha toda a intenção de escalar a cerca dourada de seis metros de altura, até que, mais ou menos a um metro dela, ouvi o zumbido agudo da eletricidade.

Não tínhamos eletricidade em Isa. Como era necessário um tipo especial de magia para gerar a corrente de energia e, depois, um cristal caro para capturá-la, nunca tivemos essa opção. Mas eu já tinha *ouvido* falar de eletricidade, havia aprendido sobre ela nos livros que Sorrel tinha me ensinado a ler. Eu sabia que um zumbido de corrente elétrica estava associado a ela, e ouvi boatos de que a muralha era protegida dessa forma. E que quem a tocasse levaria um choque doloroso.

Engraçado, eu sempre descrevi a dor de ser tocada como um choque, mesmo sem ter ideia de como era um choque de verdade. Sorrel havia lido um livro para mim quando eu era pequena, no qual um menino tinha sido atingido por um raio e seu corpo inteiro queimou e tremeu, e ele sentiu como se sua pele estivesse pegando fogo.

Na hora, eu havia ficado sem fôlego e disse que era isso que sentia toda vez que alguém me tocava. Meu pai estava lá. Como não sabia ler, ele gostava de ouvir Sorrel lendo em voz alta para nós.

Nunca esqueci a expressão dele naquela noite: horror absoluto. Ele nos disse que estava cansado e nos desejou uma boa noite.

Nossa casa não tinha um isolamento muito bom, por isso, ouvimos seus soluços vindos do quarto dele durante a hora seguinte. Mesmo tão jovem, eu entendia que me ouvir descrever minha dor havia doído *nele*, e eu não queria que isso acontecesse. Então, depois daquele dia, deixei de descrever meu desconforto para meu pai.

Agora, eu estava encarando os portões dourados e me preparava para sentir uma grande agonia. Tinha certeza de que assim seria. Mas pelo meu pai, eu encararia. Cheguei mais perto, tentando planejar a subida e me perguntando se me segurar nas grades com luvas ajudaria alguma coisa, quando percebi que os vãos entre as barras de ferro eram enormes. Não grandes o bastante para um homem adulto, mas para uma garota de dezessete anos abaixo do peso e sem muito peito... dava para eu passar! Fiquei imaginando se conseguiria simplesmente passar entre elas. Decidindo que valia a pena tentar, encolhi a barriga e me posicionei de lado.

Havia uma floresta do outro lado dos portões, então, se eu conseguisse chegar até lá, poderia me esconder dos guardas. Sem ficar quebrando a cabeça, eu me lancei no vão entre as grades e rezei à Luz para que conseguisse sair viva do outro lado.

A primeira metade de meu corpo passou com relativa facilidade. Mas quando meu peito roçou na barra e puxou o tecido da capa, a corrente elétrica percorreu meu corpo e eu perdi o ar. A dor correu pela minha espinha, roubando meu fôlego e fazendo todo o meu corpo estremecer. Lancei o resto do corpo pelo vão bem a tempo, antes de cair de joelhos, contendo um grito.

Doeu. *Muito*. Mas não mais que minha maldição. E me deixou triste, por um momento, saber que a maldição que eu carregava era tão forte que era semelhante ao que a Cidade Dourada usava para se proteger do mal.

Me arrastando de joelhos, ofegante, ainda sentindo os resquícios da dor na pele, cheguei à densa fileira de árvores dentro da cidade e, então, caí de costas. Minha cabeça zumbia, como acontecia quando eu sem querer — ou não tanto assim — era tocada. Algumas pessoas ficavam curiosas, ainda mais nos meus primeiros anos de escola, e queriam saber se minha maldição era real. Ou qual seria minha reação.

Um dedo em meu pescoço, uma mão em meu cabelo... Meu pai quase me tirou da escola da aldeia porque isso havia começado a acontecer com muita frequência.

Então, passei a levar minha adaga à escola. E quando alguém me tocava de propósito, para rir de mim ou me ver me contorcendo no chão, eu sacava a arma e a encostava de leve na garganta da pessoa.

Isso passou a impedir que eventos assim acontecessem, e meu pai nem ficou sabendo que eu estava levando a arma à escola. Foi uma vitória para todo mundo.

Meu pai...

Por mais que quisesse ficar deitada na terra fria e deixar a pele dolorida esfriar, eu tinha que continuar. Aquelas estrias vermelhas e furiosas no abdome de meu pai eram um presságio de morte. Se chegassem ao coração, ele me deixaria. E eu não podia permitir isso.

Tentei me orientar e me dirigi para a cidade, me afastando dos portões dourados e seguindo um som de festa. Eu conhecia aquele som: copos tilintando, vozes animadas, passos pesados. Havia uma taberna logo à frente, como aquela em que eu trabalhava. Nas tabernas havia pessoas, em geral entorpecidas por causa do hidromel; e, com sorte, as dali não olhariam duas vezes para minhas roupas esfarrapadas, nem dariam importância ao fato de eu precisar de informações numa cidade na qual supostamente morava.

E de fato avistei o grande edifício ao sair do meio das árvores densas e pegar uma caprichada ruazinha de paralelepípedos. A taberna não se parecia nem um pouco com aquela em que eu trabalhava em Isariah. Era quatro vezes maior, feita de tijolos vermelhos sólidos, e tinha um alpendre *cheio* de feéricos dançando e erguendo seus copos para o céu.

Devia ser algum feriado. Ou um aniversário, quem sabe. Com certeza não comemoravam assim todas as noites, não é? Quem tinha dinheiro para beber daquele jeito todas as noites? Enquanto eu passava pela frente da taberna, meu olhar foi percorrendo os feéricos, tentando pousar em alguém que parecesse acessível.

Uma garota, que devia ter uns vinte e poucos anos, estava olhando para as próprias unhas, aparentemente entediada. Fui até o parapeito do alpendre e a chamei:

— Moça…

Ela levantou a cabeça de repente e olhou para mim, observando minha capa surrada e meus sapatos rachados. Recuou um pouco e, de repente, me senti envergonhada. Aqueles feéricos todos se vestiam de seda e veludo; suas roupas coloridas não haviam visto mais que três lavagens. Seus cabelos eram perfeitamente penteados e os rostos, cobertos de maquiagem.

— Sou de outra cidade, vim visitar minha prima e ela já foi dormir. Estou com dor de cabeça e preciso ir ao boticário — eu disse, olhando para a rua de paralelepípedos.

Havia uma série de edifícios que davam para uma parte maior da cidade. Eu torcia para que aquela garota pudesse me indicar a direção certa.

— Por uma simples dor de cabeça? — Ela riu. — Meu amigo ali dentro tem um pouco de magia de cura. Só para condições mais brandas, mas dor de cabeça é fácil para ele. Vou buscá-lo e…

Eu a interrompi, em pânico.

— Prefiro uma tintura, para poder guardar um pouco para mais tarde, quando não houver um curandeiro feérico tão acessível.

Quantas vezes, em Isariah, havíamos ido para a cama sofrendo, e curandeiros feéricos andavam simplesmente vadiando ali pela Cidade Dourada, fazendo a dor desaparecer de graça! Notei que ela havia dito que a magia do amigo se limitava a condições mais brandas, daí não lhe pediria que ajudasse meu pai.

Ela pensou por um segundo, mas depois concordou.

— Siga por esta rua. Vire à direita na travessa Rosa e à esquerda na rua Salgueiro. BoticAvis.

O alívio se espalhou pelo meu peito ao ouvir aquelas instruções simples.

— Obrigada.

Dei um sorriso sincero a ela e me voltei para ir embora. Meu coração batia forte enquanto eu me afastava, rezando para que meu jeito de vestir não me complicasse as coisas ali. Não havia pobres na Cidade Dourada? A mulher tinha me olhado como se nunca na vida houvesse visto uma capa rasgada! Mas eu não tinha tempo para me preocupar com as roupas. Meu pai estava à beira da morte. Com isso na cabeça, comecei a correr. Passei apenas por duas pessoas, ambas idosas. Acho que eram donos de lojas, porque eu havia visto um deles trancando a porta de uma relojoaria. Era hora de ir para casa, e eu não sabia se queria que a botica estivesse aberta ou fechada. Se estivesse aberta, eu poderia pedir ao boticário o remédio certo, mas aí teria que sair correndo sem pagar, e ele chamaria os guardas e os mandaria atrás de mim. Se estivesse fechada, eu poderia quebrar uma janela e entrar de fininho, mas teria que vasculhar tudo para encontrar a solução certa sozinha.

Como Sorrel havia dito mesmo? Eu já tinha esquecido, mas tinha certeza de que, se visse o rótulo, lembraria. Anti-infeccioso?

Decidi deixar isso nas mãos do destino.

Cheguei à travessa Rosa e virei à direita, tentando não olhar a cidade como uma turista maravilhada. Mas era linda. Mais bonita do que eu imaginava. Primeiro, era tão *limpa*. As ruas pareciam varridas, não havia sujeira nenhuma… nem lixo. Cada rua tinha uma luminária brilhante, com uma cesta de flores pendurada nela, e quando olhei para cima para ver a fonte da luz, vi um cristal. Era exatamente como eu havia lido; um cristal que os feéricos de energia carregavam com magia para produzir eletricidade. Ele emitia um leve tom arroxeado, que inundava a cidade com um sutil brilho lilás. Cada loja era pintada de uma cor diferente. Amarelo, rosa, azul, tudo clarinho. Fiquei feliz só de olhar. Não havia nada de deprimente naquele lugar. Em Isa, vivíamos olhando para algo que precisava de conserto ou de limpeza, mas ali, tudo parecia perfeito.

A placa da rua Salgueiro me despertou do fascínio e virei à esquerda, dei um grito quando me vi cara a cara com um guarda da Cidade Dourada.

O emblema — uma chama dourada — em seu peitoral me encarava por baixo de uma capa. Ele também se assustou e eu pulei para trás para não ser tocada.

— Você me assustou. — Levei as mãos ao peito e tentei pensar em respostas para todas as perguntas que ele me faria.

Por que eu estava ali? Por que estava sozinha depois do anoitecer? Eu era mesmo dali? Por que minhas roupas estavam tão esfarrapadas?

Seu olhar percorreu meu rosto meio velado e ele me perguntou:

— O que está fazendo aqui fora depois do toque de recolher?

Havia toque de recolher ali?

Pense, Fallon.

Meu coração martelava no peito, enquanto eu já me via ser presa depois de chegar tão perto de meu objetivo.

— Tenho que retirar um pedido numa loja, mas juro que vou para casa logo depois.

Ele me deu um sorriso maroto.

— Você sabe que tem que ficar na Zona Oeste da cidade depois do toque de recolher. Tome cuidado para que nenhum outro guarda te veja, está bem?

Na Zona Oeste da cidade? Por quê?

— Tá bem — murmurei, sentindo o alívio se espalhar por todo o meu corpo me permitindo relaxar um pouco.

Ele concordou e foi embora.

Graças à Luz. Respirei fundo e continuei andando pela rua Salgueiro.

O que havia na Zona Oeste da cidade e por que eu deveria ficar lá? Não esperei para descobrir. Simplesmente me virei e andei o mais rápido que pude pela rua Salgueiro, olhando todas as lojas em busca do que estava procurando.

Delilah Doces, Swann Suéteres, Magali Mágicas e… lá estava, BoticAvis. Havia um padrão ali naquela coisa bonitinha de letras combinando. Quando voltasse para casa, eu teria que dizer para Hipsie que ela precisava mudar o nome da taberna para Taberna Tabitha, para ficar na moda.

Dei uma risadinha ao pensar nisso e fui até a entrada da botica. Meu coração quase parou quando vi a placa de fechado na frente e só uma luz fraca acesa lá dentro.

Não.

Verdade seja dita, eu não queria invadir a loja. Não queria roubar nada, mas não tinha dinheiro para pagar, e já havia chegado tão longe… não tinha como voltar atrás.

Olhando por cima do ombro, eu me certifiquei de que estava de fato sozinha na rua Salgueiro. Como não vi ninguém, me abaixei casualmente e peguei uma pedra grande ao lado do lindo canteiro de flores em frente à ampla janela da entrada.

Meu coração batia forte, mas pensar em meu pai inconsciente, com a pele pálida e cerosa, me deu a motivação necessária.

Sem pensar duas vezes, bati com a pedra no vidro mais próximo da fechadura da porta e ele se estilhaçou de uma só vez. A pedra escorregou de meus dedos e caiu no chão, dentro da botica, fazendo barulho.

Eu me virei de novo, já esperando ser flagrada por um transeunte ou um guarda, mas não havia ninguém ali. Coloquei a mão dentro, puxei a fechadura e a porta se abriu com facilidade, arrastando a pedra no chão.

Entrei e fechei a porta depressa. Faltava pouco para encontrar a cura para meu pai. A energia corria pelo meu corpo, enquanto eu me precipitava para frente, olhando todas as prateleiras. Havia pós, pomadas, cápsulas, cristais, chás, óleos. Frascos pequenos, frascos grandes, sachês, conta-gotas, potes. Era avassalador.

Meus olhos percorreram tudo e eu suspirei alto ao ver a palavra tinturas gravada em uma placa atrás do balcão. Havia uma parede inteira delas, todas em frasquinhos de vidro azul. Contornando o balcão e indo para trás dele, comecei a analisar os rótulos na penumbra, grata por Sorrel ter me ensinado a ler. *Entorpecedor de mente*, *Alívio para as Costas*, *Redutor de Inchaço dos Olhos*, *Alívio de Erupções...*

— Você deve estar desesperada para quebrar a minha janela assim — gritou uma voz feminina atrás de mim.

Fiquei paralisada, com a mão tremendo e segurando o frasco de *Xô Infecção* que havia acabado de pegar. Minha respiração se acelerou e os músculos se contraíram como uma mola, prontos para sair correndo a qualquer momento.

Eu me voltei e dei de cara com uma feérica de aparência gentil, cabelos castanhos e alguns fios grisalhos. Devia ter trinta e tantos anos, estava parada no meio da loja, de camisola, olhando para a janela quebrada com a testa franzida.

— Meu pai está morrendo. Umas estrias vermelhas saindo de uma ferida fedorenta estão subindo na direção do coração dele. Não tenho dinheiro para pagar, desculpa — eu disse às pressas, torcendo para que ela não me atacasse com magia paralisante ou chamasse um guarda.

Seria melhor eu sacar minha adaga? Acaso ela teria magia para me prender? Ela bloqueava o caminho da saída, e eu refleti que deveria ter pensado melhor em um plano.

Ela balançou a cabeça devagar, juntou as mãos e franziu sutilmente a testa para mim.

— Se forem estrias vermelhas, a tintura não vai funcionar. Ele vai precisar de um curandeiro. Na Academia há estudantes de cura que atendem pacientes de graça, para praticar. Precisam atender um certo número de casos diferentes para se formar.

Eu repassava as palavras dela na cabeça, tentando processá-las, confusa. Ela estava me… ajudando?

Ela não sabia que eu não era dali?

— Eu quebrei sua janela — soltei, me perguntando por que, em nome da Luz, ela me ajudaria depois disso.

Ela concordou.

— O que significa que você deve estar mesmo precisando. Meu negócio é ajudar pessoas. Mas preferiria que você tivesse batido.

A vergonha fez meu rosto esquentar e me senti péssima na hora. Não havia pensado em bater e simplesmente pedir esmola. E será que ela morava ali? Olhei para a lateral da loja e, era verdade, vi uma prateleira entreaberta que escondia uma porta secreta, que devia levar à casa dela.

— Eu… desculpa. Vou tentar pagar. — Era uma mentira inútil; não usávamos moedas em Isa. Eu trabalhava na taberna fazendo escambo; não precisávamos de dinheiro.

Então, a mulher me lançou um olhar severo e penetrante enquanto levava as mãos à cintura.

— Ah, espero mesmo que você volte e trabalhe para pagar essa dívida. — Ela apontou para o vidro quebrado.

Trabalhar? Na Cidade Dourada? Então, ela não sabia que eu não era dali. Mas a informação dela sobre uma academia que aparentemente treinava curandeiros e oferecia trabalho gratuito foi o que chamou minha atenção naquele momento.

— Para onde fica a Academia mesmo? Meu pai não tem muito tempo, foi uma noite horrível e estou toda confusa. — Apontei para os fundos da loja e depois para a lateral, para ver se ela me dava informações.

Ela revirou os olhos.

— A Academia! O grande prédio preto a oeste daqui. Você com certeza sonha em estudar lá desde pequena!

Concordei.

— Ah, claro. *Essa* Academia.

Eu não fazia ideia do que era essa tal de Academia, mas queria ir para lá naquele instante e arranjar um curandeiro para meu pai. Eu levaria a tintura *e* o curandeiro, e ele não morreria de jeito nenhum.

Guardei o frasco de *Xô Infecção* no bolso.

— Vou trabalhar para pagar isto também — menti. — Vou levar, por via das dúvidas.

Ela suspirou, resignada.

— Tudo bem, querida. Da próxima vez, bata. Você sabe que não me importo de ajudar as pessoas que moram na Zona Oeste.

Aí está. De novo. O guarda e agora ela. Percebi, então, que havia gente pobre na Cidade Dourada, e meu coração ficou apertado quando percebi que eles conseguiram me identificar logo de cara como uma delas.

— Obrigada… — murmurei.

Saí de trás do balcão e hesitei antes de ir até a porta e abri-la.

— Espero que você limpe isto amanhã! — gritou ela atrás de mim. — Vou deixar a vassoura lá fora.

Eu não queria dizer àquela mulher que ela nunca mais me veria. Até gostei de ela pensar que eu morava na Cidade Dourada, apesar de achar que era da parte pobre. Então, agradeci de novo e saí da loja em busca de um curandeiro para meu pai.

O que eu não sabia era que encontraria muito mais do que esperava.

2

A Academia era um edifício hipnotizante feito de tijolos pretos, com torres douradas e arcos abobadados. Mas o prédio era a única coisa escura, pois, agarrada a quase todas as paredes externas, havia flores coloridas ou trepadeiras. Minhas favoritas eram as roxas que pendiam ao redor das janelas, emoldurando-as; pareciam quase reluzir ao luar. Era como se o edifício estivesse vivo, respirando e vivendo por meio das flores que se agarravam a ele. Tinha mais de cinco andares de altura, a estrutura mais alta que eu já havia visto. Os portões da frente estavam escancarados, por isso, entrei direto no pátio bem iluminado, onde algumas alunas riam e conversavam sentadas em um banco.

Eu havia decidido dar uma de "feérica da Zona Oeste" e agir como se morasse ali. Quando me aproximei das alunas, elas se calaram e uma delas me olhou com desdém.

— Está longe de casa, hein, oestina? — zombou uma loira, e suas amigas riram de seu comentário.

Quanto mais eu aprendia sobre aquelas pessoas, menos gostava delas.

— Preciso de um curandeiro; é urgente. — Ergui a cabeça e fingi que sabia do que estava falando.

A menina riu e olhou.

— Então, vá à clínica da Zona Oeste, como deve ser. — Ela franziu os lábios e olhou para meus sapatos.

Caramba, então havia uma discrepância entre ricos e pobres? Isso me deu nojo. Eu sempre havia imaginado que a Cidade Dourada fosse cheia de feéricos com grandes poderes, todos criados e tratados igualmente. Achava que só os banidos para Isa, por não terem poderes mágicos, eram tratados como párias.

— Preciso de um estudante de cura que trabalhe de graça. Meu pai está morrendo! — O pânico fez minha voz ficar mais grave.

As garotas que estavam no banco não disseram nada, mas uma feérica que estava encostada na parede do fundo, nos observando esse tempo todo, pigarreou.

— Vou levar você à clínica de cura estudantil. — A garota se afastou da parede e se aproximou de mim. Ela tinha cabelos ruivos, curtos, rebeldes e cacheados, e um olhar determinado.

— Obrigada — murmurei.

— Uma oestina? Qual é, Eden, você sabe que ela não tem permissão para estar aqui — disse a garota esnobe para minha nova guia.

Eden lançou um olhar furioso para a desdenhosa.

— Como se você nunca houvesse quebrado uma regra, *Blair*.

Blair se calou e Eden fez um gesto para que eu a acompanhasse por uma longa passarela entre dois prédios gigantes.

Assim que ficamos sozinhas, ela me deu um sorrisinho.

— Desculpa por isso. Não é culpa sua ter nascido com magia fraca. Eu nunca entendi essa divisão dentro da cidade.

Ah... então os oestinos viviam na Zona Oeste porque tinham magia fraca, ao passo que os feéricos poderosos viviam na Zona Leste da cidade e frequentavam a sofisticada Academia. Tudo fazia sentido agora. Uma hierarquia construída com base no poder.

Eu apenas concordei com a cabeça; não queria falar muito para não expor meu disfarce.

Enquanto percorríamos os corredores, não pude deixar de observar tudo. As portas das salas de aula estavam abertas e me vi espiando lá dentro. Carteiras limpas, livros novinhos em folha, uma parede cheia de armas e uma sala acolchoada que parecia o local de treinamento. Os alunos estavam se exercitando, e deixei escapar um *Ó* quando uma bola de fogo saiu voando da palma da mão de um aluno e atingiu a placa de metal do peito do outro, dissipando-se a seguir. Eden deu uma risadinha a meu lado.

— Os meninos aqui da escola adoram se exibir.

— Você mora no *campus*? — perguntei, grata pela escola ainda estar aberta tão tarde.

Ela sacudiu a cabeça, fazendo seus cachos selvagens balançarem em volta do rosto.

— Fizemos uma excursão hoje, aí ficamos até mais tarde para colocar as tarefas em dia. E a clínica estudantil sempre fica aberta até tarde.

Ela atravessou a grande sala na direção de um prédio que ficava no centro do *campus* da Academia.

Não respondi, apenas deixei meu olhar percorrer o espaço, absorvendo tudo.

— Então, seu pai está mal, é? — perguntou Eden. Fiz que sim, tentando me concentrar na tarefa em questão. — Que bom. Quanto mais você fizer parecer que é uma situação de vida ou morte, maiores serão as chances de encontrar um curandeiro poderoso disposto a viajar até a Zona Oeste para ajudar seu pai.

Eu não precisava exagerar nada — essa era a parte triste —, e quanto a viajar para a Zona Oeste... Bem, tomara que isso fosse negociável. Mas eu estava grata de verdade pela gentileza dela; ela não me olhava como se eu fosse lixo, de modo que considerei isso uma vitória.

Quando chegamos ao outro prédio, que ostentava os mesmos tijolos pretos, detalhes pintados de dourado e trepadeiras e flores, observei a placa diante das portas duplas: *clínica administrada por estudantes*, dizia, em letras metálicas sobre uma placa preta. Depois, escrito com tinta prateada: *Entre por sua conta e risco.*

Franzi a testa, mas Eden apenas sorriu.

— São todos muito talentosos. Só os melhores dos melhores entram na Academia. Além disso, se você levar seu pai à Clínica da Zona Oeste, ele ficará na fila por horas e pode acabar morrendo antes mesmo de ser atendido.

Senti o estômago embrulhar ao ouvir isso.

— Como você sabe tanto sobre a Zona Oeste? — perguntei.

Sua expressão mudou, murchou por um segundo, mas ela não disse nada; apenas estendeu a mão para abrir as portas duplas e me levou para dentro.

Dois garotos com túnicas de seda prateada que chegavam até as panturrilhas estavam sentados atrás de uma mesa, conversando. Mantinham as mãos entrelaçadas sobre a mesa, e eu tentei controlar meu espanto ao ver os símbolos prateados gravados no dorso delas. Um tinha mais que o outro.

Eles olharam para cima quando nos aproximamos, sorriram para Eden e se levantaram.

— Oi, Eden — disse o de cabelos escuros e olhos verdes.

O outro, um feérico alto, com os cabelos à altura do queixo, da cor do luar, e olhos cor de aço, olhou direto para mim e foi como se eu houvesse levado um soco na barriga. Fiquei sem ar quando seu olhar se fixou no meu, despertando um constrangimento profundo em meu ser. Não pude deixar de me sentir cativada por sua presença.

Sua atenção foi me percorrendo devagar, passando de meus cabelos pretos as minhas luvas longas e surradas e, a seguir, a meus sapatos sujos e rachados. Demorou-se em meu rosto, pousou em meus lábios e me fez sentir um friozinho na barriga.

— O pai dela está muito mal, precisa de um curandeiro. Ela não tem grana. — Eden falou por mim, coisa que agradeci, porque, naquele momento, estava paralisada, grudada no chão, sendo examinada por aquele deus de olhos cor de aço a minha frente. Nunca me senti tão exposta em toda a minha vida. O jeito como ele me olhava me fazia sentir nua. Era como se, só de olhar para mim, ele estivesse me tocando. Eu estava me perguntando se aquilo era algum tipo de magia quando o de olhos verdes deu um tapa no peito do de olhos cor de aço e seu poder sobre mim se quebrou.

— Acorda aí, Ariyon — disse ele, e o de olhos cinzentos pestanejou, sacudiu a cabeça um pouco e olhou para Eden.

— Oi, Eden.

Ariyon. Só de ouvir seu nome meu corpo começou a sentir coisas estranhas e um calor me tomou por dentro.

— Você pode ajudá-la? Mas vai precisar viajar. O pai dela não pode se mexer, não é? — Ela olhou para mim e arregalou os olhos, como se me dissesse para exagerar a condição dele.

Engoli em seco e contei a verdade.

— Ele cortou a barriga num galho de árvore num dia desses. Depois teve febre, depois perdeu a consciência, e agora… agora apareceram umas estrias vermelhas saindo do ferimento e indo para o coração.

Todo mundo ficou boquiaberto, inclusive Eden, e Ariyon me surpreendeu pulando o balcão e correndo na minha direção.

— O caso é meu, Hayes! — gritou para o de olhos verdes.

— Qual é, cara! Eu também preciso de um caso de infecção sistêmica! — reclamou Hayes.

— Vamos — disse Ariyon com urgência e fez menção de pegar meu braço, como se quisesse me guiar para fora. Eu estremeci, mesmo estando protegida pela capa e as luvas, e concordei diante da ânsia dele de curar meu pai. Não importava o fato de ele basicamente ter brigado pelo caso não por bondade, mas por um projeto escolar. Eu não ligava; só precisava de ajuda.

— Boa sorte! — gritou Eden para nós enquanto nos dirigíamos para a porta.

Eu me voltei e acenei para ela.

— Obrigada!

— Espera aí, qual é o seu nome? — gritou ela.

— Fallon! — gritei de volta, e ela acenou de novo.

— Vejo você por aí!

Não mesmo.

Atravessamos o *campus* em ritmo acelerado e, antes que eu me desse conta, estávamos na frente de uns estábulos.

— Vamos chegar à Zona Oeste mais rápido no meu cavalo. Estrias vermelhas significam que seu pai só tem horas de vida, na melhor das hipóteses — disse ele, enquanto selava uma linda égua preta.

Pensamentos horríveis passaram pela minha cabeça, um monte de cenários que acabavam, todos, com a morte de meu pai. Meu coração disparava e senti as mãos úmidas dentro das luvas.

Mantenha a calma, Fallon, pensei comigo mesma, olhando para aquela égua negra.

Não tínhamos cavalos em Isa. Eram para pessoas ricas, por isso eu não sabia cavalgar. Tínhamos duas vacas leiteiras que usávamos em emergências para transportar os doentes, mas, de resto, andávamos a pé. Se o animal não fornecesse leite ou carne, era apenas uma boca a mais para alimentar. Algumas pessoas passavam pela nossa cidade a cavalo, e eu já havia visto duas cavalgando juntas, a mulher abraçando as costas do homem e se segurando firme. Mas isso não ia acontecer ali. Mesmo com a capa e as luvas, havia muitos pontos de contato para acionar minha maldição. Meu cabelo podia roçar no pescoço dele, meus tornozelos podiam tocar a égua, porque, sim, com animais também acontecia. Era como se quem havia me amaldiçoado quisesse ter certeza de que eu nunca, *jamais*, sentiria qualquer tipo de amor físico de um ser vivo.

Ele tirou uma longa e grossa capa de viagem de um dos alforjes e a colocou sobre os braços expostos, e eu comecei a me sentir um pouco melhor. Talvez isso funcionasse… se eu tomasse cuidado, se ficasse parada, conseguiria voltar para Isa com aquele curandeiro sem problemas. Ele havia dito que meu pai só tinha algumas horas de vida, não podíamos levar três horas para voltar a pé.

— Então... você precisa mesmo deste caso, né? — perguntei, torcendo para que ele estivesse tão desesperado quanto eu.

Ele concordou.

— Estou esperando um caso de infecção sistêmica desde o ano passado. Meu mestre vai ficar contente.

Franzi a testa.

— Como ele vai saber?

Ele me olhou como se eu fosse idiota e me mostrou o dorso das mãos.

— A marca do curandeiro de infecções sistêmicas aparecerá depois que eu curar seu pai.

Então, percebi que aquela marca em forma de roda era uma coleção de vários símbolos. Seriam todas as curas que ele já havia feito? Ele tinha mais marcas do que o outro garoto, Hayes, então, era um bom sinal. Eu havia ficado com o curandeiro mais experiente.

Era fascinante, mas não havia tempo para perguntar mais nada. Quando ele saltou e passou a perna por cima da égua, olhou para mim.

Eu me senti empalidecer.

— Nunca montei num cavalo — confessei.

Ele pareceu contrariado.

— Não tenho tempo para te ensinar. Segura firme.

Esse era o momento perfeito para lhe dizer que eu estava amaldiçoada e que, se ele me tocasse, provocaria em mim uma dor excruciante. Mas eu nunca havia saído de Isa, e lá todo mundo sabia de minha maldição e me olhavam com dó. Ele não sabia, e eu gostava disso.

Então, contra minha vontade, enfiei o pé no estribo, cobrindo toda a minha pele exposta com a capa, e pulei na égua. Assim que minha bunda bateu na sela, saímos em disparada do estábulo e eu gritei. O movimento repentino me obrigou a estender a mão e me agarrar a sua cintura, e me preparei para a dor. Felizmente, nada aconteceu. Não havia pele exposta.

Graças à Luz!

— Em qual rua você mora? — perguntou Ariyon enquanto saíamos por um portão diferente, maior e claramente destinado a cavalos.

Eu teria que contar a verdade e torcer para que ainda me ajudasse.

— Eu... não sou da Cidade Dourada. Vim andando de Isariah até aqui — disse em seu ouvido.

Ele puxou as rédeas com tanta força que a égua empinou e depois se abaixou com força, quase me jogando longe.

Ariyon se voltou devagar para trás com seus olhos cor de aço arregalados e as narinas dilatadas. Seu maxilar estava tenso, e eu sabia que ele estava com raiva, mas também que era o homem mais assustadoramente lindo que já vi. Ao olhar para seu rosto tão de perto, fiquei sem ar, por um momento fascinada pela beleza absoluta de suas feições. Cada contorno parecia meticulosamente esculpido. Seu maxilar forte e cinzelado tinha cada ângulo feito com perfeição, e seu nariz afilado dava um ar de sofisticação a seu rosto. Mas eram aqueles olhos que me cativavam. Tinham uma profundidade hipnotizante e misteriosa, como duas poças de prata líquida.

— Você foi *banida*? — rosnou ele. De repente, fui arrancada de meu estado hipnótico.

Fiz que sim.

— Mas meu pai ainda precisa de cura, e você ainda precisa da marca, né? Então...

— Desça — retrucou ele, sacudindo um pouco a cintura, tentando me afastar.

— Não! — rebati. — Temos um cavalo, podemos ir lá rapidinho e você ganha seus créditos de cura. É só cavalgar, eu indico o caminho...

— *Desça* — repetiu ele. Cheguei ao ponto do desespero. Torcia para não chegar a esse momento, mas de fato, havia chegado. Enfiando a mão na bota, puxei minha adaga e, em um movimento rápido, levei-a a sua garganta. Ele enrijeceu e olhou para mim, incrédulo.

— Não — repeti, desta vez com mais firmeza. — É o meu pai; eu o amo e me recuso a vê-lo morrer! — Senti minha compostura se esvair enquanto lágrimas quentes faziam arder os cantos de meus olhos e Ariyon observava meu rosto, inexpressivo.

— Você não faz ideia do que eu sou capaz, não é? — disse ele de repente. — Sabe quem eu sou? — Calafrios percorreram todo o meu corpo.

— Como... como assim?

Ele olhou para a faca que eu mantinha em seu pescoço.

— Se soubesse, você nunca teria feito isso.

Eu não sabia se ele estava só tentando me assustar ou se realmente era capaz de grandes coisas, mas estava disposta a morrer para salvar meu pai.

— Pois me mostre do que é capaz. Prefiro morrer a abandonar meu pai. — Ergui o queixo, desafiando-o, com a lâmina em seu pescoço.

Ele estreitou os olhos e os fixou em mim. Com as narinas dilatadas, respirou fundo, e uma expressão de confusão se formou em seu rosto. Ele franziu as sobrancelhas no centro da testa e inclinou um pouco a cabeça para o lado.

— Você não é de Isariah — disse ele. Foi a minha vez de ficar confusa.

Eu tive uns dois segundos para processar aquilo, pois ouvi um som ensurdecedor e senti uma forte dor de cabeça. Sibilei, larguei a adaga e levei as mãos ao rosto. Um gemido escapou de minha boca e um líquido quente jorrou do nariz.

Então, de repente, a dor desapareceu. Levei a mão ao nariz e, quando a retirei, tinha sangue. Ofegante, fitei Ariyon.

— Você... fez isso comigo?

O choque percorreu todo o meu corpo; eu sabia pouco sobre a magia dos feéricos, mas um curandeiro não deveria machucar as pessoas, não é?

— Eu vou com uma condição — disse ele, ignorando minha pergunta, mas deixado a resposta óbvia.

O desgraçado havia feito meu cérebro quase derreter e sair pelo nariz. Belo curandeiro... Havia tentado me matar!

— Qual? — rosnei, enquanto ele me devolvia minha adaga.

Morrendo de vergonha, guardei-a de volta na bota, ciente de que ele era mais poderoso que eu e que havia sido inútil tentar usá-la contra ele.

— Volte comigo amanhã para falar com o diretor Clarke na Academia.

Levei a cabeça para trás, em choque.

— Por que diabos eu faria isso?

Ele foi me olhando de cima a baixo de novo, bem devagar, e senti o friozinho na barriga.

— Porque você tem mais magia do que qualquer pessoa que eu conheço. Dá para sentir o cheiro em você, como um uísque forte e envelhecido. Seu lugar é *aqui*.

Sua declaração me deixou sem fôlego e apagou as ideias da minha mente. Ele me deixou sem palavras.

3

Pelo visto, Ariyon provinha de uma família conhecida, pois levou sua égua até o portão principal da Cidade Dourada e disse aos guardas que tinha assuntos da Academia para resolver fora. Eles simplesmente acenaram com a cabeça e nos deixaram passar sem questionar.

Quem era esse cara?

Eu não sabia nada sobre o mundo mágico. Não sabia se curandeiros eram comuns ou se eram um tipo de criatura rara entre os feéricos. Durante a maior parte da viagem até Isa, eu abracei sua cintura com as mãos e braços cobertos, equilibrando o corpo para manter o rosto e os cabelos longe de seu pescoço exposto e meus tornozelos longe da égua. Graças à Luz, ele não tinha cabelo comprido.

Eu mantinha o corpo tão rígido que tudo queimava e doía. Então, como a cavalgada se prolongava, fui ficando cansada e meu peito começou a encostar em suas costas, abraçando-o por trás. Suas costas musculosas acompanhavam o movimento do cavalo e se flexionavam contra mim, enquanto eu mantinha o peito pressionado em suas costas, engolindo em seco e tentando processar o fato de estar abraçando um cara, em contato constante, pelo maior tempo de minha vida.

Foi tão bom que, quando vi minha aldeia aparecer, não queria soltá-lo.

Para uma pessoa que nunca havia sido tocada, aquele passeio a cavalo me havia feito sentir uma coisa dentro do peito, como se uma peça de quebra-cabeça se encaixasse.

Naquele momento, eu me dei conta de minha solidão. Entendi que abraçar um corpo quente como aquele preenchia uma necessidade profunda dentro de mim que eu nem sabia que existia. Fiquei honestamente chocada por ainda não ter sido eletrocutada. Um fio de cabelo meu havia se soltado do coque e eu podia jurar que tinha roçado o pescoço dele antes de eu conseguir puxá-lo de volta; mas consegui a tempo.

Durante todo o caminho, não conseguia parar de pensar no que ele havia dito sobre querer que eu conversasse com o diretor e que meu lugar era na Academia.

Se ele achava que a magia corria pelas minhas veias, estava redondamente enganado. Eu nunca havia feito magia na vida.

— Onde ficam os estábulos? — perguntou ele enquanto trotávamos com sua égua pela minha aldeia, na calada da noite.

Senti o sono me dominar e notei que não havia ninguém na rua. Era hora de dormir. Rezei para que Sorrel estivesse mantendo meu pai vivo com suas ervas até chegarmos.

— Não temos. Pode amarrar sua égua na frente da minha cabana, vou dar água e aveia para ela.

Se ele achou isso um escândalo, não disse nada. Apenas guiou a égua, enquanto eu apontava o caminho para onde eu e meu pai morávamos.

Quando chegamos à cabana, fiquei aliviada ao ver que o fogo ainda estava aceso lá dentro. Estava com medo de que Sorrel houvesse adormecido. Ariyon puxou a égua até a entrada da cabana e a parou ali.

— Vou descer primeiro — eu disse, e soltei sua cintura, pulando na terra batida e dura.

Sibilei ao sentir a dor nos pés causada pelo impacto ao saltar.

Ariyon desmontou a seguir, com uma graça que eu não tinha, e me olhou com curiosidade.

— Eu teria te ajudado a descer.

— Estou bem. — Eu o apressei, enquanto ele amarrava a égua a uma árvore. Então, fui abrir a cortina da cabana.

Os olhos de Ariyon percorreram a aldeia, o riacho lamacento que corria atrás de nossa cabana e o telhado de couro afundado. Não tinha uma atitude rude, mas percebi que ele não estava à vontade.

— Nunca saiu da Cidade Dourada? — perguntei. Ele engoliu em seco e sacudiu a cabeça. — Já esteve na Zona Oeste? — Eu não sabia como era a Zona Oeste, mas tinha a sensação de que não era uma explosão de flores, limpinha e colorida como a Zona Leste.

Ele sacudiu a cabeça de novo.

— Podemos passear mais tarde, mas agora precisamos entrar, meu pai está muito mal mesmo.

Entrei na cabana; ele veio atrás de mim.

Voltei o olhar para o local onde havia deixado meu pai e suspirei de alívio ao ver Sorrel ali, com um pano úmido na testa dele. Ela o havia deitado sobre um saco de dormir e colocado um travesseiro sob seu pescoço.

— Você voltou! — disse ela com urgência. — A febre está alta. Ele começou a ter convulsões há mais ou menos uma hora. Eu estava morrendo de preocupação.

O pânico tomou meu peito, mas antes que eu pudesse dizer qualquer coisa, a voz de Ariyon ecoou pelo aposento.

— Me deixe ver a fonte da infecção.

Sorrel se levantou num pulo ao ver o recém-chegado. Pousou os olhos no rosto dele e depois nas marcas prateadas no dorso de suas mãos.

— Um curandeiro da Cidade Dourada? — perguntou com admiração.

Ele fez que sim.

— Estudante ainda. Me deixe ver o corte.

Sorrel, então, começou a retirar as bandagens de meu pai e as ervas que ela havia colocado ao redor do corte. A sala estava sufocante, por isso decidi tirar a capa e as luvas pela primeira vez naquela noite, me permitindo respirar.

Escolhi um lugar do outro lado de meu pai e me sentei encostada na parede mais distante, a uma distância segura, e fiquei observando.

Ariyon olhou o corte e as estrias vermelhas que marcavam o peito de meu pai e estalou a língua.

— A morte já está tentando levá-lo. Será uma grande luta. Não sei se já tenho habilidade suficiente para isso.

Franzi a testa, minha garganta se apertou enquanto o pânico me invadia. Eu não sabia nada sobre magia de cura, mas aquilo era assustador. As estrias vermelhas pareciam ter crescido uns sete, dez centímetros desde que eu havia saído; já estavam quase no coração dele.

— Por favor, ele é tudo o que eu tenho — choraminguei.

Ariyon olhou para mim com seus olhos cor de aço em conflito. Olhou para meu pai, para mim e depois para nossa humilde casa.

— O que posso fazer para ajudar? Entendo de herbologia — ofereceu Sorrel.

Ele olhou para ela então, e disse com toda a seriedade do mundo:

— Se eu desmaiar, faça o que for preciso para me despertar. Jogue água fria em mim, me dê um tapa, me acorde custe o que custar.

Fui me aproximando de joelhos, como se não houvesse ouvido direito.

— Com licença… como é que é? Por que você desmaiaria?

Ariyon olhou para mim com compaixão.

— A alma dele já foi marcada para morrer. Terei que lutar contra o Sinistro para resgatá-lo.

A cabana toda começou a girar, uma tontura tomou conta de mim. *O Sinistro.* O Sinistro era o Guardião da Morte que nos buscava e escoltava para o Reino da Eternidade. Se ele tinha pegado meu pai… Engoli em seco.

— Mas… você consegue ver isso? — Lágrimas brotaram em meus olhos; fechei-os para contê-las e me ajoelhei ao lado de meu pai.

Ariyon olhou para meu pai com uma expressão de dor.

— Pior. Eu consigo *sentir.*

Observei as marcas em suas mãos enquanto ele inspirava e expirava fundo, preparando-se para a batalha. Como seria sentir alguém à beira da morte? Eu não queria saber. Jamais.

Troquei um olhar com Sorrel e fiquei aliviada ao ver o pânico formar linhas profundas de preocupação em seu rosto também. Eu não era a única a desconhecer os costumes de um curandeiro feérico.

— Você já lutou contra o Sinistro? — Apontei para as marcas em suas mãos, que pareciam brilhar com mais intensidade. Talvez ele fizesse isso toda semana nas aulas…

Ariyon olhou para mim e me vi de novo encantada com sua beleza. Ao vê-lo agora, com a luz do fogo projetando sombras em seu rosto, fiquei impressionada. Acho que era por causa dos olhos; eu nunca havia visto uma cor como a dele. O que antes parecia cinza cor de aço agora era azul-claro. Acaso estavam mudando?

— Não — disse ele, categórico —, mas se eu não fizer isso, ele vai morrer.

E então, pousou as duas mãos no peito nu de meu pai.

Eu me preparei para presenciar uma grande descarga elétrica ou algo mágico, mas nada aconteceu. Uma inquietação dominou meu peito. Ariyon estava com os olhos fechados, mas imóvel. Eu e Sorrel trocamos um olhar cauteloso e, a seguir, voltamos a observar Ariyon. A expectativa pela salvação de meu pai percorria meu corpo como uma corrente elétrica e eu batia o pé de ansiedade.

As mãos do curandeiro, que repousavam de leve sobre o peito de meu pai, apertaram-se de repente, cravando os dedos na pele dele. Engoli em seco quando as marcas em suas mãos começaram a girar como rodas e Ariyon grunhiu de dor. O suor escorria pela sua testa e seu rosto virava violentamente de um lado para o outro.

Hematomas apareceram ao redor de seus olhos; eu fiquei em pé, boquiaberta, enquanto o choque me dominava.

— O que está acontecendo? — gritei, olhando para Sorrel para ter certeza de que não estava imaginando nada.

Os olhos dela estavam arregalados como os de uma coruja enquanto observavam Ariyon convulsionar sobre o corpo de meu pai. Os dedos dele agarravam a pele de meu pai com tanta força que começaram a sangrar por baixo das unhas. Calafrios percorreram minha espinha e fizeram os pelos de meus braços se arrepiarem.

— Acho... acho que ele está puxando seu pai do Sinistro — disse Sorrel, admirada.

Eu não sabia o que dizer nem o que fazer. Aquele jovem estudante havia ido fazer um atendimento gratuito e agora estava lutando pela alma de meu pai com o Guardião da Morte?

O tempo parecia se arrastar; eu não me aguentava de tanta ansiedade. Comecei a andar de um lado para o outro na salinha.

Ariyon, que estava agarrando o peito de meu pai com força, de repente ficou mole, soltou as mãos e caiu para trás com um baque pesado.

Senti o medo me dominar quando chegou o momento sobre o qual ele havia nos alertado.

— Acorde-o! — gritei para Sorrel, que correu e começou a bater de leve no rosto de Ariyon, como ele lhe havia dito.

Mordi o lábio, sentindo a mente começar a ser dominada pelo pânico. Corri até a cozinha e peguei a jarra de aço com água potável que ficava em cima da mesa. Em cinco passos voltei para Ariyon, pedi para Sorrel se afastar e me ajoelhei, virando a jarra inteira no rosto e pescoço dele.

O jovem curandeiro abriu os olhos de repente, estendeu o braço e agarrou minha mão nua, me apertando com força.

— Não! — gritou Sorrel, tentando impedir o inevitável.

Eu havia cometido um erro grave ao não colocar as luvas, mas era tarde demais para voltar atrás. Me preparei para a dor, apertando os dentes para não morder a língua quando a agonia me dominasse. Da última vez, eu havia desmaiado de tão forte que tinha sido, e com tanto contato de pele com pele, desta vez aconteceria o mesmo, com certeza.

Meus olhos, que eu havia fechado de repente na expectativa de sentir uma dor eletrizante e perder a consciência, abriram-se de repente.

Não doeu.

Não senti nada.

Sua pele quente ainda tocava a minha, e era… bom. Seria essa a sensação normal? Assim era ser tocada por alguém? Sentia a leve pressão no pulso, mas nenhuma tortura eletrizante.

Eu não estava emocionalmente preparada para aquele momento. Lágrimas inundaram meus olhos; olhei para baixo e vi Ariyon olhando para mim.

Sorrel se sobressaltou, então Ariyon soltou minha mão, sentou-se e segurou os ombros de meu pai.

— Ele é meu! — gritou Ariyon, e fechou os olhos mais uma vez, parece que voltando à batalha.

Eu não conseguia me mexer, não conseguia respirar. Pestanejei depressa para me livrar das lágrimas que turvavam minha visão e, de repente, Sorrel estava a meu lado, como se houvesse visto um fantasma, com o rosto pálido e os olhos arregalados de choque.

— Ele… você… tocou — murmurou, olhando para minha mão nua com espanto.

Levantei a mão para olhar meus dedos, que ainda tinham traços do calor do toque dele.

Ele me tocou e não doeu. Um cara tocou minha pele nua com sua pele nua e não doeu.

Minha mente foi inundada por uma infinidade de pensamentos. Seria só ele? Seria porque ele era curandeiro? Acaso eu poderia ser tocada por qualquer curandeiro? Seria só porque ele estava, literalmente, no meio da cura, com aquelas marcas de curandeiro ativadas nas mãos? Poderíamos tocar apenas as mãos? Poderíamos nos beijar? Fazer algo mais?

Um calor subiu pelo meu pescoço e chegou ao rosto. Olhei para Sorrel e sacudi a cabeça.

— Vai ver é porque ele é curandeiro...

Sorrel concordou e começou a chorar.

— Ah, Fallon! Quero te abraçar. Você não vai mais morrer pura.

A risada brotou de minha garganta ao ouvir seu comentário absurdo, mas entendi o que ela quis dizer. Um relacionamento, casamento, filhos... nada disso fazia parte de meus planos até aquele dia.

Até aquele momento.

Tudo. Havia. Mudado.

Mas não era hora de refletir sobre nada disso com meu pai ali à beira da morte. Ariyon soltou um rosnado e meu pai começou a convulsionar. Sua cabeça e pernas se debatiam como um peixe fora d'água, e eu me sobressaltei. Corri para a cozinha, calcei as luvas e voltei para perto dele para segurar sua cabeça e evitar que caísse para trás.

Sorrel se posicionou atrás de Ariyon porque ele também estava convulsionando e um grande corte havia surgido na lateral de seu rosto, como se houvesse sido cortado por uma lâmina invisível.

— Meu! — rosnou Ariyon de novo, com os olhos ainda fechados.

Então, de repente, meu pai ofegou e se sentou tão depressa que quase batemos a testa um no outro. Ariyon foi jogado para trás em cima de Sorrel, que o segurou e o depositou com cuidado no chão.

— Papa! — gritei, chamando-o pelo apelido. Quando eu era pequena, não conseguia pronunciar "papai". Então, *papa* ficou sendo o nome dele por uns quatro anos.

Meu pai estava com os olhos arregalados e olhava para Ariyon, deitado no chão a sua frente, então, olhou para mim.

— O que... aconteceu? — perguntou, sem fôlego.

Claro... da perspectiva dele, ele havia apenas desmaiado horas antes.

— Eu fui à Cidade Dourada para...

— Você o quê? — rugiu ele.

Olhei para Ariyon. Sorrel o havia ajudado a se sentar e estava lhe servindo um copo d'água. Ela havia cuidado do corte no seu rosto e eu senti uma pontada de ciúmes ao ver isso, mas ignorei esse sentimento ridículo.

— Arranjei um curandeiro, você vai ficar bem agora — eu disse e fui rastejando pelo chão até Ariyon.

Ariyon olhou para mim como se estivesse me vendo pela primeira vez. Seu olhar percorreu meu cabelo escuro e rebelde; meu coque tinha se desmanchado no meio da confusão, a seguir, seus olhos pousaram em meus lábios por um breve segundo.

— Obrigada. Eu *nunca* vou esquecer o que você fez — eu disse com sinceridade.

Ele ergueu as mãos, que tremiam de leve, e as virou para olhar o dorso. A roda de símbolos prateados estava maior. Uma faixa mais grossa de tinta azul-gelo brilhante percorria toda a borda.

Ariyon ficou boquiaberto.

— Marcas de mestre.

Franzi a testa, torcendo para que isso fosse bom.

— Era isso que você queria?

Ele olhou para mim meio apavorado e sacudiu a cabeça.

— Eu queria as marcas de cura de infecção sistêmica de nível de segundo ano. Isto aqui foi… — Ele olhou para meu pai. — Foi mais que isso, mas eu só soube quando entrei e… só recebemos essas marcas *depois* de formados, às vezes nem isso.

Senti um frio na barriga.

— Você vai se meter em encrenca por causa disso?

Ele soltou um suspiro, trêmulo, e levou a mão ao rosto cortado, enquanto Sorrel cuidava do ferimento.

— Acho que não. Mas… quem sabe. É complicado. — Ele segurou a mão de Sorrel. — Vai se curar sozinho. Pequenos ferimentos não duram no meu corpo.

Isso era bem útil. Se meu pai tivesse essa habilidade, não estaríamos nessa situação.

— Foi você quem me ajudou? — Meu pai tinha se apoiado nos joelhos e fez uma reverência diante de Ariyon.

O jovem curandeiro se sacudiu para se livrar do choque que o havia atingido.

— Sim, senhor. Está se sentindo melhor? — perguntou Ariyon, olhando para a barriga de meu pai.

Segui seu olhar e fiquei boquiaberta ao ver que o corte de meu pai não só não tinha mais as estrias vermelhas, como também estava completamente cicatrizado, restando apenas uma cicatriz clarinha e rosada.

— Filho — disse meu pai, olhando-o nos olhos —, não entendo muito de magia, mas acho que você acabou de salvar minha vida. Posso te oferecer um jantar? — Todos rimos, e meu pai nos olhou, surpreso. — Qual é a graça?

Cobri a boca com a mão.

— Estamos mais perto da hora do café da manhã e ninguém aqui dormiu.

Ao ouvir isso, Ariyon deu um bocejo enorme que se espalhou pela sala como uma doença contagiosa. Sorrel bocejou, depois eu.

— Descanse um pouco, filho. Pode se deitar na minha cama — disse meu pai.

Ariyon recusou.

— Não, preciso voltar para a cidade. — Ele se levantou de repente e acabou perdendo o equilíbrio e cambaleando.

— Cuidado! — Meu pai se levantou e estendeu a mão para segurá-lo. — Vá se deitar; é o mínimo que podemos fazer.

Ariyon piscou; havia olheiras profundas sob os olhos, parecia que ia desabar ali mesmo.

— Eu fico mesmo cansado depois de uma longa cura; seria ótimo tirar um cochilo.

— Não aceito um não como resposta — disse meu pai, e pegou Ariyon por baixo do braço, arrastando-o para o quarto dos fundos, onde ele dormia.

Eu queria avisar meu pai para não o tratar daquele jeito porque Ariyon poderia derreter o cérebro dele. Mas o curandeiro da Cidade Dourada não reclamou enquanto iam para o quarto e desapareciam atrás da cortina.

Sorrel parou na minha frente com os olhos turvos e meio dormindo.

— Ele tocou em você — sussurrou. — Você precisa contar isso para seu pai.

Ah, verdade. Eu havia me esquecido completamente do toque. Concordei e ela abriu os braços.

— Abraço de longe.

Com um sorriso, abri os meus também.

— Abraço de longe. Obrigada por tudo.

Ela saiu da cabana e eu fiquei ali parada um momento até meu pai voltar.

— O coitado já está roncando. Você acha que a cura o machucou?

O medo me deu um frio na barriga.

— Tomara que não. Ele me pareceu bem importante quando saímos da Cidade Dourada. Os guardas o conhecem pelo nome.

Meu pai franziu a testa e passou o dedo sobre a cicatriz no abdome.

— Devemos dinheiro a ele?

Sacudi a cabeça.

— Ele estuda numa escola de magia chique; precisava da cura para passar na disciplina. Foi de graça.

Meu pai puxou uma cadeira e se sentou, olhando para mim, confuso, e passando a mão por seus cabelos escuros.

— Você foi até a Cidade Dourada e encontrou um curandeiro para me curar de graça? — Sua voz estava trêmula, e lágrimas escorreram de seus olhos, mas ele as enxugou depressa. Meu pai não costumava demonstrar muitas emoções, era durão. Mas a experiência de quase-morte daquela noite claramente o havia afetado. Estendi a mão, já coberta de novo, e apertei a dele.

— Sim. E papai… tem mais uma coisa.

Ele apertou minha mão e ficou me olhando.

— O que é, querida?

Engoli em seco e olhei para o quarto dos fundos onde Ariyon dormia.

— Durante a cura, Ariyon sem querer segurou a minha mão nua.

Meu pai sibilou.

— Você está bem? Quer que eu prepare um banho frio para você?

Ele sabia que minha pele ficava horas como se estivesse pegando fogo depois que alguém me tocava, mas sacudi a cabeça.

— Não… não doeu.

Ele soltou minha mão e sua expressão mudou.

— Como assim?

Senti um nó na garganta.

— Pareceu tipo… o que eu acho que deve ser… normal.

Essa palavra… uma palavra que eu nunca havia entendido completamente até aquele momento. Normal. Pareceu normal. Talvez eu pudesse ser normal.

— Você acha que é porque ele é curandeiro? — perguntou meu pai. — Você sabe que tentei te levar a um curandeiro quando era criança, mas disseram que não havia nada que pudessem fazer.

Eu conhecia essa história. Uma curandeira tinha passado pela cidade quando eu era bebê e meu pai havia implorado para que ela me examinasse e visse o que poderia fazer. A aldeia inteira lhe tinha oferecido algo de valor. Mas ela passou a mão em meu rosto e disse que era permanente. Que eu havia nascido assim. Disse que não havia nada para tirar de mim, que eu havia sido amaldiçoada no ventre de minha mãe biológica, por isso nunca me curaria.

— Talvez eu não possa ser curada, mas os curandeiros possam me tocar sem me provocar dor. — Olhei para meu pai cheia de esperança e ele começou a rir; e a alegria completa e desenfreada iluminou seu rosto.

— Seria incrível! Será?

Olhei para ele como dizendo: *o que você acha?*, e ele concordou.

— Ele sabe da maldição?

Sacudi a cabeça.

— Que bom. Vá descansar um pouco, mais tarde vou preparar o café da manhã e, casualmente, você pode tentar passar alguma coisa para ele e roçar os dedos dele.

Engoli em seco, meu coração parecia querer sair pela boca só de pensar nisso.

— E se doer? — perguntei.

— E se não doer? — respondeu ele, e uma esperança imensa floresceu em meu peito.

E se não doesse?

Ele segurou minha mão coberta e a apertou.

— Você não conheceu minha esposa, mas ela trouxe tanta alegria para minha vida que em algumas noites fico acordado, desesperado, só de pensar que você nunca experimentará esse tipo de amor.

De repente, fui tomada pela emoção e cobri a boca para abafar o choro que tentava escapar. Foi a coisa mais inesperada e crua que ele já me havia dito.

Meu pai apertou minha mão de novo, um aperto firme que era nossa versão de um abraço forte.

— Se você tiver a chance de viver uma vida normal, Fallon, de ser amada, de se casar e ter uma família... precisamos saber.

Concordei.

— Tudo bem.

Meu pai se levantou.

— Descanse um pouco.

— E você?

Ele fez um gesto despreocupado.

— Não vou conseguir dormir, acabei de escapar da morte. Estarei aqui se precisar de mim.

— Tá bom. A propósito, a égua dele está amarrada lá fora. Tem aveia e água para dar para ela?

Papai se levantou e espiou pela porta da cabana; a seguir, olhou para mim com os olhos arregalados.

— Tem um cavalo ali *mesmo*.

Fiz que sim, sorrindo.

— Vim da Cidade Dourada até aqui a cavalo com um curandeiro.

— Eu deveria castigar você por isso. Andou quebrando muitas regras. Mas não consigo.

Dei uma risadinha. Meu pai jamais havia me castigado na vida e não começaria agora. Dei meia-volta com a intenção de ir para o quarto, quando outro pensamento me ocorreu: a louca lembrança de que Ariyon me havia dito que eu carregava magia e me pedido para voltar à escola com ele no dia seguinte. Eu não escondia nada de meu pai, por isso, expliquei o que Ariyon tinha dito.

Meu pai ficou em silêncio durante um minuto antes de fazer um gesto de desdém com a mão.

— Você vai fazer magia? Desculpa, mas isso é demais para mim. Descanse um pouco, conversaremos sobre isso amanhã.

Suspirei aliviada. Eu realmente não queria me aprofundar no assunto naquele momento, ainda mais porque não sabia o que significava. Fui me arrastando para o quarto e nem me dei ao trabalho de tirar os sapatos. Simplesmente me joguei de cara no saco de dormir e apaguei.

4

Acordei com o cheiro de carne assada. Minha boca se encheu d'água e, então, tudo voltou a minha memória. Meu pai quase morrendo, Ariyon dormindo nesta casa agora mesmo. O toque. O toque que não doeu.

Mesmo com o corpo protestando, me sentei depressa e tirei as roupas do dia anterior. Vesti uma blusa azul-claro de mangas curtas e uma calça de camurça preta, deixei as luvas na cama e corri para o banheiro. Ao passar pela cozinha, notei que Ariyon já estava à mesa, comendo com meu pai.

— Bom dia! — gritou meu pai.

— Já vou! — respondi.

Penteei depressa meus longos cabelos pretos e fiz uma trança. Depois, escovei os dentes, fiz xixi e passei um pouco do perfume de óleo de sândalo que meu pai me havia dado no solstício de inverno.

Estava me sentindo uma idiota por me arrumar para um garoto. Já tinha tentado ter um namorado antes — o doce Gregory Hitchens —, mas a proibição de me tocar fez a chama se apagar bem depressa. Mas sabendo do plano de meu pai para o café da manhã — me fazer tocar Ariyon de propósito —, eu queria estar atraente. Queria que ele me achasse bonita.

Será que eu podia ser tocada? Essa ideia me fez rir. Eu havia passado a vida inteira tentando evitar atenção e toques, e agora os queria... dele.

— Está se sentindo melhor? — perguntei a Ariyon ao entrar na cozinha, sem luvas e com o cabelo solto. Ambas as coisas eram raras.

Ariyon foi me percorrendo devagar com os olhos, analisando meu cabelo e minha roupa.

— Estou, muito melhor, obrigado.

— Eu e Ariyon conversamos sobre a proposta dele de você frequentar a Academia — interrompeu meu pai, e eu arregalei os olhos.

Conversaram?

Achei que não tocaríamos nesse assunto.

— Pãozinho? — perguntou Ariyon, me estendendo um pãozinho fresco e quente.

Raramente tínhamos pão e carne na mesma refeição. Só em ocasiões especiais.

Meu pai devia ter usado toda a farinha que nos restava para aquele opulento café da manhã, e isso me deu um quentinho no coração. Era a única coisa que tínhamos para agradecer a Ariyon. Olhei para meu pai em busca de incentivo e ele acenou com a cabeça.

Ao pegar o pão que Ariyon segurava, não consegui evitar a tensão quando nossos dedos nus se tocaram.

Mas nada aconteceu; nada de ruim, pelo menos. Apenas um suave roçar dos dedos dele nos meus enquanto eu pegava o pãozinho.

— Obrigada. — Tentei disfarçar a emoção. Olhei para meu pai, e ele estava enxugando as lágrimas com as costas da mão.

Ele viu.

Por sorte, Ariyon estava concentrado demais no café da manhã para perceber nosso comportamento estranho.

— Mandei um recado hoje de manhã para meu mestre de cura na cidade dizendo que estava bem e que voltaria hoje à tarde com uma tal de Fallon Brookshire, uma feérica de magia extraordinária que estava escondida em Isariah — disse ele, abrindo um sorriso.

Nossa, ele sabia meu nome completo? Ele e meu pai deviam estar acordados fazia um tempão.

Papai sorriu para Ariyon.

— Você é mesmo capaz de sentir o cheiro da magia? — perguntou ele.

Ariyon fez que sim.

— De infecção, de gravidez e uma centena de outras coisas.

Meu pai ofereceu o pulso para ele cheirar e Ariyon deu uma risadinha.

— Isso me lembra de uma brincadeira que eu fazia com meu irmão quando éramos crianças. Ele odiava que eu o classificasse por potência de magia, mas também não resistia à tentação de querer descobrir se era mais poderoso que eu.

— E era? — perguntei.

— Não. — Ariyon sorriu como se isso lhe desse orgulho.

Ele pegou o pulso de meu pai e o levou ao nariz, inalando. Então, franziu a testa.

— Nem uma gota. Que estranho, nunca senti esse cheiro antes.

Meu pai sorriu.

— Sou apenas mais um rostinho bonito com orelhas pontudas.

Todos rimos, e então, ergui o pulso nu para Ariyon.

— Minha vez.

Sua mão se deteve sobre o prato de comida. Estendeu o braço e segurou meu pulso delicadamente, e eu tive que engolir um gemido. As pontas de seus dedos acariciaram a parte interna de meu pulso, me provocando um calor que deslizou por todo o meu corpo e se instalou em minhas entranhas. Meu coração martelava no peito, causando uma descarga inebriante que me dominou todinha. Esse toque foi diferente do anterior, durante a cura de meu pai. Aquele havia me chocado, e eu não estava preparada. Mas esse... eu estava louca por ele, e foi tão bom que eu queria me permitir ser toda idiota e pedir um abraço. Fazia anos que ninguém me abraçava, e quando isso acontecia, era sempre por cima de um cobertor. Ariyon não tinha a menor ideia do que estava fazendo comigo. Ele me tocou com ternura, sem saber que era o primeiro homem a pôr a mão em mim sem me causar dor. Esse ato gravou uma marca em meu coração com as letras de seu nome.

Eu jamais o esqueceria. Se ele fosse embora e eu nunca mais o visse, jamais me esqueceria daquela pressão delicada em meu pulso, ou da maneira como ele o levou ao nariz e inalou suavemente.

Ele fechou os olhos e engoliu em seco.

— Muita magia. Tanta magia que consigo sentir o gosto no fundo da garganta.

Quando ele abriu os olhos e olhou para mim, fiquei chocada ao ver suas íris cinza cor de aço praticamente brilhando.

— Mais magia do que minha tia.

Franzi a testa.

— Sua tia é poderosa?

Ele fez que sim.

— Muito.

— Que tipo de poderes eu tenho? Eu também sou curandeira? — perguntei, de repente acreditando nele.

Eu tinha magia. Só podia ter. Ele era curandeiro e não mentiria, não é? Qual seria o sentido?

Ariyon sacudiu a cabeça.

— Não sei, mas você deve carregar mais de uma especialidade. Mestre Clarke poderá dizer mais, e isso ficará claro no treinamento.

Olhei para meu pai, que deu de ombros.

— Quem diria que a menininha amaldiçoada que encontrei dentro de uma cesta era uma feérica poderosa? — Ele deu uma risadinha.

Ariyon ficou paralisado de repente, soltou meu pulso e fixou em mim um olhar penetrante.

— Garotinha amaldiçoada dentro de uma cesta?

Lancei um olhar furioso a meu pai e ele se encolheu, como se pedisse desculpas por ter contado minha história. Mas quando olhei para Ariyon, fiquei surpresa ao ver a raiva transparecer em seus olhos cor de aço. Talvez ele estivesse bravo por eu não ter lhe falado sobre minha maldição, porque poderia ser contagiosa. De qualquer forma, já era hora; eu não queria mais guardar esse segredo. Queria que ele soubesse.

— Ariyon, fui amaldiçoada a sentir dor sempre que alguém me tocar. Até *você* me tocar — eu disse.

Ele se levantou tão rápido que o banquinho em que estava sentado virou para trás.

— O que foi que você disse? — perguntou.

— Calma, filho, não é contagioso — disse meu pai, tentando tranquilizá-lo.

Ariyon olhou para meu pai e disse com um rosnado ameaçador:

— Eu *não* sou seu filho.

— Ei, o que houve? — Eu me levantei e estendi a mão para ele. Ariyon, que até então estava simpático e despreocupado, passou a se mostrar completamente hostil.

— Você... eu não acredito! — Ele se dirigiu à porta da cabana e, de repente, saiu correndo.

Olhei para meu pai em choque, mas ele não podia me ajudar. Estava tão atordoado quanto eu.

— Já volto — disse a ele, e corri para ver o que havia assustado Ariyon.

Acaso estava bravo por eu não ter lhe contado quando nos conhecemos? Ou estava apavorado por ser a única pessoa do reino que podia me tocar? Era muita pressão.

Quando saí, Ariyon já estava atravessando a aldeia a cavalo a alta velocidade.

— Espera! — gritei, e corri atrás dele.

Ele olhou para mim e puxou as rédeas da égua para detê-la. Havia alguns vizinhos fora, olhando fascinados para aquele curandeiro da Cidade Dourada montado num cavalo.

Ariyon pulou da égua e veio bem para cima de mim, me assustando. Havia tanto ódio em seu olhar que eu não entendi, mas senti como uma laceração em meu coração.

— Você tem sorte de eu não te matar. Não volte para a Cidade Dourada. *Nunca mais* — rosnou. Então, deu meia-volta, montou na égua e saiu cavalgando em direção à floresta.

Fiquei chocada diante de suas palavras horríveis.

Eu havia me permitido sonhar com mais toques dele ou, no mínimo, descobrir por que ele podia me tocar e se havia outros como ele. Mas algo tinha dado terrivelmente errado e eu não sabia o quê. Agora, a única chance que eu tinha de me sentir normal simplesmente havia ameaçado me matar e foi embora.

Desgraçado.

Como ele ousava? Não era minha culpa ter sido amaldiçoada!

Senti um grande peso no coração, que aumentava a cada batida. A rejeição de Ariyon doeu mais do que eu jamais admitiria.

Depois de lançar um olhar furioso à égua que se afastava, corri de volta para a cabana, passei pelo meu pai e fui me trancar no quarto para me refugiar na solidão de que tanto precisava.

Nunca mais queria pensar em Ariyon e na Cidade Dourada.

***

Dormi quase o dia todo; meu pai me acordou para meu turno na taberna. Ele não disse uma palavra depois daquela situação constrangedora com Ariyon. Sabia que algo havia dado errado, mas não sabia o quê. Nem eu. Contar a Ariyon sobre minha maldição havia desencadeado aquilo, e agora ele me odiava.

Mas sacudi a cabeça; não queria mais pensar naquilo.

Comecei a me arrumar para o trabalho; vesti uma blusa de mangas compridas, calças e luvas, e fiz um coque bem firme no cabelo. Todo mundo na aldeia sabia de minha maldição e se esforçava para assegurar que ninguém me tocasse, mas erros aconteciam. Erros que poderiam ser evitados se eu me vestisse assim.

— Tchau, pai — murmurei ao passar por ele para sair.

Ele segurou minha mão protegida e a apertou com força.

Um abraço apertado.

— Não sei o que aconteceu com aquele garoto, Fallon, mas saber de sua maldição o afetou de verdade por alguma razão.

— Eu sei — rosnei, sentindo a vergonha me dominar.

Como se eu já não me sentisse rejeitada, a única pessoa do reino que podia me tocar me repudiou quando soube de minha maldição.

— *Mas...* — meu pai apertou minha mão de novo —, isso não significa que não existam outras pessoas que possam te tocar. Outros curandeiros, talvez... — Olhei para ele e vi que estava sorrindo para mim. — Não perca a esperança, está bem?

Era muita gentileza da parte dele dizer isso, mas eu tinha que usar a cabeça. Tipo, onde eu encontraria outros curandeiros feéricos para testar essa teoria? Como não perder a esperança? Todos os curandeiros viviam na Cidade Dourada, a mesma cidade à qual Ariyon me havia dito para não voltar nunca mais. Nunca. Como meu pai achava que eu encontraria outro curandeiro para, um dia, dar meu primeiro beijo?

— Está bem — disse, com um sorriso falso.

Apertei sua mão de volta e a soltei para ir trabalhar.

Enquanto me dirigia à taberna de Hipsie, fiquei repassando minha conversa com Ariyon de manhã e ri da situação ridícula. O coitado tinha me tocado uma vez e eu fui logo planejando um futuro com ele. Só porque ele podia me tocar, não porque minha personalidade e a dele combinavam, ou porque nos dávamos bem, ou porque ele me achava bonita.

Eu me sentia uma idiota e desesperada e agora estava deprimida por ter perdido algo que nunca havia tido.

Entrei pelos fundos da taberna e fui para a cozinha.

Encontrei Hipsie mexendo uma panela gigante de ensopado. Hipsie era mais velha que a morte, mas se levantava ao nascer do sol, fazia seu ensopado, fermentava seu hidromel e comandava a taberna sem reclamar. O que significava que eu conseguiria passar a noite sem reclamar do fato de Ariyon ser um babaca.

— Oi, Hip! — Eu lhe dei um sorriso caloroso.

Ela olhou para mim assim que uma lufada de vapor subiu e cobriu seu rosto. Algumas pessoas pensavam que Hipsie era descendente dos feéricos de Ealdor, seres conhecidos por viver para sempre, a menos que fossem mortos. Meu pai disse que ela tinha pelo menos duzentos anos, e a maioria dos feéricos comuns na Cidade Dourada morria por volta dos cem anos. Aqui em Isa, tínhamos por volta de metade dessa expectativa de vida. Sem curandeiros, sem água corrente… não dava para viver tanto tempo sem luxos como esses.

Quando fiz catorze anos e terminei a escola da aldeia, sabia que as pessoas da cidade poderiam ter medo de me contratar por causa de minha maldição. Mas Hipsie não; ela disse para eu levar minha bunda amaldiçoada para a taberna dela e começar a trabalhar. Eu trabalhava lá desde então.

Ela me encarou com severidade.

— Quer dizer que andou invadindo a Cidade Dourada e trouxe um curandeiro para salvar seu pai?

Estremeci. Os boatos se espalhavam depressa por uma cidadezinha.

— Eu…

Hipsie sorriu.

— Eu não poderia estar mais orgulhosa. Esses canalhas pomposos nascidos da magia têm que saber que vale a pena salvar a gente.

Não pude deixar de retribuir o sorriso. Ouvir uma velha chamar as pessoas de canalhas era engraçado.

— Obrigada, Hip.

Peguei a vassoura e fui ao salão principal começar minhas tarefas. A taberna de Hipsie era construída com madeira maciça entalhada. Estava ali havia mais de 200 anos, e todo mundo tinha se abrigado ali uma vez, quando uma forte tempestade nos atingiu. As toras pesadas e laqueadas e a lareira crepitante sempre me davam uma aconchegante sensação de lar. Enquanto eu varria o chão, preparando tudo para os clientes, fui tomada por uma lembrança da noite anterior.

A BoticAvis... A tintura ainda estava no bolso de minha calça jogada no chão.

Eu havia dito à mulher que limparia tudo e pagaria minha dívida, e ela tinha dito que deixaria a vassoura fora. A culpa se insinuou em meu peito, e pensei na tintura que nem usamos. Engolindo em seco, decidi que naquela noite, depois de meu turno, voltaria de fininho para a cidade e devolveria a tintura não usada. Era o mínimo que eu podia fazer. Ela já devia ter limpado o vidro, mas eu podia consertar a janela com papelão.

Sacudindo a cabeça para clarear a mente, comecei a trabalhar depressa. As pessoas da aldeia iam chegando aos poucos e até a hora do jantar estávamos quase cheios. Hipsie estava fazendo seu famoso ensopado de bordo apimentado e o cheiro, por si só, atraía todo mundo ao local. Como trabalhávamos em um sistema de escambo, eu tinha que anotar meticulosamente o que cada um pedia e o que oferecia em troca. Hipsie tinha acordos com algumas pessoas, como os fazendeiros que forneciam os ingredientes, e os mantinha alimentados e bêbados. Outros ofereciam tempo, consertos, ferramentas, roupas, favores; variava bastante, mas tudo dava certo. Meu pai havia cavado valas de drenagem ao redor de toda a taberna um ano para evitar que inundasse quando chovesse. Com isso, pôde se alimentar durante meses. Eu trabalhava pelas minhas refeições e conseguia algumas para meu pai também. Parecia complicado, mas funcionava; no entanto, exigia que eu conhecesse todo mundo e soubesse o que faziam ou tinham a oferecer.

Enquanto eu estava anotando o pedido de Konan, a taberna, normalmente barulhenta, ficou em silêncio absoluto. Uma sensação estranha me dominou e eu me voltei, engolindo em seco, quando vi meia dúzia de guardas da Cidade Dourada entrarem na taberna com espadas em punho.

Cambaleei, sabendo que, sem sombra de dúvidas, estavam atrás de mim. Deviam ter descoberto que eu havia invadido a cidade na noite passada e agora estava ferrada.

— Fallon Brookshire? — Um dos guardas caminhou até mim. Seus cabelos chegavam até a metade das costas e formavam uma trança grossa. Em seu peito, a insígnia da chama cor de ouro da Cidade Dourada.

Eu não conseguia falar… também não fazia sentido correr, de modo que só concordei.

— Você está sendo procurada para interrogatório na Cidade Dourada — declarou o guarda de trança preta.

— Do que se trata? — perguntou Konan, se levantando de repente e parando a meu lado.

Konan era um trabalhador braçal como meu pai, mas com um temperamento mais explosivo e muito mais cerveja no organismo. Também tinha a constituição de um cavalo e era muito mais alto que o guarda.

O guarda ficou irritado com a pergunta.

— Isso não é problema seu. Sente-se ou eu *farei* você sentar.

O guarda ergueu a espada e a apontou para Konan. O fio da espada de repente foi tomado por chamas laranja e toda a taberna arfou, inclusive eu.

Santo feérico!

Eu havia ouvido boatos sobre pessoas que conseguiam conjurar fogo com a mente, mas nunca tinha visto nada parecido.

— Ela é só uma garota! — disse a senhora Tinley, se levantando e se aproximando, dando um passo para minha esquerda, enquanto Konan me protegia pela direita. — Que autoridade vocês têm para levá-la à cidade para interrogatório?

O guarda que parecia ser o chefe olhou para a senhora Tinley com ódio absoluto. Calafrios percorreram minha pele como uma cobra.

Eles odeiam a gente.

— Estou sob a autoridade da rainha Solana, que governa *todos* os feéricos. Inclusive vermes sem magia como vocês — rosnou, e seus homens avançaram em minha direção.

— Parem! — A voz de Hipsie ecoou pelo salão e todos nos voltamos para a velha senhora, que agora se aproximava dos guardas, vinda da cozinha. Ela ergueu sua faca de açougueiro de 50 centímetros.

— Vocês vieram interrogá-la? — perguntou Hipsie. — Pois fiquem à vontade, mas não vão levar essa garota de Isariah sem lutar.

Meus companheiros aldeões, de repente, bateram com o punho na mesa, em concordância, e se levantaram, indo para a passagem principal e criando uma aglomeração que tornaria mais difícil para os homens me alcançarem.

A gratidão pelo que eles estavam tentando fazer inundou meu peito. Era incrivelmente gentil da parte deles, mas meu povo não tinha magia e aqueles homens, sim. Eu havia visto uma pequena amostra do que Ariyon era capaz de fazer, e isso tinha me deixado apavorada.

O guarda da trança preta riu.

— Vocês acham que eu ligo de ter que abater um bando de inúteis como…

— Eu vou! — gritei. — Mas não machuquem ninguém, por favor.

O guarda fez um aceno com a cabeça para mim e os outros guerreiros ergueram suas espadas, das quais irrompeu o mesmo fogo alaranjado.

— Deixem que ela passe e ninguém se machuca — anunciou um guarda de cabeça raspada.

Os clientes da taberna se entreolharam como se não soubessem o que fazer.

Houve um movimento na multidão e, de repente, Hipsie abriu caminho até a frente. Postou-se a meu lado e Konan se afastou, mas não se sentou. Hipsie pegou meu pulso coberto pela luva.

— Você só vai tirar essa garota de mim por cima do meu cadáver, entendeu, bonitão? Ela é isariana e não vai com você — rosnou ela.

Senti um quentinho no coração pela forma como ela me defendia. Para ser sincera, eu estava morrendo de medo de ir com eles, mas também de descobrir o que acontecia quando aquelas chamas âmbar tocavam uma pessoa. Já ouvi que fogo mágico queimava de um jeito diferente do fogo real. O guarda deu um passo à frente tão rápido que eu quase não consegui acompanhar o movimento; ele avançou com sua espada direto para o peito de Hipsie.

Algo instintivo irrompeu em mim, como se a porta da jaula de um animal selvagem se abrisse pela primeira vez. Estendi a mão livre e segurei a lâmina da espada no ar. O fio cortou minhas luvas com facilidade, atingindo meus dedos e a palma da mão, mas ignorei a dor. Eu era boa em lidar com a dor; era tudo o que eu conhecia. O fogo alaranjado queimou minha luva e chamuscou minha pele, mas ignorei isso também. Segurei a espada bem pertinho do coração de Hipsie, e uma fúria selvagem se libertou de dentro de mim. De repente, a chama da lâmina se apagou e ela mesma começou a escurecer e se desfazer, até cair de meus dedos em forma de uma pilha de cinzas no chão.

Todo mundo ofegou e recuou, enquanto eu sustentava o olhar do guarda e tentava conter a fúria assassina que sentia naquele momento.

— Se machucar *qualquer* uma dessas pessoas, você vai se arrepender — eu disse, com uma voz que mal reconheci, baixa, tomada de tanta raiva que não parecia normal.

O medo passou pelo rosto do guarda e ele piscou depressa, olhando para a espada no chão, transformada numa pilha de cinzas. Estava paralisado, mas os outros guardas não. Um deles correu e me pegou pelo pescoço exposto com seus dedos nus antes que eu pudesse processar o que ele estava fazendo.

Senti a dor e meu grito de agonia atravessou a taberna. Caí de joelhos, sem fôlego, mas o guarda não largou meu pescoço.

— Fallon Brookshire, você está presa por agredir um oficial real — disse o guarda.

Uma dor, como um fogo ardente e abrasador, percorreu cada pedacinho de minha pele. Eu não conseguia mais gritar, havia perdido o ar. Não conseguia respirar. Tudo doía. Eu queria morrer.

— Tire as mãos dela! Ela foi amaldiçoada a sentir dor quando for tocada! — gritou Hipsie, em pânico.

— Eu sei — respondeu o guarda, mantendo a mão em minha garganta.

Nunca ninguém havia mantido contato por tanto tempo. Sempre que acontecia um roçar acidental, a pessoa recuava depressa. Mesmo quando criança, quando meu pai ainda experimentava o que eu conseguia suportar, nunca havia durado tanto. A angústia aguda e ardente era avassaladora, como se cada nervo de meu corpo houvesse sido incendiado. O tempo parecia se arrastar, amplificando a dor excruciante que tomava cada pedacinho de meu ser. Ondas de agonia se chocavam em meu corpo, impedindo qualquer sombra de alívio. Meus músculos me traíam, eu tremia toda.

Ele não me soltava; comecei a ver pontos pretos diante dos olhos. Eu queria morrer. Qualquer coisa era melhor do que aquilo.

Num momento, eu estava olhando para aquele homem de coração de pedra com a mão em minha garganta, no outro, o cutelo de Hipsie desceu e cortou seu braço.

Os dedos largaram meu pescoço e a dor diminuiu; mas só um pouco. A agonia ainda tomava minha pele como se eu houvesse sido queimada viva e, de repente, cada fibra da roupa fazia meu corpo doer como se estivesse ferido. Ouvi a erupção de um pandemônio de gritos e lutas enquanto convulsionava no chão e, por fim, sucumbi à escuridão.

5

Voltei a mim atordoada. Minha cabeça estava nebulosa e minha pele queimava como se eu houvesse passado o dia todo exposta ao sol. Senti a garganta ressecada quando tentei engolir e abri os olhos de repente. O pânico tomou conta de mim quando percebi que estava em uma cela de prisão. Barras de ferro pretas cercavam todo o espaço e duas figuras escuras discutiam na penumbra.

— Podemos matá-la? — perguntou uma mulher.

Abafei um gemido. Me matar? Por ter entrado de fininho na cidade? Eu tinha ouvido que a punição era a morte, mas achava que era mentira.

— Pela Luz, não! — retrucou um homem. — Isso ativaria a outra maldição e eliminaria seu herdeiro.

A mulher rosnou, frustrada.

— Ela é filha de Marissa Bane. Não me diga que isso não deixa você apavorado.

Fiquei paralisada e fechei os olhos depressa, com medo de que olhassem para mim. Queria continuar ouvindo, mas tudo era atordoante demais. Acaso estavam falando de mim?

Eu nunca havia perguntado sobre meus pais biológicos. Isso pouco me importava. Haviam deixado um bebê indefeso dentro de uma cesta com um bilhete. Quem fazia uma coisa dessas com uma criança? Eles morreram para mim naquele dia, mas ouvir aquela informação despertou minha curiosidade.

Marissa Bane. Eu não conhecia o nome, mas eles com certeza temiam essa mulher.

— Claro que sim, mas não há evidências de que ela carregue a mesma magia que a mã…

— Ela transformou a espada abençoada de um de meus guardas reais em cinzas com a própria mão! Ela usou o poder das trevas — retrucou a mulher.

Então, eu soube: a mulher que havia perguntado se podiam simplesmente me matar era… a rainha Solana. Ela havia dito *meu* guarda real. E quem comandava a guarda real era a própria rainha.

Luz, me ajude.

Eu havia esquecido o incidente da espada. Achava que tinha imaginado ou que ele mesmo tinha feito aquilo. Mas agora que estavam dizendo que havia sido eu… fiquei com medo de mim mesma. Talvez fosse uma coisa boa eu estar atrás das grades. Talvez Ariyon tivesse razão e eu detivesse um poder incrível.

Um poder obscuro.

— Então vamos mantê-la aqui, trancada a sete chaves, pelo resto da vida — declarou a mulher.

Mais uma vez, tive vontade de chorar, mas me contive para ouvir mais sobre meu destino. Viver naquela cela pelo resto da vida? Eu preferiria morrer.

— Não — insistiu o homem. — Se fizermos isso, ela passará a nos odiar e seus poderes se fortalecerão ainda mais. Ela vai escapar da jaula e matar todo mundo.

— E o que você sugere, Clarke? — A mulher estava meio desesperada. Eu torcia para que aquele tal de Clarke lhe desse um conselho que não envolvesse me matar ou me deixar trancada ali para sempre.

— Permita que ela entre na Academia sob minha tutela. Posso evitar que ela se torne tenebrosa como a mãe.

Silêncio.

Mais silêncio.

Uma sensação de desgraça iminente provocou um pavor paralisante em mim. Minhas mãos começaram a tremer de leve. Me tornar tenebrosa? Isso seria possível? Engoli em seco, tentando não sucumbir ao medo.

Então, a mulher riu.

— Pelo amor da Luz, está falando sério? Armar essa garota com o conhecimento para matar todo mundo? Você perdeu o juízo?

O homem soltou um suspiro exasperado.

— Não. Vamos demonstrar compaixão pela garota para que, quando a profetizada guerra das criaturas da noite começar, ela lute do nosso lado.

Guerra das criaturas da noite! Meu coração martelava no peito; eles falavam como se aquilo fosse inevitável. Eu só havia visto uma criatura da noite, por isso tinha presumido que eram muito raras. Não conseguia imaginar uma guerra inteira com elas.

— Como fez a mãe dela? — perguntou a mulher. — Toda a família Bane enlouqueceu com a magia das trevas. Ela os corrói até que a magia acabe por controlá-los, e não o contrário. Você *sabe* disso.

O homem suspirou de novo.

— Historicamente, sim.

Meu corpo inteiro ficou rígido só de pensar em enlouquecer. Acaso minha linhagem era cheia de pessoas que haviam perdido o juízo? Esse pensamento me deixou horrorizada.

— Clarke, o que você pode fazer de diferente com ela que não fez com Marissa? Que garantia você me dá de que vai criar uma guerreira, e não uma arma? — implorou ela.

Parecia que, pela primeira vez desde que tinha aberto a boca, aquela mulher queria me salvar.

Me salvar de mim mesma? Era uma ideia aterrorizante.

Uma guerreira, e não uma arma. Essas palavras ecoavam na minha cabeça. Engoli em seco, tentando acalmar meu coração acelerado.

— Minha rainha, consegue imaginar, por um instante, nunca ser tocada em toda a sua vida sem sentir dor? — perguntou ele. Eu estava tão absorta naquela conversa que rezei para que não percebessem que estava acordada e parassem de falar ou fossem embora.

Ela suspirou.

— Seria horrível, claro, mas algo precisava ser feito em relação à estirpe dela.

Senti um choque atrás do outro ao ouvir essas palavras. Acaso estavam dizendo que aprovavam quem me amaldiçoou com a dor do toque? Algo precisava ser feito? Mas eu era uma garota inocente!

— Marissa odiava as pessoas porque elas sempre a decepcionavam. Sentia-se um erro e disse isso muitas vezes — disse Clarke. — Sua mente era obscura desde pequena. Mas ouvi dizer que Fallon é diferente. As pessoas da aldeia se reuniram ao redor dela e lutaram contra a guarda real para que não a levassem. Eles a amam. Ela é amada, isso é algo que Marissa não teve.

Ela é amada. E minha mãe não? Percebi que talvez houvesse julgado mal a mulher que tinha me deixado na cesta às portas de Isariah.

— Sim, eu sei. Um de meus guardas perdeu a mão! — disse a rainha, exasperada.

— Você lutaria contra um guarda real armado, com as mãos nuas e sem ter magia, para proteger uma garotinha se ela odiasse as pessoas e fosse rude desde pequena?

Silêncio.

— O que está querendo dizer? — pressionou a rainha.

— Acho que ela é diferente. Não sei qual foi a criação humilde que teve em Isa, mas a preparou para o bem. Permita que eu trabalhe com ela na escola, vou ficar de olho nela e avisarei a senhora se ela começar a ficar sombria.

Sombria. Engoli em seco. Isso significaria que minha magia estaria tomando conta de mim e me controlando. E eu ainda nem havia me conformado com a ideia de ter magia!

— Está bem — disse a rainha. — Enquanto isso, vou mandar construírem uma cela que possa contê-la se o inevitável acontecer.

Ouvi passos e percebi que a rainha estava se afastando. Meu coração batia forte enquanto eu processava tudo o que havia acabado de ouvir.

— Já pode parar de fingir que está inconsciente — disse o homem.

Abri os olhos de repente. Ele estava agachado na frente das grades, olhando para mim com curiosidade.

Parecia ter quase quarenta anos; usava uma touca marrom-escuro puxada para trás, que combinava com sua barba escura e grossa. Tinha olhos castanhos e bondosos e me olhava com um dó absoluto.

Eu me sentei, tentando manter a compostura, mas meus lábios tremiam.

— Você sabia que eu estava ouvindo? — Ele fez que sim. — Mesmo assim, disse tudo aquilo?

Aquela parecia uma conversa particular.

— Quero que você saiba o que estamos enfrentando — disse ele com calma.

O silêncio caiu sobre nós.

— Está falando sobre eu enlouquecer e travar uma guerra ao lado das criaturas da noite para... para o quê, dominar o mundo dos feéricos?

Eu esperava que o homem risse da piada, mas ele apenas concordou, muito sério.

Então, ficou em pé e enfiou a mão nos bolsos.

— Vejo você amanhã na aula. Já faz uma hora que seu pai está importunando os guardas lá no portão. Vou deixá-lo entrar e arrumar um lugar para você na Zona Oeste.

Zona Oeste. Onde viviam os feéricos pobres com magia fraca?

— Espera aí, você quer que eu *more* aqui?

— Não imagino que você vá viajar três horas a pé todos os dias para estudar — respondeu ele.

Então, eu ia entrar naquela escola? A Academia? Minha mente girava com tantas informações novas.

— E meu pai? Pode morar aqui também? — perguntei de novo, para ter certeza de que havia ouvido direito.

O homem concordou.

— Vou assegurar que ele consiga um emprego.

Tudo estava acontecendo tão depressa. Morar na Cidade Dourada com meu pai? Frequentar a Academia para aprender magia?

— Meu nível de poder não é mais apropriado para um feérico da Zona Leste? — perguntei, tentando conseguir que eu e meu pai ficássemos em uma parte melhor da cidade.

Ele me olhou com desdém.

— Seu pai não tem magia. Imagino que nenhum dos dois saiba ler, e vocês cresceram em Isariah. Vai por mim, a Zona Leste comeria vocês dois vivos.

Ora, *isso* foi um insulto.

— Eu sei ler! — retruquei.

Ele levou uma das mãos à cintura.

— E seu pai? Ele é bom em matemática? Devo arranjar um emprego de contador real para ele e uma mansão palaciana para vocês, com cavalos e empregados?

Franzi a testa.

— Tá bom, já entendi.

Ele acenou com a cabeça, parecia satisfeito por eu largar esse assunto.

— Quer dizer, então, que não estou encrencada? — perguntei, olhando para o corredor por onde a rainha havia acabado de passar.

Ele pareceu ponderar um pouco em minha pergunta.

— Você ficará em liberdade condicional.

— Por ter nascido?

Ele me fitou com muita severidade.

— Por ter nascido da linhagem feérica mais sombria conhecida em todas as gerações, *sim*.

Caramba. Dito dessa forma, me causou até um arrepio na espinha.

— Eu não sou das trevas. A única razão de eu ter queimado a espada daquele guarda foi porque ele estava tentando ferir minha amiga. Ela é uma velha indefesa, ele deveria se envergonhar — eu disse, abraçando os joelhos junto ao peito.

Clarke suspirou.

— Aquela *velha indefesa* derrubou três guardas antes de ser subjugada. Ela está presa do outro lado do corredor, aguardando sentença. Achamos que ela é uma feérica Ealdor nascida sem poderes mágicos. — Ele se voltou, pronto para ir.

— O quê? Não! — Eu me joguei contra as grades e fiquei olhando freneticamente para o outro lado do corredor. — Você não pode... matá-la. Ela estava me protegendo. Seus guardas me machucaram, eles tocaram no meu pescoço até eu desmaiar.

Ele voltou a cabeça e me olhou por cima do ombro; um leve toque de compaixão projetava uma sombra sobre suas feições.

— Você é uma Bane. Os guardas receberam ordens para atacar caso você revidasse, e foi o que você *fez* — lembrou ele. — Por atacar um guarda real ela será condenada à prisão perpétua, se não à morte.

Então, ele se afastou, mas eu gritei para que parasse.

— Quer que eu lute ao lado de vocês na guerra que está por vir? — Um calor subiu para as minhas bochechas, me fazendo franzir a testa enquanto eu ficava mais exaltada. — Então, me mostre que vale a pena lutar por vocês. Liberte minha amiga inocente para que eu possa acreditar que o povo da Cidade Dourada é bom. Porque, do meu ponto de vista, tudo o que vocês já fizeram para mim foi maldade. Pode ser que não seja eu a sombria, e sim vocês!

Sacudi as barras de ferro só para enfatizar minhas palavras.

Ele se voltou e me observou por um bom momento; tanto que o suor começou a escorrer pela minha testa e eu fiquei puxando um fio solto na bainha da blusa.

— Levarei sua preocupação à rainha — murmurou ele. Então, foi até um guarda, perto da parede mais distante, e apontou para minha cela.

Hipsie. Meu coração ficou apertado só de pensar nela trancada ali por minha causa. Eu não podia simplesmente sair dali sem ela, mas o que mais poderia fazer? Já havia dito o que tinha que dizer. Ela havia mesmo cortado fora o braço de um guarda e, pelo visto, ferido outros três.

O guarda com quem Clarke havia falado aproximou-se de minha cela e pegou uma chave.

Prendi a respiração enquanto ele destrancava a porta e me deixava sair.

Aquilo era muito estranho. Eu era uma prisioneira ali e, de repente, estava livre? Olhei pelo corredor e notei que o homem chamado Clarke havia sumido.

— Quer dizer que eu simplesmente vou embora?

O guarda, que ostentava uma cabeça raspada e a tatuagem gigante de uma espada no pescoço, apenas grunhiu. Saí da cela e o segui pelo corredor. Ao passar por outras celas, tentei procurar Hipsie, mas a maioria estava vazia e, nas outras, havia pessoas que eu não conhecia.

Logo estávamos subindo uma escada; fiz uma oração para que Hipsie fosse libertada. Voltaria mais tarde para ver como ela estava, mas, primeiro, precisava ver meu pai. Tinha certeza de que ele estava morrendo de preocupação.

No alto da escada havia outro guarda, de cabelo preto curto, que me observava com cautela.

— Vão soltá-la? — perguntou. Ele tinha pouco mais de vinte anos e me olhou com desdém.

Apertei os braços contra o peito e só então percebi que minhas mãos não estavam mais cortadas nem feridas. Deviam ter sido curadas por um curandeiro.

Será que foi Ariyon?

O guarda tatuado que estava a meu lado fez que sim. O de cabelo preto curto ficou imóvel durante um minuto. Só quando o homem a meu lado pigarreou foi que se levantou e usou uma chave para destrancar a porta. A porta se abriu para um pátio iluminado pelo sol e, de repente, quis muito minha liberdade. O jeito como aquele guarda me olhava me dava arrepios.

— Não vá arranjar encrenca — rosnou o guarda de cabelo curto quando passei pela porta aberta.

— Cara, ela é só uma garota — disse o outro guarda.

— Ela é uma Bane — disse o malvado, rosnando, e eu engoli em seco.

Nota mental: fique de olho na sua retaguarda.

Me afastei da porta e fui caminhando, meio estupefata, por um jardim, para longe do castelo gigante que ia ficando para trás.

Primeiro, eles me mantiveram prisioneira; depois, simplesmente me soltaram, e agora, eu não tinha a menor ideia de onde estava. Estávamos no alto de uma colina e, lá embaixo, eu podia ver a vasta cidade além e os portões dourados que a cercavam.

Ela é uma Bane.

Eu ainda não havia assimilado toda a história de Marissa Bane, minha mãe biológica má. Só me importava com meu pai e com Hipsie naquele momento. Atravessei a cidade correndo e, chegando ao portão principal, gritei ao ver meu pai esperando já do lado de dentro, olhando para uma multidão de pessoas perto do mercado.

— Pai! — gritei.

Ele virou rápido a cabeça em minha direção e quase desabou de alívio. Corremos um para o outro. Ele tentou pegar minhas mãos cobertas, mas eu recuei. Eu as levantei e lhe mostrei as cicatrizes de queimaduras e cortes de minha luta com o guarda. Ele acenou com a cabeça, com os olhos marejados.

— Ah, graças à Luz você está bem, Fallon. Rezei durante toda a caminhada de três horas.

Olhei ao redor; as pessoas seguiam suas vidas sem se incomodar com nossa presença.

— Alguém veio falar com você? — perguntei.

Ele estava dentro dos portões; interpretei isso como um bom sinal; imaginei que Clarke, um cavalheiro, havia lhe explicado as coisas. Meu pai fez que sim.

— Ele acabou de sair daqui. Um sujeito um pouco mais novo que eu; disse que era mestre numa escola que você vai frequentar.

Estremeci ao pensar em estudar naquela escola com os esnobes que havia conhecido no pátio na noite em que meu pai tinha adoecido. Eden era ótima, mas as outras meninas e Ariyon acabaram se revelando maçãs podres.

— Ele falou como se isso fosse obrigatório? — perguntei, hesitante. Talvez eu houvesse interpretado mal nossa conversa e pudesse simplesmente voltar para Isa e esquecer tudo aquilo.

Meu pai olhou por cima do ombro e notei um guarda parado a dez passos de distância, com a mão na espada e me encarando.

— Ele disse que não temos permissão para sair da cidade e que sua presença na escola todos os dias *não* era negociável.

Suspirei. Onde eu havia me metido?!

— Desculpa, pai… — Minha voz tremeu por causa da culpa que sentia por tê-lo arrastado para aquela situação. — Não sei como tudo isso aconteceu… eu estava trabalhando na Hipsie e, do nada…

Eu não conseguia mais falar; meu pai pousou as mãos em meus ombros cobertos.

— Já passamos por coisas piores, vamos superar isso também — disse ele com firmeza, com mais confiança do que eu. Ele ergueu uma chave de prata. — Eles nos deram uma casa com um contrato de quatro anos para você concluir seus estudos. O aluguel é de graça. Não parece tão ruim, não é?

Ele sorriu e senti um leve alívio se espalhar por meu corpo. Morar de graça era uma incrível gentileza da parte deles, mas a ideia de simplesmente abandonar Isariah por quatro anos partia meu coração. Sorrel, nossa cabana, a taberna de Hipsie…

— Onde fica? — perguntei, olhando para todas aquelas ruas e prédios. Eu ainda não sabia o caminho.

Meu pai olhou para o guarda e acenou com a cabeça. Então, o homem se afastou da coluna em que estava encostado e saiu andando a nossa frente.

Meu pai se inclinou para me dizer:

— Aquele tal de Clarke disse que eu teria alguns dias para me instalar e depois me arranjaria um emprego com pagamento em dinheiro.

Pagamento em dinheiro?! Nem sabíamos usar dinheiro. Havia tamanhos e denominações diferentes para todos os tipos de coisas ali, e meu pai era péssimo em matemática. Havia abandonado a escola da aldeia cedo para começar a trabalhar como operário para sustentar a família. Mas era o homem mais forte e trabalhador que eu conhecia. Conseguia levantar uma pedra maior que eu e jogá-la a uns cinco metros de distância! Também fazia trabalhos de alvenaria belíssimos. Tenho certeza de que seria uma vantagem para todos tê-lo ali.

— Vamos dar um jeito — disse a ele com voz trêmula, tentando assimilar tudo.

Nós nos afastamos do portão e seguimos ao longo de uma cerca-viva verde e alta que formava um muro de privacidade. Havíamos chegado a uma abertura em arco com letras de metal no alto.

Zona Oeste.

Ahh, a famosa Zona Oeste. O guarda passou por baixo do arco. Eu me preparei para encontrar uma cidade infestada de ratos, em ruínas. Quando cruzei o arco e olhei para cima, deixei escapar uma gargalhada.

Meu pai e o guarda me olharam, perplexos. A cidade a minha frente era linda. Bem, não tão recém-pintada e bem cuidada quanto os prédios coloridos e os arranjos florais da Zona Leste, mas havia fileiras e mais fileiras de casas robustas de tijolos vermelhos. Claro, a rua de paralelepípedos tinha rachaduras, mas não era de terra batida como em Isa. Não se via nenhuma barraca ou cabana de palha, e pelo que eu podia ver, as casas tinham cristais de eletricidade!

— Desculpa — murmurei, e apaguei o sorriso do rosto.

As pessoas ali podiam não ter dinheiro sobrando para decoração ou tinta lilás, mas quem ligava para isso? Eu não via nada de errado naquele lugar, o que só me dizia tudo o que eu precisava saber sobre o esnobismo da Cidade Dourada. Se a casa não fosse da cor de um ovo de tordo cheia de flores frescas, a pessoa era vista como inferior.

Eu já estava furiosa por ter que morar naquela cidade.

Contei quatro ruas até o guarda virar à direita na rua D. Eram organizadas em ordem alfabética, o que facilitava as coisas. Meu pai não sabia ler frases, mas se virava bem com palavras ou letras isoladas, de modo que conseguiria memorizar depressa onde morávamos. Se não conseguisse, encontraria outros pontos de referência para identificar nossa rua, como a bicicletinha enferrujada e encrustada num arbusto no fim da rua. Bicicletas não eram úteis em Isa, pois o terreno era tão irregular e a floresta tão densa que não havia onde pedalar. Mas Hipsie tinha uma bicicleta amarela que usava de vez em quando como burro de carga para transportar ingredientes das barracas do mercado, e eu já havia andado nela uma ou duas vezes. A dela era de madeira e as dali pareciam de metal, mas a ideia era a mesma.

Fiquei perdida em pensamentos até que o guarda parou diante de uma porta pintada de preto com o número "4" escrito nela.

— Rua D, número 4 — disse o guarda, abrindo a boca pela primeira vez. Sua voz era tão baixa que me fez dar um pulo. — Haverá inspeções mensais do proprietário para ver se estão mantendo o imóvel dentro dos padrões. Animais de estimação não são permitidos. Visitantes não são permitidos por mais de três noites.

Meu pai concordou, mas eu achei meio estranho esse negócio de ter um senhorio. Em Isa, a cabana era nossa. Era de meu pai desde antes de ele nascer, passada de geração em geração. Alugar e ter que seguir regras eram novidades para nós. Mas não pareciam tão rígidas. Não tínhamos animais de estimação, pois eram bocas extras para alimentar, e não costumávamos trazer hóspedes para casa, uma vez que todo mundo tinha sua casa em Isa. Eu supunha que Sorrel ia querer nos visitar, mas...

— Obrigado — disse meu pai, interrompendo meus pensamentos.

E então, o guarda foi embora.

Papai olhou de um lado para o outro, sem dúvida se perguntando se teríamos que esperar mais alguém para entrar. Olhei para ele e dei de ombros, como se dissesse para simplesmente abrir a porta.

Ele tirou a chave prateada do bolso e a porta se abriu.

Uma porta. Uma porta de madeira de verdade, com fechadura. Não uma cortina. Só isso já era mais sofisticado do que estávamos acostumados a ter.

Quando meu pai entrou, logo parou, e eu dei de cara com as suas costas, com cuidado para não encostar nele.

— Está mobiliada — disse ele, maravilhado.

Desviei dele e observei o cenário a minha frente. Estávamos diante de uma sala ampla, com um sofá de veludo verde, uma mesinha de centro de madeira reluzente e um lindo tapete creme sobre um piso de madeira levemente arranhado.

As paredes eram de um amarelo-claro e, tirando alguns arranhões, aquele lugar estava mais limpo que nós. Nem um grão de poeira ou sujeira maculava o espaço.

— Acho melhor tirarmos os sapatos — disse meu pai, e eu concordei.

Mais adiante, havia uma mesa de jantar para quatro pessoas, pintada de um tom claro de azul, e uma cozinha completa, como a que Hipsie tinha na taberna.

— Uma cozinha completa! — Corri pela casa descalça e meu pai me seguiu.

Me voltei para ele e vi que estava sorrindo. Ele adorava cozinhar; poderia ter sido padeiro em outra vida. Seus pães e doces eram os mais macios de Isa, quando tinha tempo para fazê-los. A cozinha compacta tinha uma bancada de uma pedra que não reconheci, e os armários pareciam ser de carvalho escuro. Havia uma pia, um belo escorredor de pratos e...

— O que é isso? — perguntou meu pai, olhando para a geladeira gigante.

Sorri.

— Já li sobre isso. Vem ver.

Fomos até aquela coisa grande e eu puxei a alça.

— Ponha a mão aí dentro — eu disse quando a abri.

Ele enfiou a mão lá dentro e arregalou os olhos.

— Mantém a comida gelada para que não estrague. É alimentada pelo cristal elétrico.

Então, fui até a pia e abri a torneira. Água fresca e limpa jorrou dela e meu pai gritou de surpresa.

— Água corrente! — gritei. — Aposto que também tem vaso sanitário com descarga.

Corri pelo corredor, passando por dois quartos agradáveis com camas altas de madeira, cobertores e travesseiros macios, e encontrei o banheiro. Era a coisa mais limpa que eu já havia visto. Azulejos brancos cobriam todo o chão e as paredes, e uma cortina envolvia uma banheira com pezinhos.

Encostado na parede do fundo, havia um vaso sanitário de porcelana branca. Eu já li sobre isso nos livros que Sorrel havia deixado em casa.

— O que é isso? — perguntou papai de novo, em choque, todo impressionado.

Como explicar com delicadeza?

— É como um penico grande, mas ele... suga os... resíduos e os leva para o subsolo, onde a terra os purifica.

Ele arregalou tanto os olhos que ficou parecendo uma coruja assustada. Não consegui conter a gargalhada.

Estendi a mão, peguei a alavanca da descarga e tentei levantá-la. Nada aconteceu. Então, empurrei-a para baixo e um funil de água barulhenta se formou e foi sugado para dentro do vaso, fazendo eu e meu pai pularmos para trás.

— A gente não deveria se acostumar com isso — disse ele.

Eu sabia exatamente o que ele queria dizer. Também estava pensando nisso. Tínhamos que gastar muito tempo buscando água, limpando a latrina e fazendo velas de cera de abelha. Aquelas comodidades podiam nos deixar preguiçosos, nos fazer esquecer de como fazer essas coisas.

— Estou com medo — eu disse, e todas as emoções do dia anterior vieram à tona de uma só vez.

Hipsie estava na prisão. Eu havia transformado a espada de aço de um guarda em cinzas. Era tipo uma descendente maligna de Marissa Bane, quem quer que fosse ela, e agora, éramos forçados a viver ali e eu tinha que frequentar uma escola de magia.

Meu pai pousou com cuidado a mão em meus cotovelos cobertos, mantendo-se longe de meu cabelo ou de qualquer pedaço de pele exposta.

— Eu também estou com medo, mas tudo bem. É normal sentir o que estamos sentindo, mas precisamos usar a cabeça. Aquele Clarke fez parecer que, se não fizéssemos tudo o que eles dissessem, você… correria perigo.

Engoli em seco e acenei com a cabeça.

— Então, a gente… faz o que eles dizem? — perguntei.

Meu pai podia não saber ler, mas era inteligente. Já havia nos livrado de muitas ciladas ao longo dos anos: a varíola que tinha se espalhado pela aldeia, a praga da batata, as enchentes da primavera e uma dúzia de outras coisas. Se ele estava dizendo que eu precisava estudar naquela escola e fazer o que eles mandassem, eu faria isso.

— Por enquanto, sim. Não tenho magia para te proteger, e se fugirmos, vão nos encontrar. — Suas palavras fizeram meus braços se arrepiarem e meu lábio inferior tremer.

Eu odiava saber que ele estava em perigo por minha causa.

— Vou entender se você se arrepender de ter me acolhido quando eu era pequena — resmunguei. — Tudo isso é muita coisa e eu já sou quase maior de idade; daí se quiser voltar para Isa e…

— Nunca mais diga isso! — gritou ele. Dei um pulo de surpresa. Ele nunca gritava. — Você é minha filha e eu nunca me arrependi de um único momento a seu lado. — Ele estendeu os braços como se fosse me puxar para um abraço, mas pensou bem. — Olhe para mim — ordenou.

Eu estava olhando para o chão, mas encontrei seu olhar.

Ele estava... envergonhado? Por quê?

— Tem um monte de coisa que nunca te contei, mas você já tem idade suficiente para saber. Vamos sentar um pouquinho.

Ele saiu do banheiro e eu o segui. Ao voltar para a sala, sentamos de frente um para o outro no sofá.

Meu coração martelava no peito; meu pai pigarreou, nervoso.

— Depois que perdi minha esposa... eu não tinha muita razão para viver. Tentei seguir em frente, ser feliz, encontrar um sentido, mas a vida em Isa é difícil, e sozinho era mais difícil ainda. Não havia alegria. Ninguém precisava de mim.

Tive que piscar para conter as lágrimas que ameaçavam transbordar. Uma vez, Hipsie tinha dito que meu pai e sua esposa eram almas gêmeas; que ela não tinha certeza de que ele sobreviveria depois que a doença a levasse.

Acenei com a cabeça.

Meu pai inspirou fundo, expirou.

— Na noite que você chegou a Isa, eu estava planejando tirar a própria vida.

Fiquei sem ar, em choque. Meu pai? Aquilo era... Eu não podia acreditar.

— Eu simplesmente não aguentaria mais uma noite sozinho, sem ter ninguém com quem conversar. Mais um feriado sem ninguém para comemorar. A solidão era devastadora.

Usando uma manta para cobrir a mão, peguei a dele e a apertei com tanta força que o vi estremecer.

Abraço apertado. Ah, como as pessoas subestimam o poder de um abraço! Como eu estava louca para pegar meu pai nos braços e abraçá-lo naquele momento!

— Enfim, eu já havia planejado tudo. Então, ouvi um chorinho de bebê — disse ele. — Pelas histórias que ele já me havia contado, eu sabia quem era aquele bebê. — Você chorava, chorava, mas eu pensei que fosse o bebê da senhora Costa. Mas o choro não parava. Então, fui investigar, e foi aí que me contaram sobre o bilhete. Me avisaram que, se eu pegasse você no colo, poderia acabar morto.

Sua voz tremeu, mas ele prosseguiu:

— Ninguém te queria, e eu não tinha medo de morrer; então, fui lá e peguei você. — Apertei a mão dele de novo. — Fallon, quando olhei em seus olhos verdes brilhantes, foi como se uma flecha tivesse acertado meu coração. Naquele momento, você me fez reviver. Você precisava de mim. Uma criança indefesa, sem ninguém para cuidar dela. Você me salvou e eu jamais me arrependi de um segundo sequer de nossa vida juntos.

Um soluço quase me sufocou; havia um nó na minha garganta, enquanto eu me forçava para controlar as emoções. Aquelas últimas horas haviam sido extenuantes.

— Eu também não me arrependo de nada. Desculpa por ter dito aquilo.

Ele se recostou no sofá e sorriu para mim.

— Isto aqui é mais confortável que meu saco de dormir. Pode ser que eu durma aqui.

Comecei a rir.

— Vamos ter que dormir no chão uma vez por semana para não ficarmos muito mimados — sugeri.

Ele sorriu.

De repente, bateram na porta e papai se levantou para atender. Talvez fosse um vizinho querendo se apresentar…

Fiquei em pé para segui-lo e, quando ele abriu a porta, dois guardas estavam lá, segurando Hipsie entre eles.

Um gritinho escapou de minha boca quando a vi inconsciente e toda mole. Uma de suas mãos havia sido decepada e o toco estava envolto em linho encharcado de sangue. Meu corpo começou a ficar dormente diante daquela visão. As palavras me faltaram, minha voz foi silenciada pela avassaladora descrença.

Eles cortaram a mão dela.

— Que diabos está acontecendo? — gritou meu pai quando os guardas passaram por nós dois e a depositaram no sofá.

— Ela foi julgada, sentenciada a viver sem uma mão e libertada. Ela pode ficar aqui por três dias para se recuperar e depois voltar à aldeia de Isariah, onde viverá banida para sempre — disse o guarda. Era o mesmo de antes, o da tatuagem no pescoço… aquele que tinha me deixado sair da cela e foi gentil quando o outro foi cruel comigo.

— Obrigada — consegui dizer, e eles foram embora.

— Eles cortaram a mão dela — disse meu pai, correndo para perto de Hipsie, horrorizado.

— Porque ela cortou a mão de um guarda. Acho que é melhor do que perder a vida.

Eu estava tentando não surtar e focar no lado positivo da coisa. Eu havia dito a Clarke que precisava saber se eles eram pessoas decentes, e, bem... acho que ceifar uma mão em vez de uma vida havia sido decente.

Hipsie gemeu, recuperando a consciência, e meu pai entrou em ação.

— Precisamos de Sorrel. Ou de ervas. Ou de algo assim... ela vai sentir muita dor.

Ele correu para a cozinha, mas pensou bem e simplesmente ficou andando pela sala de um lado para o outro.

Sorrel estava a três horas de caminhada dali e não tínhamos permissão para sair da cidade.

Hipsie gemeu de novo e eu engoli em seco.

— Tive uma ideia, já volto.

Puxei as luvas até os braços. Não tinha a menor ideia de onde estava minha capa. Ainda estava com a calça, a blusa e as luvas compridas do trabalho na taberna. Tinha uns buracos nas palmas, mas teria que servir.

Antes que meu pai pudesse dizer mais alguma coisa, saí correndo de casa e virei à direita. Eu estava em forma, corria bem, fazia longas caminhadas pela aldeia para arejar a cabeça. Sempre achei isso libertador; sentir o vento nos cabelos e na pele era quase um toque, mas não doía.

Saí do arco da Zona Oeste e atravessei a grande rua principal que separava as duas comunidades. Avistei o arco do Lado Leste e reduzi a velocidade ao ver dois guardas parados ali. Não estavam armados, o que significava que estavam ali como decoração — ou seus poderes eram tão mortais que não precisavam de armas.

— Nada de oestinos sem passe — disse o guarda, me olhando de cima a baixo.

Engoli em seco, tentando, desesperadamente, encontrar uma desculpa.

— Eu limpo o chão e os balcões da BoticAvis. Estou atrasada para o trabalho.

Rezei para que os feéricos da Zona Oeste pudessem trabalhar na Zona Leste. Sem dúvida, eles não limpavam os próprios banheiros, não é?

— Cadê seu passe?

Droga. Eu precisava de documentação.

— Ela está comigo — disse uma voz familiar atrás de mim. Eden se aproximou e mostrou um cartãozinho com algo escrito ao guarda. — Fique tranquilo, ela não vai se meter em encrenca — acrescentou, e os guardas concordaram, saíram do caminho e permitiram que entrássemos.

Eu me voltei para ela com os olhos arregalados. De repente, tudo começou a fazer sentido: por que ela havia sido tão legal comigo antes? Como sabia que meu pai ficaria na fila da clínica da Zona Oeste o dia todo se eu não encontrasse um curandeiro na Academia.

— Obrigada — consegui dizer.

Ela olhou para mim meio hesitante, mas acenou com a cabeça.

Ela sabia. Ela sabia que eu era uma Bane. Ariyon devia ter lhe contado. Ele devia ter percebido no instante que eu lhe havia contado sobre minha maldição.

— Desculpa por ter mentido sobre morar aqui. Eu estava desesperada para curar meu pai — eu disse com honestidade.

E agora, estava desesperada para impedir que Hipsie sentisse dor.

— Tecnicamente, você não mentiu, apenas omitiu a verdade — disse ela.

Eu ia seguindo enquanto ela andava.

— Mas te deixei pensar que eu era daqui, e me senti mal, porque você foi muito legal.

— E aonde você vai agora com tanta pressa? — perguntou ela. — A escola fecha aos domingos.

— Sabia que vou começar a escola amanhã? — perguntei, mas não por querer ignorar a pergunta dela.

Ela fez que sim.

— A notícia já correu pelo *campus* todo. Mestre Clarke estava conversando com os outros professores e alguns alunos ouviram. Não será um dia fácil.

Que maravilha.

— Obrigada pelo aviso.

Ela acenou com a cabeça.

— Estou indo até a BoticAvis para comprar uma tintura para minha amiga que está com dor.

Era a pura verdade. O que omiti foi que eu não tinha dinheiro para pagar a tintura e já devia àquela mulher por ter quebrado a janela dela. Mas era minha única opção. Eu me ajoelharia e imploraria, se fosse preciso.

Eden me lançou um olhar curioso.

— Que gentileza sua fazer isso por uma amiga. Você parece gentil.

Ela me pareceu meio surpresa, e eu parei de andar.

Ela também parou e olhei para ela.

— Escuta, não sei o que você ouviu sobre mim, mas eu cresci em Isariah acreditando que não tinha magia. Fui adotada pelo meu pai quando bebê, nunca tive mãe. Eu adoraria que a gente pudesse ser amigas daqui para frente. Se eu fizer alguma coisa que te decepcione ou magoe, não precisa mais ser minha amiga, mas eu adoraria ter uma chance. Não me parece justo ser julgada por uma linhagem familiar que desconheço.

Sua expressão surpresa se transformou num sorriso radiante.

— Concordo, Fallon. Amigas. — Ela estendeu a mão e eu suspirei, aliviada.

Peguei sua mão com a minha coberta e trocamos um aperto; senti bolhas de entusiasmo se formando em meu peito pela primeira vez desde que havia chegado àquele lugar.

Eu tinha uma amiga.

Eden. Uma pessoa que, com sorte, não me julgaria por coisas que eu ainda não havia feito.

Ela olhou para as luvas que cobriam meus braços.

— Então, a maldição é verdadeira?

Ela queria saber, e eu gostei de ter perguntado isso para mim.

Fiz que sim.

— Não posso ser tocada sem sentir uma dor horrível.

Ela estremeceu e engoliu em seco.

— Lamento.

Dei de ombros.

— Não conheço outro modo de vida.

Um sino tocou ao longe e ela gemeu.

— Estou atrasada para o trabalho! Não se meta em encrenca, senão os guardas vão me esfolar viva! — Ela me deu as costas.

— Pode deixar! — respondi. — E obrigada.

Ela acenou e saiu correndo. Fiquei me perguntando onde será que ela trabalhava. Teria que lhe perguntar no dia seguinte na escola.

Agora era minha vez de correr. Eu tinha um ótimo senso de direção e, com base no grande prédio de tijolos pretos do centro da cidade, que representava a Academia, eu sabia como encontrar a BoticAvis. Só esperava conseguir convencer a mulher a quem eu havia roubado de me emprestar mais tinturas.

6

Foram uns cinco minutos de corrida até a frente da botica. A janela que eu havia quebrado já tinha um vidro novo e os cacos foram varridos. A culpa me deu um friozinho na barriga quando estendi a mão para a maçaneta e a girei. Ao entrar, vi logo de cara a dona da botica. Ela estava conversando com uma cliente, por isso, esperei nos fundos. Quando a cliente pagou por seus produtos e saiu, ela olhou para mim.

— Fiquei esperando você um dia atrás — disse ela, despreocupada, enquanto guardava umas moedas na caixa registradora.

Me aproximei, torcendo as mãos.

— Desculpa. Eu… eu menti, tá bom? Eu não era da Zona Oeste. Vim de Isariah naquela noite porque meu pai estava morrendo. O curandeiro da Academia o salvou, mas não pude vir antes porque…

— Porque foi presa — disse ela.

Fiquei boquiaberta.

— Como você sabe?

Ela levou a mão para baixo do balcão e pegou um jornal. Estava aberto na seção intitulada *Segurança.*

Havia uma matéria sobre uma moradora de Isariah que tinha atacado um guarda real quando questionada sobre a invasão à Cidade Dourada, e que sua amiga havia cortado o braço dele. Dizia que a aldeã estava detida para interrogatório no castelo.

Fiquei aliviada por não dizer nada ali sobre minha maldição, minha linhagem ou meu nome.

— Você sabia que essa matéria estava falando de mim?

Ela fez que sim.

— Somei dois mais dois. Você voltou para pagar a dívida? Pode começar limpando essas prateleiras. — Ela me entregou um espanador e apontou para uma grande caixa de frascos de tintura. Estremeci.

— Voltei. E vou pagar *mesmo*, mas... você me disse para pedir se eu precisasse de ajuda, e, bem... Vou estudar na Academia agora e vão dar um emprego para o meu pai, aí logo ele vai ter dinheiro e...

— Do que você precisa? — perguntou ela, e havia gentileza em sua voz; uma gentileza que eu imaginava que as mães deviam ter com seus filhos, mas eu não tinha uma mãe para comparar.

— Então, a mulher da matéria, essa que cortou o braço do guarda, estava me protegendo. Ela é uma velhinha simpática. A rainha mandou que cortassem a mão dela pelo crime que cometeu. Ela está com muita dor.

A mulher estremeceu.

— Onde ela está agora?

— Na Zona Oeste, na minha... casa nova.

Eu não queria mentir para aquela mulher nunca mais. Já me sentia muito culpada e ela já havia sido muito gentil antes. Poderia ter me matado na hora ou mandado me prender.

— Seu pai consegue cuidar dela? — perguntou ela enquanto se voltava para vasculhar as tinturas atrás do balcão.

— Consegue, ela foi autorizada a ficar na nossa casa por três dias; depois, terá que voltar para Isa.

Quando a mulher se voltou, estava segurando três tinturas.

— Uma para dor, uma para infecção, uma para dormir.

Meu coração ficou apertado enquanto eu pegava as tinturas. Ela pegou mais uma.

— Esta é para o trauma. Ter a mão cortada é... bem, dê isto se ela parecer estar fora de si.

— Eu nem sei seu nome — murmurei, tomada de gratidão.

Então pessoas assim existiam mesmo?

Ela então sorriu, radiante.

— Me chamo Avis.

Ahh. Por isso o nome da botica.

— Me chamo Fallon. Quanto fica tudo isto? Quero trabalhar para quitar a dívida ou usar as moedas de meu pai para pagar quando ele receber o primeiro pagamento.

Ela acenou com a cabeça, pegou um recibo e começou a preenchê-lo. As quatro tinturas ficaram em 40 moedas de cobres. Eu não tinha a menor ideia de quanto tempo levaria para pagar esse valor.

— Acrescente o conserto da janela e a tintura para infecção que levei no outro dia — eu disse.

Ela hesitou, mas fez o que lhe pedi. Ai! As 40 moedas de cobre haviam se transformado em uma prata e 50 cobres. A janela havia custado uma prata, imaginei. Eu sabia que a prata era mais valiosa que o cobre e devia levar mais tempo para eu conseguir pagar. Enfiei a conta no bolso e engoli em seco.

— Vou levar isto para casa e depois volto para começar a tirar o pó, está bem?

Ela me deu um leve sorriso.

— Que tal vir às terças e quintas depois da escola para pagar sua dívida? Aproveite os próximos dias para ajudar seu pai com sua amiga.

Tanta gentileza foi demais para mim; tive que conter as lágrimas.

— Por que está me ajudando?

Ela suspirou.

— Se você é de Isariah, não deve entender muito de magia, não é?

Fiz que sim.

— Sou iluminadora. Minha magia é a cura natural, que infundo em tinturas. Mas também consigo ver o verdadeiro caráter das pessoas. Vejo em cores. Quando mentem, eu consigo perceber. Quando estão magoadas, consigo perceber. Quando têm más intenções ou procuram prejudicar, vejo tudo isso — disse ela. Os pelos de meus braços se arrepiaram. Ela apontou para as tinturas ao redor. — Isso me proporciona a incrível capacidade de conceder às pessoas o remédio certo de que elas precisam. — Ela me fitou. — Também me ajuda a saber em quem posso confiar.

Ela estava dizendo que confiava em mim? Que minha cor era boa ou algo assim? Eu esperava que sim, sem dúvida, ainda mais depois do que me contaram sobre Marissa Bane — um nome sobre o qual eu queria muito saber.

— Estarei aqui todas as terças e quintas depois da escola até pagar a dívida — prometi.

— Sei que estará — disse ela gentilmente.

E eu fui embora com quatro tinturas que mudariam a vida de Hipsie.

***

A primeira noite foi difícil. Eu e meu pai nos revezamos para cuidar de Hipsie, dando-lhe um gole da tintura para dor a cada três horas, como dizia no frasco. Umas duas horas depois o efeito começava a passar e ela gemia. Mas quando tomava o gole de tintura, suspirava de alívio. Assim, eu sabia que estava agindo e tornando a dor controlável. Tentei sentir raiva da rainha por ter decepado a mãe de Hipsie, mas logo pensei no soldado que minha amiga havia mutilado; ele devia estar deitado na cama também, gemendo a cada duas horas. Acaso tinha filhos? Uma esposa? Ele não deveria ter me machucado daquele jeito, mas estava apenas seguindo ordens.

De manhã, eu estava com os olhos turvos e exausta, mas também era meu primeiro dia de aula — que, como meu pai tinha me lembrado na noite anterior, era obrigatória.

Ele ainda não havia recebido uma tarefa e não tínhamos comida na geladeira, daí eu teria que jejuar até arranjar algo para o jantar. Eu já havia feito jejum de três dias, tomando apenas água. Em nossa aldeia, isso era considerado um benefício à saúde, mas também era útil quando havia pouca comida. Treinávamos nosso corpo para ficar sem comer por curtos períodos. A água na Cidade Dourada era abundante e disponível, de modo que eu sabia que aguentaríamos bem.

Um caldo seria ótimo para a recuperação de Hipsie, mas eu resolveria isso após a escola. Depois de tomar banho e vestir as mesmas roupas que vinha usando havia dois dias, fui até a sala e vi meu pai ajudando Hipsie a beber água. Ela tinha dormido a noite toda no sofá, com um cobertor extra que havíamos encontrado.

— Oi — acenei para ela, sem saber o que dizer.

Eu me sentia culpada por saber que ela perdeu a mão que tinha me protegido.

— Oi, menina. — Ela estendeu a mão boa para mim, eu a peguei com a minha, protegida, e a apertei. Eu estava com umas luvas grossas e feias de trabalho que meu pai havia me emprestado naquela manhã. Eram de couro marrom e volumosas, mas teriam que servir até que eu pudesse consertar as longas e finas que eu havia estragado ao segurar aquela espada em chamas como uma idiota.

— Lamento — consegui dizer, mas Hipsie me dispensou com um aceno.

— Aqueles desgraçados mereceram o que receberam. Eu ainda posso mexer uma panela com um braço só, está tudo bem — resmungou ela.

Não pude deixar de sorrir. Eu a amava. Amava tudo nela, mas principalmente sua personalidade franca.

— Quer dizer, então, que você tem magia? — disse ela.

— Parece que sim. — Dei de ombros.

Eu ia perguntar como estava a dor quando bateram à porta.

— Eu atendo — disse para meu pai, meio nervosa, com medo de que fosse um guarda arranjando confusão por alguma coisa.

Quando abri a porta, vi Eden carregando uma grande caixa marrom. Uma mulher de cabelos ruivos cacheados estava ao lado dela. Só podia ser sua mãe. Estava carregando uma torta saborosa e fumegante — se meu olfato estivesse certo.

— Eu não sabia se vocês já haviam conseguido comprar roupas ou comida — disse Eden.

Sacudi a cabeça, tomada pela gratidão.

— Então, pode ficar. Parece que temos mais ou menos o mesmo tamanho.

Eden estendeu a caixa e eu a peguei, sem conseguir nem falar.

— E eu fiz uma torta de carne com batata. — A mulher a estendeu e meu pai se aproximou e a pegou, roçando de leve seus dedos nos dela.

A mulher sorriu para ele.

— Obrigado pela gentileza — disse ele.

— Esta é a minha mãe, Mable Westcourt — disse Eden.

Acenei.

— Meu nome é Fallon, e este é meu pai, Jeremy Brookshire.

— Que a Luz o salve — disse Mable, curvando de leve a cabeça.

— Que a Luz a salve — respondeu ele.

Eu nunca o havia escutado dizer isso em toda a minha vida. Devia ser coisa da Cidade Dourada.

— E sou a proprietária também. — Mable indicou a casa em que estávamos. — Meus avós moraram aqui desde que me lembro. Quando Eden se casar, a casa será dela.

Eden ficou horrorizada com a ideia de se casar e eu ri.

— Não tão cedo — disse Mable à filha, apontando o dedo para ela e fazendo-a sorrir.

Papai deu uma risadinha.

— É uma casa linda. Obrigado. Vamos cuidar bem dela.

Mable fez que sim, sorrindo docemente.

— Ah, já ia esquecendo. — Eden tirou um cartão de identificação do bolso. — Isto vai te dar acesso à Zona Leste e à Academia. Mas tem toque de recolher. Posso te ensinar tudo sobre isso a caminho da escola. Pego você em meia hora, tá?

Inclinei a cabeça, satisfeita, e peguei o cartão de identificação. Continha meu nome, minha descrição física, além de um espaço para uma foto que poderia ser acrescentada depois. Guardei-o no bolso de trás.

Mable estava feliz.

— Meninas, vocês se importam se eu falar com Jeremy a sós um instante?

Eden acenou para mim e saiu correndo pela rua, pelo visto, voltando para casa.

Desapareci com a caixa de roupas, mas parei no corredor com os ouvidos atentos para ouvir o que Mable ia dizer. Hipsie me observava do sofá com um sorriso diabólico, mas não disse nada.

— Não quero ser intrometida, mas, pelo que ouvi dizer, vocês foram obrigados a sair de casa no meio da noite e não têm permissão para voltar, é isso? — perguntou Mable.

Meu pai pigarreou.

— Isso mesmo. Fallon precisa ficar aqui pelos próximos quatro anos para estudar. Vão me atribuir um trabalho daqui a um ou dois dias.

— Bem, não quero ofender, mas eu administro a Pousada Beija-flor, e lá temos sabonetes, escovas de dente, pentes e coisas assim sobrando. Se quiser, posso deixar alguns aqui depois.

Fez-se um silêncio que me pareceu eterno.

Meu pai era um homem orgulhoso; sempre havia nos sustentado. Não tínhamos coisas luxuosas, mas eu sempre tive uma escova de dentes, um pedaço de sabonete e um pente. Até aquele momento. Aquela manhã, eu tive que escovar os dentes com a ponta de uma toalha e água.

— Eu agradeceria, se não for causar incômodo — disse ele por fim.

Eu sabia que era uma tortura para ele aceitar esmola. Comida era uma coisa, mas aquilo era ainda pior. Fazia parecer que ele era um fracassado, mas eu sabia que não era verdade. Tínhamos essas coisas, só estavam presas lá em Isariah.

— Então está bem, Jeremy. Bem-vindo à vizinhança.

Eu podia notar a felicidade na voz dela.

— Obrigado, Mable.

Meu pai era um homem gentil e eu esperava que ela percebesse isso. Esperava que soubesse que éramos boas pessoas. Corri assim que a porta da frente se fechou e fui para meu novo quarto, e virei a caixa de roupas em cima da cama.

Pela Luz!

Examinei tudo, impressionada. Uma capa de viagem vermelha, grossa e quase nova. Botas marrons meio gastas, mas não rasgadas como as minhas atuais. Eram um tamanho maior, mas nada que dois pares de meias não resolvessem. Três calças: uma cinza, uma preta, uma roxa vibrante com um leve rasgo no joelho. Depois, um monte de blusas que, graças à Luz, eram de mangas compridas, para que eu pudesse cobrir a pele. Por fim, havia um lindo vestido de verão verde-esmeralda, à altura do tornozelo, sem mangas, mas com babados e renda. Era a coisa mais bonita que eu tinha, naquele momento ou em qualquer outro.

Mas o melhor da caixa eram as luvas finas, pretas, até os cotovelos. Eram de um tecido de seda elástica que parecia combinar com um vestido de noite muito elegante. Acariciei o tecido com certa culpa, quase querendo devolvê-las. Eram um prêmio bom demais. Algo que eu cobiçaria mais do que qualquer outra coisa daquela caixa. Tirei as luvas de trabalho de meu pai e calcei as novas, sentindo a leveza, o corte feminino e o tecido elástico que deixava a pele respirar.

A seguir, vesti a calça cinza nova, as botas marrons e a blusa preta de mangas compridas. Depois, fiz um coque bem firme na nuca. Por fim, peguei a capa vermelha e fui para a sala.

Hipsie estava gemendo e eu fiquei tensa, pensando que ela estava com dor.

— Pela Luz! É a melhor torta de carne que eu já comi! — gritou ela quando meu pai deu mais uma garfada ali, no sofá.

Ele estava sorrindo e eu comecei a rir.

Me sentei ali mesmo no chão, usando a mesa de centro como mesa de jantar, e meu pai me entregou um garfo. Mergulhei-o na torta, peguei um pedaço da massa grossa e o levei à boca. O sabor explodiu na língua e eu gemi. Era amanteigada, mas também rica em ervas. Sálvia, alecrim e algo mais. Comi uma fatia grande, deixando o suficiente para meu pai e Hipsie comerem no café e no almoço, e me levantei.

— Acho melhor eu ir para a escola — sugeri.

Meu pai me olhou com uma leve preocupação.

— Acho que sim. Se cuida, viu?

Acenei com a cabeça.

— Eden parece legal. Vou pedir para ela me mostrar tudo.

Ele largou o garfo e se levantou, me olhando bem nos olhos.

— Querida, tome cuidado, tá? Eden e a mãe parecem muito legais, mas a próxima pessoa que conhecer pode não ser. Eu acordei cedo e saí para dar uma volta e conhecer a situação. As pessoas já estão falando. Elas… têm medo de você. E o medo pode levar as pessoas a tomar decisões ruins.

Engoli em seco. Eles tinham medo de mim? Meu coração ficou apertado, mas, ao mesmo tempo, fui tomada pela raiva. Eu não havia feito nada para que me temessem.

Ou será que havia?

A lembrança de segurar a lâmina do guarda e transformá-la em cinzas voltou a minha mente, mas ainda não estava convencida de que havia sido eu. E ainda não tinha processado tudo o que Clarke e a rainha haviam dito sobre mim.

Filha de Marissa Bane.

— Vou ficar bem — eu disse assim que alguém bateu à porta.

Ele apertou minha mão — nosso abraço apertado —, e eu retribuí.

— Amo você, pai. Melhoras, Hip! — E me dirigi para a porta.

Eden estava me esperando; avaliou minha roupa quando saí.

— Está linda. A amiga que te deu essas roupas deve ter um estilo muito bacana.

Eu ri, já gostando da personalidade e do senso de humor dela.

— É mesmo, obrigada.

Saímos da rua D enquanto Eden explicava tudo e me guiava pela Zona Oeste. Ela morava na rua B, casa 3. Trabalhava na Zona Leste da cidade, no Cara Café. Só podíamos entrar na Zona Leste com nossos cartões de identificação para ir à escola, ao trabalho e a eventos escolares, mas tínhamos que estar em casa às dez da noite, hora do toque de recolher. Eden era uma rara feérica piroportal, e isso, segundo me informou, significava que, após anos de estudo, ela seria capaz de criar portais de fogo que transportavam pessoas para lugares distantes. Também podia conjurar fogo à vontade, o que era mais comum entre feéricos de fogo. Já fazia mais de cem anos que não havia um feérico piroportal, por isso a rainha tinha permitido a entrada de Eden na Academia, apesar de sua mãe ser uma feérica com magia mais fraca. Mable só conseguia controlar e manipular o calor de uma maneira muito sutil. Eden explicou que a mãe não conseguia conjurar fogo, mas era capaz de mantê-lo aceso por mais tempo. Nada útil para a rainha ou a Academia.

— Quer dizer que a magia está na nossa linhagem? É por isso que vocês conseguem fazer coisas com fogo? E vocês moram na Zona Oeste porque a magia da sua mãe é mais fraca, mesmo você sendo poderosa? — perguntei enquanto mostrávamos nossos crachás aos guardas no portão do Lado Leste. Eles olharam brevemente os documentos e nos deixaram passar.

Ela fez que sim.

— Minha mãe vem de gerações de feéricos de fogo fracos. É por isso que ela mora na Zona Oeste.

— E de onde você tirou uma magia tão poderosa? — perguntei, torcendo para não estar sendo muito intrometida.

Seu rosto ficou vermelho e eu percebi que havia ido longe demais.

— Foi mal, sou muito enxerida! Não precisa dizer.

Ela me dispensou com um aceno.

— Todo mundo sabe. Minha mãe teve um... caso de uma noite com um poderoso feérico de fogo na Zona Leste quando era pouco mais velha que a gente.

— Ah... saquei.

— Ele tinha dezoito anos, não queria que ela tivesse o bebê, mas ela se recusou a tomar as ervas para me expulsar... e aqui estou eu.

Meu coração ficou apertado diante da leviandade com que ela falou sobre interromper uma gravidez. Isso também acontecia em Isa, claro, mas nunca era encarado com indiferença.

— E seu... pai?

— Eu não o chamo assim — avisou ela. — O nome dele é Jameson Beckett. Só o vejo uma vez por ano no evento beneficente da Academia.

Ele é rico, casou-se com uma poderosa feérica de água e agora tem uma família. Uma das filhas dele vai começar a estudar na Academia daqui a alguns anos.

Devia ter sido muito difícil vê-lo formar outra família e dar a eles o que não pôde dar à mãe dela.

— Sinto muito — eu disse, sem nem perceber que havíamos chegado aos portões da Academia, que estavam abertos.

— É coisa do passado. Já me falaram que, se eu me casar com um feérico poderoso, vou assumir o nome e a linhagem *dele*, aí, vou ter permissão para viver na Zona Leste — disse ela, com um sotaque feérico afetado e falso. Dei uma risadinha. Paramos em frente aos portões e ela me olhou séria. — Olha, seria um desserviço se eu não te avisasse sobre o que pode acontecer aí dentro.

O medo tomou conta de seu lindo rosto sardento. Eu ri.

— Sou vítima de bullying na escola desde que nasci. Viviam me xingando, testando minha maldição, tocando minha pele e meu cabelo para me ver contorcer no chão e gritar de dor. Eu aguento.

Ela arregalou os olhos e ficou me olhando, horrorizada, de queixo caído.

— Que horror! Se alguém te tocar de propósito assim, vou botar fogo no cabelo da pessoa!

Caramba.

— Tudo bem — eu disse, estendendo a mão coberta para acalmá-la. — As pessoas ficam curiosas... querem ver se minha maldição é real, o que acontece quando me tocam.

Ela se sacudiu de repulsa, fazendo os cachos ruivos e rebeldes balançarem.

— Isso *não* é legal. Se alguém te tocar de propósito assim, trate de me avisar. Estou falando sério. — Ela apontou o dedo acusadoramente para mim, e eu concordei.

Então, ela se aproximou e disse, baixando a voz:

— O que eu ia dizer era... bem... Sua mãe... digo, a mulher que te deu à luz estudou aqui e fez umas coisas assustadoras! Todo mundo sabe disso e sabe que você descende da magia dela, mesmo não tendo sido criada por ela. Aí... sei lá... Tomara que você tenha um ótimo dia, mas toma cuidado. — Ela fez uma careta e eu ri.

— Tomara que você também tenha um ótimo dia. Obrigada por tudo. De verdade.

Sem ela e a mãe, eu estaria de barriga vazia e usando as roupas de ontem. Eu não podia controlar o fato de ter nascido com magia das trevas ou o que quer que fosse que corria em minhas veias, mas podia controlar o que fazia com ela. E não tinha intenção de ser das trevas.

Segui Eden para dentro do prédio de tijolos pretos. Todas as cabeças no pátio se voltaram para mim, e eu respirei fundo.

Lá vamos nós.

7

Tinham me avisado que eu devia me apresentar à sala do mestre Clarke para ver minha programação, de modo que Eden me deixou lá antes de ir para as aulas de pirologia ou sei lá o quê. Eu havia descoberto que o curso na Academia durava quatro anos e fazia três meses que o ano tinha começado. Então, eu já estava atrasada.

Estava no primeiro ano, assim como Eden, e torcia para que tivéssemos algumas aulas juntas.

Tá bom, mais do que torcia. Rezava à Luz, com todas as minhas forças, para que tivéssemos pelo menos *uma* aula juntas.

Bati nas grandes portas duplas e, um segundo depois, elas se abriram. Olhei ao redor, não vi uma única pessoa e entrei naquele escritório amplo. Estava muito arrumado, tinha apenas uma mesinha de madeira, uma cadeira e algumas estantes esparsas.

— Hmm, mestre Clarke? — chamei.

Ele parecia jovem demais para ser mestre, mas, pelo que eu sabia, carregava uma magia poderosa.

A sala estava completamente vazia; e arrepios percorrerem meus braços enquanto eu tentava descobrir quem havia aberto a porta. Uma das estantes a minha direita se mexeu de repente e eu gritei, cambaleando para trás. A estante girou sobre suas dobradiças e se abriu como uma porta.

— Aqui embaixo, Fallon! — mestre Clarke chamou da escuridão atrás da estante.

Levei a mão ao peito para me certificar de que meu coração ainda estava lá dentro e me aproximei para ver se havia uma escada ali atrás que levasse a um andar inferior.

Que maravilha. Essa era a parte em que eu seria morta e nunca encontrariam meu corpo.

— Hum, é para eu descer? — confirmei, gritando para a escuridão.

— Sim! Estou meio enrolado no momento — respondeu ele, e soltou um grunhido.

Está bem.

Desci os degraus com cautela, me lembrando da conversa que tinha ouvido de dentro da cela entre o mestre Clarke e a rainha. Ele parecia estar do meu lado, mas também era leal à rainha, que, com certeza, queria me ver morta ou presa pelo resto da vida — algo que eu jamais contaria a meu pai.

Quanto mais eu descia, mais a luz se espalhava e iluminava meu caminho. Quando cheguei ao último degrau, me vi dentro de uma sala grande, tão grande que poderia ser um salão de casamento ou uma taberna. Havia livros, cristais e escrivaninhas ao longo da parede, dispostos de forma desordenada. Havia várias janelinhas mais no alto da parede, no nível do solo, que deixavam entrar uma quantidade razoável de luz. Era evidente que aquele era o verdadeiro escritório do mestre Clarke. No centro da sala, pendurado por um monte de cordas, estava o próprio mestre. Seus braços e pernas estavam amarrados, e ele pendia do teto como uma aranha.

Uma aluna estava posicionada embaixo dele com os braços estendidos, e as cordas pareciam ter vida, se movendo como cobras. Engoli em seco quando as cordas começaram a se desenrolar do corpo do mestre Clarke e soltá-lo.

— Muito bem! Agora você conseguiu — disse ele à aluna.

Havia um aluno observando e tomando notas ao lado.

Eu só conseguia ver as costas dela e seu longo rabo de cavalo louro, alto e sedoso. Quando ela finalmente libertou o mestre, ele alisou as roupas e os dois trocaram um "toca aqui".

Ela se voltou, sorrindo de orelha a orelha. Quando me viu, o sorriso sumiu de seu rosto.

Era a garota malvada da noite que eu tinha ido procurar um curandeiro para meu pai. A que me chamou de oestina — um termo pejorativo para quem morava na Zona Oeste, como eu havia presumido.

— Estão deixando entrar qualquer um hoje em dia, mestre? — perguntou ela, mexendo os dedos e conjurando sua mochila, aparentemente com a força do pensamento. A mochila passou voando e foi parar nas mãos dela. Eu queria soltar um "Ó" ou dizer "Que legal!", mas me mantive impassível. Ela era encrenqueira e eu não inflaria seu ego.

— Sim, quando se trata de alguém que tem tanto poder quanto Fallon, minha querida — disse o mestre Clarke. A garota perdeu a pose. — Agora vá. Vejo você amanhã.

A garota engoliu em seco; o outro aluno se levantou, pegou sua bolsa e a seguiu. Quando se afastaram completamente, soltei um suspiro.

— Blair Crawford. Uma das maiores feéricas telecinéticas com quem já trabalhei, e uma pessoa horrível por dentro.

Soltei uma risada ao ouvir sua avaliação tão franca.

— Você pode dizer isso de seus alunos? — perguntei.

Ele deu de ombros.

— Sou um homem poderoso; homens poderosos são perdoados por falar demais. Cuidado com ela. Estou falando sério.

— Tá. Vou tomar cuidado.

Minha mente ainda estava fixa na palavra *telecinética*. Eu não sabia muita coisa sobre os poderes dos feéricos, só que todos se enquadravam em duas categorias: curandeiro ou guerreiro. Isso devido às duas casas fundadoras da magia: a Casa de Guerra e Ossos e a Casa de Luz e Éter. Sorrel tinha um livro sobre elas, mas eu nunca tinha me preocupado em aprender. Magia não fazia parte da vida em Isariah, daí nunca me havia esforçado para saber mais sobre o assunto. Agora, estava arrependida.

— Seu discurso sobre provar que somos pessoas boas para poder confiar em nós me inspirou, sabia? — disse ele, se aproximando de mim. — Você não me conhece, eu não te conheço. Estou disposto a ignorar sua linhagem, se você estiver disposta a confiar em mim.

Confiar nele? Como ele mesmo havia acabado de apontar, eu não o conhecia.

Ele pareceu ler meus pensamentos.

— Confiar que quero ajudar a moldar você e sua magia para que seja segura e boa para as pessoas a seu redor e para si mesma.

Engoli em seco e concordei, me lembrando da conversa do dia anterior, quando ele e a rainha falaram que eu poderia acabar sucumbindo às trevas.

— Presumo que você não conhece nada sobre nossa história feérica — disse ele.

Acenei com a cabeça.

— Praticamente nada. Sei que há duas casas feéricas, mas só isso.

Ele foi até uma estante e retirou um livro com capa de couro. Abrindo-o em uma página específica, estendeu-o para mim.

— Gostaria que você lesse isto em voz alta para que eu possa avaliar sua compreensão do idioma e a necessidade de um tutor. E lê-lo vai te dar mais informações, também, sobre as *duas* casas que você acabou de mencionar.

Um tutor? Achei meio ofensivo, mas talvez ele tivesse razão. Eu não era muito boa em leitura. Lia devagar e às vezes as palavras se embaralhavam e eu demorava para achar a linha de novo. Acaso isso seria um problema? Eu não havia pensado no aspecto educacional da escola; só a parte mágica me preocupava até aquele momento.

Peguei o livro, com cuidado para que o mestre tocasse apenas minhas luvas ao entregá-lo a mim.

— No começo, os feéricos eram dividivi... divididos em três casas — comecei a ler devagar, passando o dedo pela linha para não me perder, como Sorrel havia me ensinado. — Ué, três? — Olhei para ele, surpresa.

Ele acenou com a cabeça.

— Continue.

— A Casa de Guerra e Ossos era para todos os feéricos guerreiros. Eles se reuniam e aprendiam a lutar e proto... te... proteger os grandes e pequenos, para o bem de todos — prossegui, com dificuldade com aquela palavra comprida, e corei de vergonha.

O mestre Clarke foi paciente, não disse nada.

— A Casa de Luz e Éter era para todos os feéricos curadores. Eles trabalhavam incansavelmente para ajudar a todos que precisassem de cuidados médicos, coexistiam bem com os guerreiros e trabalhavam juntos para criar uma sociedade harom.. harmoniosa — concluí.

O mestre Clarke acenou com a cabeça.

— Agora, a última casa — disse ele, e deu um tapinha na página.

Engoli em seco; tive uma repentina sensação de desastre iminente sobre mim.

— Mas foi descoberto um terceiro tipo de feérico. Indivíduos com magia tão sombria e poderosa que formaram uma casa inteiramente nova. A Casa de Cinzas e Sombras. Sua magia era destrutiva por natureza, causava morte, doença, guerra e loucura... — Parei de ler. Meu coração martelava no peito;

seu ritmo errático retumbava em meus ouvidos e abafava todos os outros sons. De repente, fui tomada pelo terror de estar lendo sobre mim mesma.

— Continue, Fallon, você precisa saber — insistiu ele.

Respirei fundo e continuei:

— Loucura e horror. A magia deles não parecia provir da Luz, e sim de outro lugar.

Engoli em seco ao entender a insinuação e olhei para o mestre Clarke com raiva.

A Luz era a criadora de todas as coisas boas. Tudo o que era decente e digno provinha da Luz e tudo o que era bom retornava a ela. Dizer que qualquer coisa não era da Luz era… simplesmente dizer que… era maldade. Significava que era má.

Ele ergueu as mãos, todo inocente.

— Não fui eu que escrevi esse livro.

Voltei o livro de lado e observei a lombada.

História das Casas dos Feéricos, de Rhea Swan.

Voltei para a página que estava lendo.

— A magia que os membros da Casa de Cinzas e Sombras carregavam contaminava tudo o que tocavam. As plantas começaram a morrer, as pessoas próximas, a enlouquecer e os próprios feéricos dessa Casa começaram a ter apetites malignos. Sede de… sangue.

O medo apertou meu coração com tanta força que eu quase não conseguia respirar. Fechei o livro com força e fitei o mestre Clarke com os olhos arregalados.

— Não. — Os únicos feéricos que eu conhecia que tinham sede de sangue eram as… criaturas da noite.

De repente, não conseguia mais respirar. Estava muito quente ali, o lugar era pequeno demais, escuro demais. Deixei o livro cair no chão e subi depressa em uma das mesas. Meio atrapalhada, consegui abrir a janela e inspirei fundo o ar fresco.

O pânico tomou conta de minha mente, me provocando tontura.

— Se eu não puder te ensinar a controlar seu poder, ele te controlará, e você não se tornará apenas uma criatura da noite. Sendo uma Bane, você será a rainha deles — declarou o mestre Clarke.

Minha visão começou a escurecer.

Não. Não é verdade. Ele está mentindo.

— Já ouvi o bastante — consegui dizer. Estava sentindo náuseas, como se quisesse vomitar o que havia acabado de ouvir e ler e nunca mais pensar naquilo.

Senti algo tocar minha mão coberta; olhei para baixo e vi o mestre Clarke me olhando com uma compaixão surpreendente.

— Lamento não ter salvado sua mãe dela mesma. Se a Luz quiser, não cometerei o mesmo erro com você.

Pela primeira vez desde que o conheci, eu confiei nele *de verdade*. Pelo menos um pouquinho.

— Desça aqui que vou pegar seu horário de aulas. — Ele apontou para outra mesa cheia de papéis. — Podemos falar sobre a história dos feéricos em outra hora.

Ele me assustou dizendo que eu poderia me transformar na rainha das criaturas da noite e agora quer simplesmente pegar meu horário de aulas?

Perfeito.

Pulei da mesa e guardei todas as informações que ele tinha acabado de me dar sobre a Casa de Cinzas e Sombras em uma caixa escura, bem no fundo de meu cérebro, e passei correntes de ferro em volta dela. Pretendia ficar longe dela o máximo que pudesse.

Ele pegou um pedaço de papel, escreveu algo no final e o entregou a mim.

Peguei o papel e dei uma olhada nas aulas.

— Elas serão ajustadas conforme eu achar necessário, uma vez que sou seu orientador. Seus poderes irão aparecendo nos exercícios e pode ser que tenhamos que mudar algumas coisas.

Fallon Bane

Classe Feérica: Guerreira

Ano: Primeiro

Orientador: Mestre Clarke

1 **Período:** Pirologia I — senhora Bardot

2 **Período:** Telecinese I — senhor Whitlock

3 **Período:** Armas I — senhor Supra Lunch

4 **Período:** História dos feéricos I — senhora Hilton

5 **Período:** Eletiva Individual com mestre Clarke

6 **Período:** Eletiva em Grupo com mestra Knight

E embaixo, com a letra do mestre Clarke, dizia:

*Tutoria três vezes por semana depois das aulas.

— Como você sabe que eu tenho poder de telecinese e pirológico? — perguntei.

— Era a especialidade da família Bane, entre outras coisas que não ensinamos nesta escola, como magia das sombras, maldições, morte e destruição. Aquilo que você fez com a espada do guarda real… foi magia de destruição.

Engoli em seco. Achava que a parte de maldições e morte era uma piada, mas ele não estava sorrindo.

— Essas são as únicas aulas que dão aqui? Já ouvi falar de magia energética, movimentação de águas, controle de metais e…

Ele ergueu as mãos.

— Lecionamos muitas especialidades mágicas aqui, mas você começará com essas.

Tudo bem. Era melhor não colocar a carroça na frente dos bois, como diria meu pai.

Apontei para a palavra *Bane.*

— Quero mudar isto. Esse não é meu nome. Meu pai, Jeremy Brookshire, foi quem me criou e carrego o sobrenome dele desde que tinha menos de uma semana de vida. — Ergui o queixo.

Ele contraiu as feições, formando uma leve carranca.

— Infelizmente, essa foi uma das condições para que você fosse aceita na Academia. Que sua… linhagem familiar não fosse ocultada dos alunos e funcionários.

Fechei a cara. Acaso queriam que todo mundo me odiasse e me intimidasse? *A garota que pode se transformar numa criatura da noite a qualquer momento está sentada a seu lado na hora do almoço. Corram!*

— Que maravilha — eu disse, sarcástica. — Há mais alguma coisa aqui para arruinar minha vida?

Ele deu de ombros.

— Por ora, não.

Sorri de verdade. Não queria gostar de Clarke; tinha sido ele quem contou a verdade sobre meus ascendentes e eu não estava muito a fim de saber tudo aquilo. Mas ele parecia ser um homem decente.

— Então, agora vou à aula de Pirologia? — perguntei, rezando à Luz para que Eden fizesse essa aula comigo.

Ele confirmou com a cabeça.

— Achou sua casa nova agradável? — perguntou.

Acaso ele se importava se eu gostava da casa em que nos haviam permitido morar?

— Achei, é legal. Ficaria melhor com um pouco de comida nos armários, mas a gente se vira até meu pai começar a trabalhar.

Acenei para ele e fui na direção das escadas.

Eu já ia começar a subir quando ele pigarreou.

— Fallon…

Eu me voltei para ele.

— Sim?

Ele suspirou fundo.

— Cuidado com a mestra Knight. Sua mã… Marissa Bane matou a família inteira dela. Ela não vai conseguir separar você de sua mãe biológica tão facilmente.

Senti o sangue sumir de meu rosto.

— E você achou que seria legal eu ter aula com ela?

Ele ergueu as mãos.

— Ela é a mestra de Pirologia, o que eu posso fazer?

Meu coração martelou no peito e uma fina camada de suor cobria minhas mãos.

Maravilhoso. Simplesmente maravilhoso.

8

O MESTRE CLARKE ME DEU UM MAPA DO *CAMPUS*, QUE MOSTRAVA que seu tamanho real era muito maior do que eu imaginava. Havia uma rede de prédios, uns pequenos, outros maiores, conectados por passarelas de vidro, em meio aos prédios antigos, rústicos e de tijolos pretos. Eu estava olhando o mapa e tentando me orientar para chegar ao laboratório de pirologia, onde estava minha turma, quando virei uma esquina e trombei com o peito de alguém.

Prendi a respiração quando a pessoa estendeu a mão para me segurar e pegou meus braços expostos, logo acima das luvas.

Não.

Mas não senti dor nenhuma, e quando levantei os olhos e vi o rosto de Ariyon, foi como se o mundo inteiro houvesse saído do eixo. Ele estava me tocando, não doía e era tão bom quanto eu me lembrava. Percebi em seu olhar que ele me reconheceu e se surpreendeu, e foi logo me soltando como se eu fosse feita de fogo. De repente, me lembrei de sua ameaça — que eu nunca mais voltasse à cidade — e da maneira cruel como havia tratado meu pai e eu quando tinha descoberto minha maldição.

Agora, eu sabia que era porque ele tinha me reconhecido como herdeira de Marissa Bane, ou a filha amaldiçoada, ou sei lá o quê.

Por mais que eu tentasse, não conseguia odiá-lo. Não porque ele era o homem mais lindo que eu já havia visto, e não porque era o único no mundo que podia me tocar. Mas porque ele tinha salvado a vida de meu pai.

— Você se encrencou por causa das marcas de mestre? — perguntei, tentando conversar naturalmente sobre algo que não fosse a razão de eu estar ali ou a revolta que ele tinha sentido ao saber de minha maldição.

Eu tinha certeza de que ele já sabia. Sem dúvida, saiu correndo para casa e contou para o mestre Clarke que havia me encontrado. Devia ter sido ele o motivo de minha prisão na taberna de Hipsie. Ele me olhou com cara feia.

— Não somos amigos, Fallon. Por favor, fique longe de mim.

Então, ele foi embora depressa, e foi como uma punhalada no peito. Ele não gritou, não pareceu estar com raiva. Até tinha pedido *por favor*. Simplesmente não queria ter nada a ver com a malvada Bane, a criatura da noite.

Engoli um nó na garganta e sacudi a cabeça.

Você vai morrer pura, e está tudo bem. Esqueça Ariyon, ele é um babaca.

Esperei um momento para me concentrar de novo e ignorar o fato de que o único homem no reino que podia me tocar me odiava. Depois, passei vinte minutos perdida e finalmente cheguei à sala de aula certa no prédio certo. Eu podia apostar que a aula estava quase acabando. Mesmo assim, precisava entrar e me apresentar à professora.

Criei coragem, abri a porta e espiei. A professora era uma mulher com longos cabelos loiro-avermelhados, e interrompeu quando eu pus a cabeça para dentro.

— Fallon Bane? — perguntou. Estremeci ao ouvir o sobrenome de minha mãe biológica.

— Isso. — Entrei.

— Sou a senhora Bardot. Estava esperando você. Sente-se, por favor. Estamos quase terminando.

Entrei na sala e dei uma olhada ao redor, meu coração ficou apertado. Ariyon estava sentado ao lado da única cadeira vazia.

Já podem me enterrar. Evitei seu olhar, horrorizada só de pensar em ter que me sentar ao lado dele, depois daquela nossa conversa.

Eden acenou para mim, toda simpática, e eu acenei de volta, incapaz de curtir o alívio de estar na mesma aula que ela.

Só conseguia sentir aqueles olhos cor de aço fixos em mim enquanto eu atravessava a curta distância até a cadeira e me sentava olhando para frente.

— Como sabem, a magia de fogo é a primeira linha de defesa de um guerreiro — prosseguiu a professora. Ariyon se inclinou em minha direção.

— Oi — sussurrou.

Voltei a cabeça para ele e o vi sorrindo para mim. E aquele sorriso foi o suficiente para me provocar um friozinho na barriga.

— Hum… oi? — respondi. Acaso ele era louco? Por que estava sorrindo? Ele havia acabado de dizer que não éramos amigos e que eu deveria deixá-lo em paz.

— Só para constar, eu não culpo você pelos pecados de sua mãe — sussurrou.

Meu cérebro entrou em curto-circuito. Fiquei calada, sem saber o que fazer. Era como se ele tivesse duas personalidades. Ele estendeu a mão.

— Sou Ayden. Meu irmão gêmeo ajudou a salvar seu pai.

Fiquei boquiaberta quando a realidade se abateu sobre mim.

— Gêmeos? — perguntei. Havia um par de gêmeos em Isariah, mas eles não eram parecidos. Estendi a mão coberta para ele e a apertei.

— Que a Luz a salve — disse ele.

— Que a Luz o salve — respondi à saudação, e ele abriu um sorriso alegre.

Eles eram quase idênticos em todos os aspectos, mas, olhando mais de perto, percebi que o cabelo de Ayden era uns cinco centímetros mais curto.

Minha mente fervilhava analisando as possibilidades. Acaso Ayden também podia me tocar, como seu irmão, sem que eu sentisse dor? Ou seria só o irmão, e se fosse o caso, seria porque ele era curandeiro?

Passei a vida inteira sem nunca ter sido beijada. Agora, fiquei imaginando se havia mais garotos ali na escola que não ativassem minha maldição. Infelizmente, a única maneira de descobrir era pedindo que experimentassem me tocar. E isso me parecia uma investigação bastante assustadora.

— Por hoje é só! — disse a senhora Bardot. — Amanhã nos encontraremos no laboratório, onde testaremos tudo.

Um sino tocou logo acima da porta e os alunos se levantaram e começaram a recolher suas coisas. Eden correu até minha mesa.

— Que aula você tem agora?

Olhei para Ayden, que estava arrumando sua bolsa. Um brilho de compreensão cintilou no rosto dela; ela devia ter percebido que eu havia acabado de conhecer o gêmeo.

— Telecinese I — respondi.

— Legal. Eu sempre quis poderes telecinéticos. Vou te acompanhar.

Eu me levantei com apenas o papel com meu horário de aulas. Nada de mochila nem livros.

— Tchau, Fallon. — Ayden sorriu para mim de novo; foi muito estranho tentar desvinculá-lo de seu gêmeo malvado.

— Tchau — acenei, toda acanhada.

Ao passar pela professora, ela me entregou um livro grande.

— É seu durante este ano. Meu horário de atendimento está no quadro, caso precise de ajuda para recuperar o que perdeu — disse ela com um leve tremor na voz, indicando o quadro-negro. Tive a impressão de que ela estava implorando para eu não usar seu horário de atendimento e, de repente, me lembrei do que meu pai havia dito sobre as pessoas terem medo de mim. Acenei com a cabeça, peguei o livro sem nem ler o título e saí com Eden. Eu já estava me sentindo sobrecarregada.

— Tenho uma mochila velha que você pode usar. Esqueci completamente — disse Eden. — Deixo com você hoje depois da aula, quando a gente voltar para casa.

Concordei com a cabeça em agradecimento e a segui pelo corredor, para longe da multidão. Quando chegamos a um trecho do corredor em que estávamos sozinhas, Eden se inclinou para perto de mim. Fiquei tensa, torcendo para que ela não roçasse em meu braço exposto.

— Acho que preciso te contar sobre nossos príncipes — avisou ela.

Parei e me voltei para ela, boquiaberta.

— Não me diga que Ariyon é um príncipe.

Ela estremeceu.

— É. Ele é sobrinho da rainha Solana. Ela não teve filhos, então ele é o próximo na linha de sucessão ao trono. Cinco minutos mais velho que Ayden, sua metade mais doce e sensata.

Santo Feérico!

Eu havia andado a cavalo com o príncipe da Cidade Dourada? O príncipe da Cidade Dourada tinha salvado a vida de meu pai?

— Que cara é essa? — perguntou ela.

Ariyon Madden? Madden igual à família real? *Príncipe* Madden. Por isso os guardas do portão o reconheceram e o deixaram sair da cidade tão facilmente. Por isso os soldados foram me buscar na taberna. Ele tinha contado para a tia. A rainha!

— Tá bom... — eu disse, e saímos andando pelo corredor. Era coisa demais para assimilar; eu já estava exausta e só havia tido uma aula!

— Ariyon é o curandeiro, Ayden, o guerreiro. Mas suas personalidades parecem opostas a seus poderes — refletiu ela.

Sorri ao ouvir isso, mas ela ficou de cara amarrada.

— Mas não dá para culpar Ariyon. Com tudo o que ele tem que suportar como curandeiro especialista e sua expectativa de vida, ele só vai poder governar poucos anos antes de seu irmão assumir o poder pelo resto da vida.

Franzi o cenho, confusa.

— Que expectativa de vida?

Chegamos a um pátio e o atravessamos até o outro prédio.

— Ah, é verdade, você não sabe nada sobre o nosso mundo. Vou demorar um pouco para me acostumar.

— Eu cresci sem poderes mágicos. Em Isariah, a gente não precisa de conhecimento mágico nem do modo de vida que vocês têm aqui.

Eden ficou meio triste, mas continuou:

— Então... é meio trágico, mas Ariyon é um curandeiro especialista, que é um tipo *muito* raro de curandeiro. Quando ele cura alguém, absorve o ferimento, e isso tira dias ou anos de vida dele. Curandeiros especialistas não costumam viver mais que trinta anos. Muito triste.

Parei de andar, de repente tomada pelo choque.

— O que foi que você disse?

Ela franziu o cenho.

— Todo mundo tem um relógio da alma; o seu e o meu têm muito tempo, mas sempre que Ariyon cura, ele doa parte do tempo que lhe resta para salvar a pessoa da dor ou da doença. Um curandeiro comum pode fazer tinturas e curar cortes, mas só um especialista pode salvar uma vida, como ele fez com seu pai. Mas isso tem um preço.

Lágrimas marejaram meus olhos quando soube que ele havia doado uma parte de sua vida para salvar a de meu pai. Deve ter sido uma parte maior que o permitido, a julgar pela reação dele quando havia pensado que poderia se meter em encrenca por ter conseguido marcas de mestre. Eu não tinha a menor ideia disso.

— Por que ele simplesmente não para de curar? — perguntei, ainda chocada com a informação.

Nunca pensei que houvesse um custo associado à magia de cura — ou a qualquer magia, aliás.

— Os curandeiros especialistas vivem pelo Grande Código de Honra. Se alguém está doente e eles podem ajudar, não dispensam uma única alma. Eles têm uma espécie de empatia que os faz sentir a dor dos outros, e não conseguem conviver consigo mesmos enquanto não a aliviam.

Fiquei completamente abalada, até mal do estômago por causa dessa conversa. Eden teve que me arrastar para a aula de "teleaula", como ela dizia.

Vi Blair logo de cara, sentada na última fileira, mas eu estava tão atordoada com o que havia acabado de descobrir que nem liguei. O professor, o senhor Whitlock, tinha cabelos brancos e lisos que lhe chegavam até a cintura, e estava mostrando à turma como fazer um pedaço de papel levitar do teto até o chão.

Era legal, mas eu não conseguia me concentrar — só conseguia ver Ariyon, debruçado sobre meu pai, com as mãos no peito dele, tentando arrancá-lo da morte. E enquanto isso… abrindo mão de um pouco do tempo de sua alma para que meu pai vivesse por décadas.

Naquele momento, entendi que, independentemente do que Ariyon fizesse comigo, independentemente de quão cruéis fossem meus quatro anos ali na Academia com ele, eu nunca seria capaz de odiar um único fio de cabelo dele. Eu devia tudo a ele.

***

A teleaula passou sem que eu nem notasse, assim como a de armas. Eu não conseguia parar de pensar na curta vida de Ariyon e que ele havia cedido tempo a meu pai.

Quando chegou a hora do almoço, eu nem estava com fome; a torta de carne da mãe de Eden pesava em meu estômago como uma pedra.

O refeitório era bem grande e comportava uns duzentos alunos. Estava bem movimentado e barulhento, e como eu nunca havia frequentado uma escola de verdade como aquela, não sabia bem o que pensar. Avistei Eden na fila ao lado de Ariyon e Ayden e decidi que não era uma boa hora para ir até lá.

Só que ela começou a acenar feito louca para mim assim que me viu.

— Fallon! — gritou do outro lado do refeitório.

Ver os dois irmãos, cópias espelhadas um do outro exceto pelos cinco centímetros de cabelo loiro brilhante, me deixou meio sem fôlego. Segurando firme os três livros gigantes que eu carregava, caminhei até estar ao lado dela.

— Oi — eu disse.

Olhei para Ariyon, que estava olhando para a comida, e depois para Ayden, que sorriu docemente para mim.

— Hoje é dia de pizza — disse Ayden com alegria.

Franzi a testa.

— O que é isso? — Nem tentei pronunciar aquela palavra esquisita.

Eden e Ayden caíram na gargalhada e eu fiz cara feia.

— Você nunca comeu pizza? — perguntou Eden, chocada.

Eu sentia os olhos de Ariyon sobre mim, mas ignorei.

— A pizza foi trazida para a Cidade Dourada por feéricos de um reino do norte, tipo, há uma década. É incrível — informou Ayden. — Você tem que experimentar.

Senti o calor subindo pelo meu rosto.

— Ah… parece bom, mas não tenho dinheiro… Vou comer um jantar reforçado em casa.

Eu quis morrer naquele momento. Pelo menos em Isa todo mundo era pobre, mas ali, diante de dois príncipes, eu me sentia inferior.

— Eu pago — disse Ayden. — Você tem que experimentar a pizza. Está decidido.

De repente, Ariyon rosnou, saiu da fila e foi passando por entre uma multidão de estudantes.

Eu estava morrendo de vergonha, mas antes que pudesse dizer qualquer coisa, a moça do refeitório perguntou o que íamos querer.

— Quatro pizzas de queijo. Eu pago, Eden — disse Ayden, empurrando para baixo a mão dela, que segurava umas moedas de cobre.

— Obrigada — disse ela, acanhada, e guardou o dinheiro no bolso.

Naquele momento, fiquei imaginando quanto custaria estudar naquela escola e se meu pai poderia pagar. Na aldeia, a escola era gratuita, por isso eu não estava nada à vontade.

Olhei por cima do ombro, seguindo as costas de Ariyon, que saía do refeitório e se dirigia a uma mesa lá fora. Sentou-se ao lado de uma loira de rabo de cavalo alto e familiar.

Blair.

E havia outra pessoa conhecida com eles: Hayes, o outro curandeiro daquela noite que eu tinha ido à clínica estudantil pedindo ajuda para meu pai.

Um segundo depois, Ayden me entregou um prato com uma massa achatada e coberta de queijo derretido e molho vermelho. Minha boca se encheu d'água na hora. Agradeci a Ayden. Ele entregou a pizza de Eden e ficou com duas. Uma devia ser para o irmão mal-humorado, presumi.

Enchemos nossos copos de água e os segui até os fundos do refeitório, rezando para que não estivessem indo se sentar com Blair, Hayes e Ariyon. Quando a mão de Ayden encostou na grande porta de vidro da saída, pigarreei.

— Acho que vou comer aqui.

Estava na cara que Ariyon me odiava e não queria ficar perto de mim. Eu estava tentando não ir contra a vontade dele.

Os dois se voltaram para mim.

— De jeito nenhum, vamos lá. — Eden fez um gesto com a cabeça.

Ayden concordou.

— Esqueça o meu irmão. É o primeiro dia, você tem que estabelecer limites; senão, vai comer aqui dentro o ano todo. Ele tem que superar.

Engoli em seco. Ele tinha razão. Não era minha culpa ter nascido de uma mulher má, descendente daquela Casa de Cinzas e Sombras com magia de criaturas da noite. Eu era uma boa pessoa, caramba, e ia provar isso.

— Tá bom — concordei.

Com um sorriso, Ayden abriu a porta e nós três saímos.

Eu me sentei do lado esquerdo do longo banco, ao lado de Eden e Ayden, e a nossa frente estavam sentados Ariyon, Hayes e Blair.

— Eca, até mais tarde. — Blair se levantou no mesmo instante em que me sentei.

Voltou para dentro e foi se sentar a uma mesa cheia de garotas que pareciam cópias idênticas dela. Ignorei a saída grosseira dela e fiquei observando enquanto Ayden deixava uma pizza na frente do irmão.

— Quando é que você vai trabalhar de novo, Eden? Preciso de doces para o aniversário da minha mãe — perguntou Hayes, devorando a pizza como se não houvesse comido nada a semana toda.

— Amanhã. Passe lá depois da aula que eu arranjo para você — disse ela.

Peguei um triângulo da pizza, separando-o do resto, e o inspecionei.

— Você vai procurar emprego em algum lugar, Fallon? — perguntou Eden. — Nós, oestinos, temos que dar duro para ter dinheiro. — Ela mostrou a língua aos dois príncipes e, pela primeira vez, vi os lábios de Ariyon se contraírem num esboço de sorriso.

— Vou trabalhar meio período na BoticAvis.

Para pagar uma dívida, foi o que eu não disse.

— Eu trocaria de lugar com você com prazer, Eden — disse Ariyon. — Tome o peso de governar o reino e morrer aos trinta anos. — Ele estendeu as mãos como se fosse transferir o peso para ela.

Fiquei abalada com essa menção casual ao fato de que morreria jovem. Acaso ele havia aceitado de bom grado isso? Todo mundo aceitava?

Olhei para os outros e os vi se remexendo no banco, constrangidos. Ayden franziu o cenho para o irmão, Hayes de repente pareceu muito interessado na própria pizza e Eden apenas revirou os olhos, como se Ariyon dissesse aquelas coisas o tempo todo.

— O que achou da pizza, Fallon? — perguntou Ayden, mudando de assunto.

Tentando tirar da cabeça o comentário de Ariyon, dei uma mordida na pizza.

— Ai, minha Luz! — gemi enquanto mastigava.

O rosto de Ayden se abriu em um sorriso encantador.

— É uma delícia, não é?

Arregalei os olhos enquanto dava outra mordida.

— Nossa, bom demais — murmurei com a boca cheia. Todos riram — todos, exceto Ariyon. O príncipe rabugento ficou sentado ali, me observando com uma carranca. Uma carranca curiosa, mas ainda assim, uma carranca.

— E aí, Fallon, a Cidade Dourada deve ser diferente de Isariah? O que você encontrou aqui de mais surpreendente? — perguntou Hayes.

Gostei de seu esforço para me conhecer. Queria dizer que era o fato de eu ser descendente das trevas, mas sabia que não era isso que ele estava perguntando.

— O vaso sanitário — respondi, e Eden e Hayes caíram na gargalhada. — Tive que me sentar nele para explicar para o meu pai como funcionava.

Ayden sorriu.

— Ele nunca havia visto um vaso sanitário? O que você disse que era?

Ariyon ainda estava de mau humor, e minha missão era vê-lo abrir um sorriso para mim.

— Um penico com descarga — disse, e todos riram de novo. Todos, exceto Ariyon. Mas aquilo havia sido um movimento de lábios, não? Ele olhou para mim e, pela Luz, havia alegria escondida em seu olhar de aço.

Que comecem as apostas.

O resto da conversa durante o almoço foi casual; falamos sobre aulas, professores favoritos e tal. Ariyon falou, eu falei, mas não nos falamos. Foi estranho, mas eu tinha esperanças de que melhorasse. Ayden, Eden e Hayes estavam se esforçando para ser gentis e me incluir, e eu queria ser amiga deles. Gostei de já ter um grupo de pessoas com quem me sentar na hora do almoço em meu primeiro dia de aula.

— Em Isa temos um pão achatado que... — Parei de falar quando um grande corvo preto pousou na mesa.

— Xô! — fez Eden, tentando espantá-lo com seu prato vazio.

Ayden e Ariyon ficaram imóveis, olhando para o pássaro. Bem devagar, Ayden levou a mão à cintura e puxou uma pequena adaga de prata.

O quê? Ele ia matar o pássaro? Com certeza não era uma ameaça!

O pássaro saltitou sobre a mesa, veio direto para mim e... fez uma reverência.

— *Yanric Spade, familiar da família Bane, a seu dispor* — disse ele, mas seu bico não se mexeu.

Meu coração batia tão forte que eu tinha certeza de que todo mundo ali podia ouvir.

Dei uma risadinha nervosa e olhei para os outros. Todos me encaravam com os olhos arregalados. Desconfiados. Até Eden.

— Vá embora! — Empurrei o pássaro com as costas de minha mão coberta, fingindo que não havia acabado de ouvi-lo falar! Ele voou uns centímetros para trás, mas logo voltou saltitando para mais perto de mim.

— *Fallon Bane, eu vivo e respiro para servi-la. Nunca a abandonarei* — declarou, alçando voo e pousando em meu ombro.

Estremeci quando sua asa atingiu meu pescoço exposto, mas não senti dor alguma com o toque.

Um suor frio brotou em minha pele enquanto eu ficava ali, paralisada, tentando entender o que estava acontecendo. Mordi o lábio, sentindo um ataque de pânico iminente. Que diabos estava acontecendo? Sacudi o ombro, mas o pássaro não foi embora. Ele podia me tocar? Sem me provocar dor?

Ariyon se levantou, olhou o irmão nos olhos e disse:

— Eu falei. Ela é *igualzinha* à mãe.

Ofeguei como se ele houvesse me dado um tapa; suas palavras me inundaram de vergonha e agonia. Então, ele se afastou e eu tive que piscar depressa para evitar que as lágrimas marejassem meus olhos.

— Não. — Sacudi o ombro, tentando espantar o pássaro, mas o desgraçado se mantinha firme. — Eu... eu não conheço este pássaro. — Sacudi com mais força, mas ele continuou onde estava.

— *Acabei de dizer. Sou Yanric Spade, o familiar da...*

— Cala a boca! — gritei para ele.

Eden arregalou os olhos. Hayes se levantou, pegou seu prato e disse:

— Eu... tenho que ir para a aula.

Pisquei depressa, perdendo a luta contra o pânico que me consumia enquanto lágrimas de terror rolavam pelo meu rosto.

— Não sei o que está acontecendo — disse a Eden.

Ela deu de ombros.

— Eu também não, Fallon, só lamento. — Ela olhava para o pássaro como se ele fosse explodir a qualquer momento.

Ayden pousou gentilmente a mão no ombro de Eden.

— Vá para a aula, Eden. Preciso falar com a Fallon em particular.

O medo me dominava. Eden acenou para ele, pegou sua bolsa e me lançou um olhar de dó antes de sair.

Ficamos só eu e Ayden, e ele olhava o pássaro como se fosse um presságio de morte.

Talvez fosse mesmo.

— Ouvi dizer que você foi criada em Isariah por um pai que não tem magia, é isso, Fallon?

Fiz que sim, levando a mãos aos olhos para enxugar aquelas lágrimas idiotas. Quem chora no primeiro dia de aula? Eu era ridícula, mas aquilo era demais. Eu não aguentava mais.

O maldito pássaro não se mexia. Um maldito pássaro *falante*! Pelo visto, só eu conseguia ouvi-lo, o que me fez pensar que havia enlouquecido.

— *O maior crime contra a família Bane foi você ter sido criado sem poderes mágicos!* — disse o pássaro em minha mente.

Tentei afastá-lo. Achei que estava ficando louca. Talvez tudo começasse assim. O mestre Clarke havia avisado que toda a minha família tinha enlouquecido. Aquele pássaro falante parecia ser um bom começo para isso.

Ayden pegou minha mão coberta e eu permiti que ele a segurasse.

— Quero que você saiba que não te considero responsável — disse ele, e eu estremeci.

— Responsável pelo quê? — perguntei, me preparando para ouvir que o pássaro era mesmo um presságio de morte.

Ele olhou para o pássaro com cautela de novo.

— Sua mãe...

— Eu não a chamo assim. Não a conheci — corrigi, e ele acenou com a cabeça.

— Certo. Marissa Bane assassinou nossos pais... meus e de Ariyon — disse ele com naturalidade, e foi como se o chão se abrisse sob meus pés.

— O... o quê? — Não era de se espantar que Ariyon me odiasse! Minha mãe biológica havia matado os pais dele!

— E sua ma... Marissa tinha um familiar — ele olhou para o pássaro —, que foi quem matou meu pai no ataque.

Então, levantei a mão e agarrei o pássaro com força, prendendo-o à mesa, dominada pela raiva.

Ayden soltou minha mão, chocado com minha explosão repentina.

— É verdade? — rosnei para o pássaro, prendendo-o pelo pescoço na mesa.

Seus olhinhos pretos se arregalaram de pânico.

— *Como eu posso saber? Não sou familiar de sua mãe! Mas Claudius tinha mesmo um temperamento forte.*

— Não foi ele! — disse Ayden às pressas.

Soltei o corvo. Yanric se levantou, sacudiu as penas e ficou me olhando.

— O familiar de Marissa era uma cobra venenosa.

Olhei para o corvo de novo e estremeci.

— Desculpa.

Ele arrepiou as penas uma última vez.

— *Tudo bem. Claramente você não foi criada com boas maneiras.*

Eu me voltei para o príncipe.

— Olha, lamento muito pela participação que Marissa tenha tido na morte de seus pais. De verdade — eu disse, e ele acenou com a cabeça. Então, olhei para Yanric. — E desculpa se este pássaro te faz lembrar como seu pai morreu. Vou tentar me livrar dele.

— *Não dá* — disse Yanric ao mesmo tempo que Ayden. Suspirei.

— Explique, por favor.

Ayden olhou de soslaio para Yanric.

— Como herdeira da Casa de Cinzas e Sombras, você tem um familiar. Sua Casa possui um familiar. São criaturas das trevas que podem se transformar em sombras e carregar magia poderosa. E estão ligadas ao herdeiro escolhido por toda a vida.

— *É verdade.* — Yanric estufou o peito. — *A* seu *dispor.* — Ele fez outra reverência profunda e eu o olhei feio.

— Você está dispensado do serviço. Agora *vá.*

O sinal já havia tocado fazia muito tempo e iríamos nos atrasar, mas aquilo parecia importante.

— *Não farei isso. Sou uma extensão sua e passei dezessete anos procurando você. Só vou te deixar na morte* — prometeu Yanric.

Suspirei.

— Valeu pela explicação. Acho que é isso, então, não é?

Ayden concordou, dando um sorrisinho.

— Não há nada que você possa fazer.

— Temos que ir para a aula — disse, pegando meus três livros gigantes.

Ayden concordou com a cabeça e se levantou.

Enquanto eu o seguia, com meu pássaro familiar em nosso encalço, desejava que a Luz viesse e me engolisse para sempre. Era oficial, o primeiro dia de aula estava sendo uma droga.

9

O RESTO DO DIA NA ESCOLA *VOOU* — SEM TROCADILHOS. YANRIC me acompanhou em todas as aulas, apesar de meus protestos, e no final do dia, a escola inteira estava falando sobre o assunto.

Bane.

Familiar.

Futura criatura da noite.

Filha de uma assassina.

As coisas que sussurravam quando eu passava me faziam sentir saudades do tempo em que a única coisa estranha que eu tinha era não poder ser tocada. Minha disciplina eletiva em grupo com a mestra Knight havia sido cancelada naquela semana porque ela estava viajando, o que me deixou grata. Eu não sabia quanto mais poderia suportar, e considerando que o mestre Clarke me contou que Marissa havia matado toda a família dela, não estava pronta para conhecer mais pessoas que me odiassem por causa de minha mãe biológica.

Agora, estava sentada à mesa de jantar com meu pai e Hipsie. A cor havia voltado às faces dela e ela estava sentada, o que era bom.

Eu havia acabado de contar sobre meu dia. Eles olharam para Yanric, que estava sentado na quarta cadeira como se fosse um convidado à nossa mesa.

Meu pai olhou para a torta de carne que sobrou.

— Temos que alimentá-lo? — perguntou, olhando de mim para o pássaro.

Como é que eu ia saber? Olhei para Yanric e ele ergueu sua cabecinha de pássaro.

— *Eu sei caçar. Estou aqui principalmente para proteger você, mas gosto de um petisquinho de vez em quando.*

— Para me proteger de minha família? — questionei.

Meu pai ficou tenso.

— Essa coisa está falando agora?

— *Coisa não* — corrigiu Yanric.

Acenei com a cabeça.

— Está. — Contei para eles sobre o familiar e tudo o que Ayden me havia dito; que Marissa tinha um familiar que tinha ajudado a matar os pais deles.

— Posso fazer um bom ensopado, se quiser se livrar dele — ofereceu Hipsie, falando pela primeira vez.

Calafrios percorreram meus braços ao ouvir suas palavras; de repente, Yanric se transformou numa criatura das trevas diante de nossos olhos.

— *Quero ver você tentar, sem poderes mágicos* — sibilou.

Todos se assustaram, inclusive eu. Hipsie pegou a faca que meu pai havia usado para cortar a torta.

— Calma, gente! — Coloquei a mão na frente da forma sombria de Yanric. Ele me fez lembrar da magia que a criatura da noite tinha. Eu o tinha visto se alimentar de uma mulher e depois desaparecer. Estava assustada pelo fato de estar presa àquela criatura capaz de fazer coisas horríveis. — Posso falar com você em particular no meu quarto? — perguntei a Yanric.

Ele se transformou em um ser emplumado de novo.

— *Claro, mas não precisa, você pode falar direto na minha mente.*

Franzi a testa, incapaz de processar aquilo ainda; então, saí da mesa e fui para o quarto, pisando duro.

Chegando lá, Yanric voou até a cabeceira da cama e pousou ali.

— Por que você fica comigo o tempo todo? — perguntei.

— *Para proteger você, é claro* — disse ele, me olhando com seus olhinhos esbugalhados como se eu fosse louca.

Acenei com a cabeça.

— Bem, eu agradeço, mas você está dificultando minha vida. Magia é novidade para mim e isso tudo é demais. Quando estou em casa com meu pai, que me protegeu a vida toda, você não é necessário. — Fui até a janela e a abri.

Ele ficou ofendido.

— E quando estou na aula… — comecei, mas ele me interrompeu.

— *É onde você fica mais vulnerável. A escola inteira te odeia. Inclusive os professores.*

Poxa, essa doeu.

— Tudo bem. Em casa e no banheiro da escola, preciso que você me deixe em paz. Preciso de privacidade.

Ele inclinou a cabeça para o lado, como se não gostasse da ideia.

— *Está bem. Vou dormir lá fora, mas se chover, espero que você se sinta péssima!*

Ele se transformou de novo numa sombra negra e atravessou a parede voando, me deixando em choque.

Pelo visto, eu não precisava abrir a janela.

— Obrigada! — gritei pela janela aberta, e a fechei.

Finalmente, um pouco de paz e sossego com minha família.

Voltei para a sala de jantar com um sorriso triunfante.

— Ele não vai ficar me vigiando aqui dentro de casa.

Hipsie ainda estava com a faca de carne firme na mão, olhando para a porta de meu quarto com desconfiança.

— Eu não entendo nada de criaturas mágicas, mas não gostei da atitude dele — disse ela, e eu sorri.

Bateram à porta; meu pai se levantou e foi abrir. Eu não estava acostumada a morar ali e ficava inquieta sempre que alguém aparecia.

Acaso eu estava encrencada?

Quando meu pai abriu a porta, vimos dois guardas carregando cestas cheias de frutas frescas, legumes, pão e batatas.

— Presente do mestre Clarke até vocês começarem a trabalhar — disse o guarda secamente.

Meu coração ficou apertado e a emoção transbordou de mim. Eu havia feito um comentário casual diante do mestre Clarke naquela manhã e ele tinha levado a sério, e eu estava muito grata. Estava mesmo preocupada, sem saber como poderíamos nos alimentar até o primeiro pagamento em moedas de meu pai.

— Puxa, obrigado — disse meu pai, com a surpresa evidente na voz.

— E aqui estão as ordens de serviço. É uma colocação de 12 meses, a ser avaliada no final do ano.

Ele entregou um envelope a meu pai e foram embora.

Corri para pegar as cestas de comida e meu pai abriu a carta.

— O que você vai fazer? — perguntei, rezando para que fosse algo decente, que não o machucasse e pagasse nossa comida.

— Mable solicitou um novo zelador e faz-tudo em tempo integral. Três pratas por mês.

Ah, que a Luz abençoasse Eden e sua mãe. Elas estavam mesmo cuidando de nós.

— É muito? — perguntou Hipsie atrás de nós, à mesa.

Ele deu de ombros.

— Não faço ideia.

E todos nós caímos na gargalhada.

Eu sabia que devia uma prata e 50 cobres a Avis, mas não tinha a menor ideia de quanto tempo levaria para ganhar isso. Menos de um mês para meu pai, então, provavelmente mais para mim, uma vez que eu trabalharia meio período e ocuparia uma posição inferior.

Levei as cestas para a mesa e as vasculhamos. Hipsie olhava todas aquelas frutas com os olhos arregalados.

— Vocês vão ficar muito gordos morando aqui — comentou.

Risadas de novo. Era tão bom rir depois de tudo o que havíamos passado! Para mim, era uma vitória. Talvez a vida ali não fosse tão ruim assim.

***

O resto da semana na escola passou rápido. Eu estava sob ordens expressas do mestre Clarke de não tentar fazer magia ainda. Não passava de uma observadora. Ficava encostada na parede e observava meus colegas de classe fazendo coisas incríveis enquanto eu me acostumava com a ideia de que tinha magia própria. Às vezes, durante a teleaula, sentia uma coceira na palma das mãos e podia jurar que era minha magia me pedindo para usá-la. Eu já havia trabalhado dois dias na BoticAvis; era bom retribuir à mulher que tinha ajudado a curar Hipsie. Ela havia voltado para Isariah com um cavalo emprestado e prometido avisar logo se estava tudo bem em casa.

A Cidade Dourada ainda não parecia um lar para mim. E agora que aquele maldito corvo me seguia por toda parte, Clarke não estava conseguindo arranjar um tutor para mim, por isso eu já estava ficando atrasada na leitura. Eles me passavam mais de três capítulos por noite, e mesmo ficando acordada até tarde, mal conseguia ler um!

A famosa mestra Knight estava em uma viagem importante no outro reino, representando a rainha, por isso, esse era o tempo livre que eu tinha para ficar na biblioteca. Eu ainda não conhecia a mulher cuja família inteira tinha sido assassinada pela minha mãe biológica, mas com certeza estava com medo.

— *Não há nada a temer com Yanric aqui* — prometeu meu familiar emplumado, empoleirado em minha mochila emprestada de Eden.

Eu ainda estava curiosa pelo fato de ele conseguir tocar meu cabelo e minha pele sem me causar dor. Estava imaginando o motivo, e ele simplesmente disse que éramos iguais. Fosse lá o que isso significasse.

— *Não leia minha mente!* — gritei para ele.

Por fim, eu havia aprendido a falar mentalmente com ele; assim, não parecia mais uma maluca falando com um pássaro.

— *Não pense tão alto, então!* — retrucou ele.

Resmunguei com ele; estava sentada na grama, na hora do almoço, comendo, distraída. Depois que Yanric apareceu naquele primeiro dia, Ariyon e Hayes decidiram se sentar com Blair e as amigas dela no almoço. Eu não podia culpá-los depois do que Ayden tinha me contado — que o familiar de minha mãe biológica havia matado o pai dos príncipes. Ayden andava por aí cumprimentando todo mundo. Era o cara mais legal que eu já havia conhecido, parecia não ter um único inimigo mortal. Ele era uma fera na aula de armas e tinha uma magia bem poderosa, graças à qual podia lançar ondas de choque de energia em uma pessoa e nocauteá-la, além de lançar bolas de fogo. Mas ele também era gentil. Muito gentil. Fazia questão de me cumprimentar todos os dias na hora do almoço, quando eu estava com Eden sentada no gramado na frente do movimentado pátio do refeitório. Muita gente amontoada num espaço pequeno significava mais chances de eu me machucar. Eden era meio solitária antes de eu chegar; andava com os meninos, mas não tinha muita afinidade com as meninas. Todo mundo a discriminava por ser da Zona Oeste; mas nós duas éramos farinha do mesmo saco.

Eu havia dito a Eden inúmeras vezes que podia almoçar com Hayes, Blair e Ariyon, mas ela se recusava.

— Tá bom, agora é hora da conversa ultrassecreta. — Eden baixou a voz e deu um biscoito para Yanric. Ela gostava mais do pássaro que eu. Me inclinei para ouvi-la e a vi ficar com o rosto vermelho. — Eu tenho uma queda enorme pelo Hayes…

Soltei um gritinho, sem deixá-la terminar. Ela riu e esperou que eu me calasse.

— Já faz tempo — acrescentou. — O Baile das Belas de Inverno está chegando, e nesse baile somos nós que convidamos os meninos.

Ela nos indicou com o dedo e meu estômago foi logo embrulhando só de pensar em convidar um cara para dançar.

— Acha que Hayes iria comigo? — perguntou, insegura.

— Você só pode estar brincando. O rosto dele se ilumina toda vez que você aparece. Você é linda, poderosa e uma fofa. Ele seria um idiota se dissesse não.

— Aiinn! — Ela se inclinou para frente com os braços abertos e eu estremeci; ela recuou. — Droga, esqueci. Quase te abracei. — Ela arregalou os olhos de horror.

Acenei com a cabeça em compreensão.

— Leva um tempo para se acostumar. Vou te mostrar o truque que eu e meu pai usamos. — Peguei a mão dela com a minha protegida pela luva e a apertei com força. — Isso significa um abraço apertado.

Os olhos de Eden de repente se encheram de lágrimas e ela piscou. Soltei sua mão, achando que havia feito algo errado.

— Desculpa, é que… é que me dei conta de que você não pode abraçar nem seu próprio pai. É de partir o coração, Fallon.

Engoli em seco, balançando a cabeça. Às vezes, eu me enrolava bem apertado com um cobertor só para sentir a pressão no corpo; mas nunca admitiria isso a ninguém. Ah, como eu estava louca para ser abraçada de corpo inteiro ou ser pega no colo como os meninos faziam com as namoradas! Tinha certeza de que era uma sensação muito boa.

— Já estou acostumada. — Dei de ombros.

Eden franziu o cenho.

— Mas não deveria ter que se acostumar. Não existe cura?

Sacudi a cabeça.

— Já tentamos de tudo. Parece que me amaldiçoaram por causa da minha mãe.

Como Eden não havia sido criada com os aristocratas abastados da alta sociedade, ela também não sabia muito sobre minha família. Isso era bom e devia ser o único motivo pelo qual ela ainda era minha amiga.

De repente, senti vontade de contar meu segredo; não havia contado a ninguém na escola.

— Promete guardar segredo? — perguntei.

Ela olhou para os lados, acenou para Yanric com cumplicidade e enganchou seu mindinho no meu, prendendo-o um tempo antes de soltá-lo.

— Prometo.

Ri daquele juramento infantil com o mindinho; então, me inclinei para mais perto dela e contei:

— Quando Ariyon foi até a minha aldeia para curar meu pai... ele tocou minha pele e... não doeu.

Ela arfou e cobriu a boca com a mão, em choque.

— Como assim? Por quê? É porque ele é curandeiro? Ou vai ver ele é sua alma gêmea!

Eu ri.

— Não sei se isso é coisa de curandeiro, teria que testar com outro. Mas ele com certeza não é minha alma gêmea. Ele me odeia.

— Aposto que você pode testar com Hayes, se quiser. Veja se tem a ver com poder de cura.

Já estava quebrando a cabeça com a ideia de que qualquer curandeiro pudesse me tocar, por isso, concordei.

— Tá, se ele quiser; mas não conta nada sobre o Ariyon para ninguém.

— Claro que não! Só vou dizer que estamos testando — disse ela.

— Testando o quê? — disse a voz nauseante de Blair atrás de nós, de repente, e dei um pulo.

Eden se endireitou casualmente.

— Nada, só uns penteados para o Baile das Belas de Inverno — disse com frieza.

Boa defesa.

— Bem, esse seu coque de bibliotecária não serve — murmurou Blair.

E a seguir, segurou meu coque e o sacudiu de leve com a mão nua.

A dor correu pela minha espinha enquanto eu gritava e me jogava para frente no gramado, para escapar do toque de Blair. Minha pele parecia ter sido incendiada de repente. Ficou latejando, em agonia, em ondas, enquanto a tortura persistia, mesmo sem ela me tocar mais. O suor brotou na testa e fiquei ali, ofegante, na grama, tentando avaliar a gravidade da situação. Chegaria a perder a consciência? Precisaria de um banho frio? Foi um contato total, mas não durou muito.

Levantei os olhos para tranquilizar Eden e dizer que estava bem, quando vi Ariyon e Ayden parados a menos de um metro de distância, me observando horrorizados. Eden estava diante de Blair com a palma das mãos abertas na lateral do corpo e um olhar assassino.

— Você fez *de propósito* — rosnou Eden, e suas mãos se converteram em chamas laranja bruxuleantes.

Yanric, empoleirado em seu ombro, estava pronto para atacar.

— *Fique aí* — alertei Yanric em meio à dor.

— *Jamais* — respondeu ele. Soltei um gemido.

Blair correu até Ariyon e se escondeu atrás dele, buscando proteção.

— Eu não! Não pensei que o cabelo dela fosse… Eu não sabia — murmurou, mas havia um pouco de culpa em sua voz. Como se achasse que podia tocar em meu cabelo, mas não tivesse certeza. Estava curiosa e conseguiu o show que queria, mas talvez estivesse arrependida.

Outra pontada de dor percorreu minha pele, e eu estremeci. Mais espectadores se reuniram ao redor.

— Calma, Eden. — Ariyon se aproximou de minha amiga, e Eden o fitou com seu olhar mortal e as chamas de suas mãos cresceram ainda mais.

— Calma? — rosnou ela, e ele estremeceu.

— Respira fundo. Blair disse que não teve a intenção e eu posso curar Fallon, tá bom? Só… respira fundo.

Ele estendeu as duas mãos pedindo calma e veio até mim.

Não. Essa era a última coisa que eu queria.

Eu me sentei na hora; tive outro espasmo quando um resquício de dor percorreu meu corpo. Que maravilha, não havia sido o suficiente para me deixar inconsciente; eu só ficaria tendo esses espasmos por um tempo.

— Estou bem — disse a ele, me abraçando.

— *Eu posso arrancar um dos olhos dela para que nunca mais esqueça o que fez* — ameaçou Yanric, ainda no ombro de Eden.

— *Não. Seríamos expulsos da escola. Estou bem* — eu disse, e ele voou do ombro de Eden para o meu, fitando Ariyon.

O príncipe interrompeu seus passos em minha direção e apertou os dentes ao ver meu familiar. Uma multidão havia se juntado; todos tinham saído do refeitório para assistir à aberração amaldiçoada convulsionar de dor.

— Não preciso de cura… — Mas gritei quando outra onda de dor me percorreu.

Tá bom, seria um dia ruim. Provavelmente levaria uma hora até eu me sentir normal de novo; ela havia segurado meu cabelo tempo demais.

Ayden se aproximou de mim e do irmão com a preocupação estampada no rosto.

— Vamos conversar em particular — disse, apontando para um prédio atrás de nós e pegando minha mochila.

Sempre o doce Ayden, pensando em meu eterno constrangimento.

Que a Luz o abençoe.

Fui mancando até o prédio. Ayden abriu a porta de um depósito cheio de livros, tapetes de ginástica e material de escritório.

Ariyon e Eden entraram depois de nós e fecharam a porta; as luzes do teto logo se acenderam.

— Eu queria botar fogo nela. Está tudo bem? — perguntou Eden, correndo até mim. Com cuidado, ela pegou minha mão coberta e a apertou com força. Um abraço apertado.

Tive que conter as lágrimas, porque como minha pele parecia estar em carne viva, doeu. Mas fiz que sim.

— Vou ficar bem. Quando as pessoas tocam em meu corpo por muito tempo, dura bastante. Será só… — Tremi de novo ao sentir outra pontada de agonia. Foi quente e aguda, mas, felizmente, passageira.

Ariyon me olhava com o rosto tenso. O suor escorria sobre seu lábio e ele engoliu em seco. O sinal tocou e ele se voltou para o irmão gêmeo e Eden.

— Podem ir para a aula, eu cuido da Fallon. Vocês sabem que eu trabalho melhor com menos energia por perto.

Ayden olhou para mim, preocupado, mas concordou, e eu dei um sorriso falso para Eden.

— Estou bem — repeti, esperando que outra pontada de dor não me atingisse enquanto ela ainda estivesse ali.

— Está bem. Venha falar comigo mais tarde.

Ela saiu com Ayden e Ariyon lançou um olhar furioso para Yanric.

— Preciso que ele espere no canto. A energia dele está se misturando com a sua e não consigo fazer uma boa leitura.

— *Só por cima de meu cadáver. Ele não gosta de você, sinto o cheiro de ódio.*

Eu torcia para que isso não fosse verdade, que estivesse sentindo o cheiro do ódio de Ariyon por ele. Mas eu não culparia o príncipe se fosse esse o caso.

— *Vá para o canto da sala ou vou trancar você numa gaveta* — avisei, mesmo sabendo que isso não o seguraria, mas torcendo para que ele entendesse a indireta.

— *Se ele te machucar, arranco as orelhas dele.*

Tá, isso foi bastante gráfico. Meu passarinho com certeza fazia jus ao nome de nossa Casa de Cinzas e Sombras.

Yanric voou pela sala até uma estante de livros e pousou no alto, nos observando como um cão de guarda.

— Ele é meio protetor — eu disse, tentando defender Yanric, mas logo me arrependi, lembrando o que havia acontecido com o pai de Ariyon.

Ele não disse nada, apenas se aproximou de mim assim que uma pontada de dor me atingiu e eu sibilei.

— Ah, é, a maldição está em *loop*, estou vendo agora. Está toda entrelaçada a sua energia vital. — Ariyon respirou fundo. Seu olhar percorreu meu corpo e as marcas de suas mãos começaram a girar.

Meu coração disparou. Nunca imaginei que fosse possível curar o que eu tinha. Meu pai dizia que já havia tentado com um curandeiro, mas quem sabe um especialista... quem sabe Ariyon...

— Você pode curar minha maldição?

Ariyon me fitou com compaixão.

— Eu posso tirar a dor, mas não a maldição. A maldição é você, você nasceu dela, são como unha e carne... ela é uma parte sua.

Tive que engolir o choro ao ouvir sua avaliação da maldição que eu carregava. Por uma fração de segundo, eu havia me permitido ter esperanças de que ele pudesse me ajudar, e agora me sentia vazia, oca.

Tive outro espasmo, outro choque doloroso, desta vez menos intenso. Ariyon estendeu devagar os dedos nus e os manteve perto de minha garganta.

Nossos olhares se encontraram e meu coração disparou quando as marcas de cura em suas mãos se iluminaram, lançando um sutil brilho de luar sobre seu rosto.

— Posso te tocar, Fallon? — sussurrou ele. Prendi a respiração. Se qualquer outra pessoa perguntasse isso, seria um não absoluto; mas para ele, seria sempre sim. Parecia que eu e ele queríamos saber, naquele momento, se naquele dia lá na minha casa, em Isa, e a manhã seguinte haviam sido apenas um golpe de sorte.

Concordei; ele encostou a ponta do dedo na base de minha garganta.

Uma sensação quente, um formigamento curativo, como um bálsamo, percorreu minha pele. Abri a boca e deixei escapar um leve suspiro de surpresa. Ariyon me observava em busca de qualquer sinal de sofrimento, enquanto eu processava o fato de que não doía. Meu peito arfava, enquanto ele deslizava o dedo pelo meu pescoço, depois pelo lóbulo de minha orelha, pressionando-o de leve. Eu não sabia se eram pontos de pressão ou sei lá o quê, mas pouco importava. Foi tão bom, me senti viva naquele momento. Fechei os olhos, e seu dedo ia deslizando devagar pelo meu rosto e lábios.

Um calor percorreu meu peito e estômago quando ele tocou minha outra orelha, descendo pelo pescoço até a clavícula, parando na garganta.

Senti sua respiração tocar meu rosto e abri os olhos de repente. Ele estava pertinho de mim, umedecendo os lábios com a língua, e eu prendi a respiração.

— *Isso está ficando interessante* — comentou Yanric, mas ignorei o pássaro.

Será que ele ia me beijar?

— *Eu deveria me retirar, mas também quero saber o que vai acontecer* — disse Yanric.

Ariyon se sacudiu e afastou bruscamente a mão, como se houvesse se queimado.

— A dor passou? — perguntou, dando dois passos largos para trás.

Só consegui acenar com a cabeça. Não sei o que ele fez, mas foi como se eu houvesse tomado um banho refrescante de babosa. Minha pele parecida nutrida, não esfolada.

— Obrigada — murmurei.

Os símbolos de cura em suas mãos pararam de girar. Então, ele abriu a porta e disse, saindo às pressas:

— Até mais!

Fiquei saboreando aquele momento; levei o dedo aos lábios para sentir o lugar onde ele havia acabado de tocar.

Era oficial: não havia sido um caso isolado. Eu podia, *sim*, ser tocada sem sentir dor e queria saber se era só pelo Ariyon ou por qualquer curandeiro feérico.

***

Eu mal prestei atenção à aula de história dos feéricos. Blair e Eden também estavam nessa turma, pois éramos todas calouras da Academia. Mas Ariyon e Ayden eram do segundo ano, por isso não estavam. E naquele momento, eu só pensava em Ariyon. Ariyon tocando meus lábios, chegando perto a ponto de eu sentir sua respiração. Acaso ele ia me beijar ou foi só imaginação minha?

— *Ele ia te beijar* — disse Yanric.

— *Era um pensamento só meu!* — gritei em sua mente, e ele se encolheu em meu ombro.

— Nossa próxima aula de história será sobre a fundação das três Casas feéricas — disse o professor, me arrancando de meus pensamentos.

— Vou apresentar as informações sobre todas as Casas nas próximas semanas e, depois, quero um trabalho de quatro páginas sobre a história da Casa de procedência de cada um.

Eu me remexi na cadeira ao ouvir isso. Um trabalho de quatro páginas sobre a Casa de Cinzas e Sombras, também conhecida como Casa das Criaturas Noturnas e dos bebedores de sangue.

Maravilha. Eu mal podia esperar.

10

— Tem certeza? Não me parece muito certo. — Hayes olhou para mim com preocupação. Estávamos no fim de semana e Eden o havia convencido a nos encontrar no Parque dos Feéricos, na Zona Leste, para que ele me tocasse com suas mãos curadoras e pudéssemos ver o que aconteceria.

Sorri para ele, tentando encorajá-lo.

— É só dar uma roçadinha com os dedos. Vai doer, mas não vou sentir dor o dia todo.

Tomara.

— Ela precisa saber se os curandeiros podem tocá-la sem provocar dor. Fallon nunca conheceu um curandeiro em Isa, e a ideia nos parece plausível — disse Eden.

Pelo que eu sabia, apenas meu pai, Eden e o próprio Ariyon sabíamos que ele podia me tocar sem que eu sentisse dor. Eu não sabia se ele havia contado isso ao irmão gêmeo, e o fato de os ter expulsado daquele depósito antes de me curar me fez pensar que não.

Hayes mordeu o lábio e concordou. Estávamos perto de um grande carvalho, e umas crianças brincavam mais ao longe. Eu havia tirado uma das luvas e Hayes começou a examinar meu corpo com o olhar, como Ariyon havia feito.

— Nossa, que loucura. Eu consigo ver a maldição. É como uma teia de aranha, toda emaranhada na sua energia.

Franzi a testa. Isso não parecia bom.

— Vai ver você precisa estar, tipo, no modo curandeiro para não doer — sugeriu Eden.

Ele concordou, e então, as marcas prateadas de suas mãos começaram a girar. Respirei fundo e rezei à Luz para que ele pudesse me tocar sem me provocar dor. Isso mudaria tudo, abriria um mundo inteiro de possibilidades para mim.

Com a pontinha do dedo, ele roçou de leve minha mão. Uma agonia fresca e quente percorreu cada nervo de meu corpo e eu sibilei, retraindo a mão.

— Não! Desculpa. — Hayes deu um pulo para trás, com os olhos arregalados.

A derrota me cobriu como uma onda e destruiu o último resquício de esperança que eu tinha. Uma dormência profunda se espalhou pelos meus membros e senti uma forte depressão se apoderar de mim. Não era coisa de curandeiros. O toque de Ariyon havia sido um acaso, e agora ele me odiava. Meus lábios jamais seriam beijados. Eu jamais teria aquele amor de que meu pai falava, e precisava aceitar isso.

— Tudo bem. Obrigada. Pelo menos agora sabemos. — Dei um sorriso sem graça.

Eden franziu o cenho e olhou para mim com pena.

— Tá bom, pessoal, fiquem aí, vou para casa tomar um banho frio — eu disse, e Yanric decolou da árvore ali perto e pousou em meu ombro.

Eden sacudiu a cabeça.

— Não, eu posso te acompanhar até sua casa.

Hayes ficou decepcionado ao ouvir isso, por isso a dispensei.

— De jeito nenhum; tenho planos com meu pai mais tarde. Vão fazer alguma coisa vocês dois, está um dia lindo.

O sol estava alto no céu e os pássaros cantavam.

— Eu queria te mostrar o jardim de rosas — disse Hayes a ela.

O rubor cobriu o rosto dela e isso me fez sorrir, apesar de minha pele em chamas, e tentei enterrar todos os meus pensamentos depressivos.

— Divirtam-se! — falei, e fui embora, torcendo para que Eden não criasse caso.

Eu só queria ficar sozinha.

— Tá bom. Tchau, Fallon! — gritou Eden, e eu acenei para ela por cima do ombro.

Hayes havia feito tudo direitinho: mal tinha me tocado, e só por um segundo. Eu ficaria bem depois de um banho frio e de um descanso, mas não sabia se meu coração um dia se recuperaria sabendo que Ariyon era o único que podia me tocar e que ele me desprezava. Eu ficaria sozinha para sempre.

— *Eu posso te tocar. Você não ficará sozinha, sempre terá a mim* — interrompeu Yanric.

— *Não posso ter meu primeiro beijo com você, Yanric.*

Ele se sacudiu em meu ombro.

— *Claro que não. Que jeito de estragar o papo…*

Isso me fez rir. Aquele passarinho havia me conquistado.

***

O fim de semana transcorreu sem incidentes. Eu e meu pai passeamos pela Zona Oeste, conhecendo a região. Havia uma parte com lojas, barracas de mercado e uma clínica para os doentes, com uma fila enorme à porta. Mable e Eden nos convidaram para jantar no domingo à noite e eu fiquei muito grata pela hospitalidade e amizade delas.

Já estávamos na segunda-feira e eu havia passado a primeira semana de aulas sem grandes problemas. Só que a mestra Knight havia voltado de viagem.

Ela era a professora principal de pirologia e aquele era meu primeiro dia de aula com ela; pela graça da Luz, éramos um grupinho de seis pessoas, incluindo Eden. Blair e três amigas dela também faziam a disciplina eletiva, mas isso não importava se eu tivesse Eden a meu lado. Por causa do que havia acontecido no gramado com Blair na semana anterior, Eden ficou a apunhalando com o olhar na sala de pirologia. Estávamos numa sala toda de concreto com duas janelinhas, para o caso de haver necessidade de fuga. Quatro extintores de incêndio ficavam na parede dos fundos e havia uma mangueira grande enrolada na parede da frente. Imaginei que jorraria água, se necessário.

— Quer dizer que Blair tem poderes de telecinese *e* de fogo? — murmurei para Eden.

Ela fez que sim, ainda lançando um olhar mortal para Blair.

— Mas os poderes de fogo dela são muito mais fracos que os de telecinese.

Sorri.

— Então, está me dizendo que você é mais poderosa que ela no conjuro de chamas?

Eden deu uma risadinha.

— Ela não chega nem perto, mana.

— *Não seja tão humilde* — gritou Yanric, que estava do lado de fora, me observando pela janela.

Olhei a pequena abertura no concreto e fitei meu familiar.

— *Eu disse para você não vir a esta aula. O mestre Clarke me avisou que a mestra Knight...*

— Formem uma fila, turma! — gritou uma voz feminina, mas firme.

Eu me voltei e encontrei uma mulher de aparência severa. Ela apertava os lábios e seus olhos redondos examinaram todos antes de se fixarem em mim. Suas narinas finas se dilataram e seu peito arfou quando seu olhar encontrou o meu. Eu podia literalmente ver o ódio que ela nutria por mim crescendo dentro dela. Então, ela se voltou para Yanric, que nos observava através do vidro, e revirou os olhos, irritada.

Santa Luz, ela era assustadora! Bem, ela era linda, mas o olhar que me lançava me deixava toda arrepiada.

Os cabelos pretos estavam amarrados num coque bem apertado na nuca, e ela usava um batom vermelho sangue, uma calça preta justa e uma blusa branca. O som de seus saltos altos ecoava nas paredes enquanto ela caminhava na minha direção com toda a graça de uma leoa pronta para atacar. Suas orelhas pontudas tinham mais de cinco argolas em cada lóbulo. Não parecia ter mais de cinquenta anos. Era uma daquelas mulheres elegantes, de mãos macias, que pareciam nunca ter tido um dia de trabalho duro na vida.

Engoli o nó na garganta; meu coração martelava no peito, como se quisesse pular para fora e se jogar no chão, fazendo com que todos percebessem minha ansiedade.

— *Posso voar até seu ombro e intimidá-la?* — perguntou Yanric.

— *Não* — rosnei para ele. Estávamos começando a definir nossos limites e eu não queria que ele fizesse aquela professora me odiar ainda mais do que já me odiava.

— Fallon, presumo. Filha de Marissa Bane — disse ela, como uma acusação que ficou pairando no ar.

— Tecnicamente, sim — respondi

— Tecnicamente? — repetiu, erguendo uma sobrancelha e falando com uma calma tão grande que me assustou.

— Fui criada em Isariah, sem poderes mágicos. Meu pai...

— Ouvi dizer — interrompeu com um movimento de mão. — Bem, vamos ver o que você tem; porque, pelo que ouvi, com certeza não é desprovida de magia.

Ela gesticulou para que eu fosse até o centro da sala. Pisquei várias vezes.

— Eu... o mestre Clarke estritamente disse que eu deveria apenas observar nas aulas.

— Esta é a aula do mestre Clarke? — perguntou ela, se aproximando. Blair e suas amigas riram.

Não, mas ele é meu orientador, eu quis dizer, mas achei melhor não.

— Não, mestra — respondi formalmente, sabendo que estaria em apuros se desobedecesse. Não queria irritá-la mais do que já estava.

— *Eu já a odeio* — disse Yanric, no parapeito da janela, batendo as asas.

— *Cale a boca* — gritei para ele.

— Senhorita Bane, se aquele pássaro voar para cá, vou assá-lo e comê-lo no jantar. Seu familiar não é bem-vindo na minha aula — rosnou ela, e senti uma pontada no estômago.

Só consegui concordar e rezar para que Yanric não fizesse nenhuma bobagem.

— *Me assar!* — Ele riu feito louco em minha cabeça. — *Vou arrancar a alma dela do corpo e dar para o Sinistro comer!*

Ai, Luz. Eu só esperava que ele estivesse brincando e não fosse capaz disso.

— *Vá embora, por favor. Você está me distraindo* — eu disse, sem olhar para ver se ele havia me obedecido.

— Vamos, senhorita Bane, não temos o dia todo. Já vi o que os outros alunos conseguem fazer, e agora, preciso avaliá-la. — Ela bateu palmas e apontou de novo para o centro da sala.

Troquei um olhar assustado com Eden e ela estremeceu, como se pedisse desculpas por não poder ajudar.

Concordei com a cabeça e fui até o centro da sala, como a mestra havia indicado.

— Agora, tire as luvas — disse a mestra Knight.

Olhei para ela, confusa.

Ela me fitou, expectante.

— Se sair fogo de suas palmas, imagino que você não vai querer que suas luvas se transformem em cinzas.

Ah, claro. Porque fogo saindo de minhas mãos seria totalmente normal ali.

Tirar as luvas me deixou muito vulnerável. Sequei as mãos suadas na calça e joguei as luvas de lado.

A mestra Knight estava a poucos passos atrás de mim, a minha esquerda.

— Vamos. Tente recriar o que você fez quando transformou a espada feérica daquele guarda real em cinzas.

Algumas garotas atrás de mim se sobressaltaram; odiei o fato de a mestra Knight anunciar a todos o que eu havia feito.

— Eu não tive intenção de fazer aquilo. Estava protegendo uma amiga — rosnei, com mais atrevimento do que pretendia.

— Ora, você não pode sempre esperar que alguém ameace as pessoas que ama para invocar seu poder — retrucou ela. — Vamos lá, *sinta*. Está aí, vivo dentro de você. Um abismo escuro cheio de magia, só esperando que você a invoque — provocou ela.

A ansiedade se acumulava em meu estômago e fazia minhas pernas tremerem de leve.

Eu não queria usar magia ainda. Não estava pronta. Ainda estava me acostumando com a ideia de ter magia, não estava preparada para usá-la. Minhas mãos tremiam enquanto eu tentava me preparar para, potencialmente, ver chamas irromperem delas.

— Mestra Knight, acho que a senhora a está assustando. Ela não está pronta — disse Eden suavemente.

— *Posso fa...* — começou Yanric, mas o interrompi.

— *Não. Estou bem.*

— Está com medo? — perguntou a mestra Knight, e riu por um instante. — Você carrega a magia da família Bane. É a última descendente viva da Casa de Cinzas e Sombras, e estou sentindo o cheiro do medo? — Ela parecia estar genuinamente surpresa.

Eu me voltei para ela, em um acesso de raiva, com o peito arfando.

— Claro que estou com medo! Todo mundo vive me dizendo que minha magia é maligna! Então, por que diabos eu iria querer usá-la? — gritei para ela.

Olhei depressa para Eden e para os outros alunos e vi os olhares aterrorizados porque eu havia acabado de gritar com uma professora, mas a Mestra Knight pareceu satisfeita com meu desabafo, como se houvesse conseguido o que queria.

Ela se abaixou, pegou uma luva minha e a calçou. Então, estendeu a mão e pegou meu pulso com força, me assustando. Me puxou pela mão, me olhou bem nos olhos e, juro, naquele momento ela viu minha alma.

— Porque, Fallon Bane, se você não aprender a usar sua magia, sua magia usará você. Eu não sou como o doce e gentil mestre Clarke. Estou aqui para te ensinar de verdade, para que você *não* acabe como sua mãe.

Suas palavras me chocaram, mas não eram totalmente novas para mim; eu já as tinha ouvido de Clarke. Minha magia me controlaria se eu não a controlasse.

Ainda segurando meu pulso, ela apontou a palma de minha mão para a parede de concreto do fundo.

— Raiva — rosnou ela, e eu engoli em seco.

Estando tão perto, dava para sentir o poder que emanava dela. Era como estar perto dos portões eletrificados da Cidade Dourada; sua magia zumbia. Meu instinto me dizia que, se ela quisesse me incendiar, poderia.

— O quê? — perguntei.

— Raiva. É um combustível fácil para magia das trevas. Sinta a raiva e me mostre o que você tem — rosnou ela, apertando os dentes e segurando meu pulso com tanta força que doía.

Ela estava começando a me irritar de verdade, e Blair e suas amigas idiotas a estavam vendo me fazer de boba. Eu havia sido tirada de casa, presa e mandada para aquela Academia, tudo sem que ninguém pedisse minha permissão. Ninguém se importava com o que *eu* queria.

Sentindo a raiva crescer dentro de mim como lava derretida ameaçando explodir por todos os meus poros, algo se agitou. Estava lá no fundo, em um lugar escondido que eu nunca acessava porque raramente sentia tanta raiva. Mágoa, sim, decepção, sim, mas eu não costumava sentir raiva.

Perseguindo esse sentimento mais fundo dentro de mim, me lembrei de como Blair havia agarrado meu cabelo na semana anterior e me machucado. Então, de repente, senti uma onda inebriante de energia que me fez cambalear.

Com um grito, fechei os dedos em garras e um jato de fogo laranja e roxo irrompeu de minha mão e se apagou num instante. Suspiros de choque percorreram a sala, incluindo o meu. De todos, exceto da mestra Knight.

Ela simplesmente soltou minha mão, tirou a luva e a deixou cair no chão com a outra.

— Mas… a magia de fogo dela é roxa — disse Blair.

Eu me voltei para observar o rosto da mestra Knight. Ela concordou e disse:

— *Assim* como a da mãe dela.

Então, ela me lançou um olhar de decepção e eu quis me esconder num buraco e morrer. Durante o resto da aula, fiquei observando os outros alunos praticando a liberação de chamas pelas mãos. Chamas de um fogo laranja e amarelo perfeitamente normais, enquanto eu ficava ali, enlouquecendo, sabendo que aquele fogo roxo estava dentro de mim.

Quando o sinal tocou, quase chorei de alívio. Peguei a mochila e saí dali tão rápido que Eden teve que correr para me alcançar.

— Ei, está tudo bem? — perguntou, com o semblante todo preocupado. — A Knight é meio intensa, mas é uma ótima professora. Minha magia evoluiu muito desde…

— Não quero que minha magia evolua — eu disse com sinceridade.

Yanric pousou em meu ombro.

— *Precisei de todo o meu autocontrole para não arrancar os olhos dela.*

— Eu sei. Mas, pelo que entendi, ele vai crescer de qualquer jeito e você precisa aprender a controlá-lo. Você me disse isso, não foi?

Suspirei.

— É.

— Então, você precisa aceitá-lo. E mesmo a Knight sendo intensa, ela vai te ajudar a controlar sua magia — disse Eden.

Eu estava envergonhada demais para contar a Eden o que o mestre Clarke me havia dito… que Marissa tinha matado a família de Knight e que ela provavelmente queria me ver morta. Mesmo sem ter conhecido minha mãe, eu me sentia meio responsável pelas coisas que ela havia feito.

— Oi, oi — disse a voz familiar de Ayden atrás de mim. Eden e eu nos voltamos, ambas sorrindo. Era difícil não ficar feliz quando Ayden aparecia.

— Oi. — Eden agarrou seu braço, divertida. — Fallon acabou de conhecer a mestra Knight.

Ayden estremeceu.

— Ela é durona, mas domina a magia dela.

Concordei.

— É o que dizem.

Ayden apontou com a cabeça na direção da biblioteca.

— Vamos, Fallon, você tem tutoria.

Franzi o cenho.

— O mestre Clarke ainda está tentando encontrar um... — Parei. — Você?

Ele deu uma piscadela e senti um friozinho na barriga.

— A seu dispor.

O príncipe da Cidade Dourada ia ser meu tutor? Eu podia apostar que Ariyon havia ficado louco quando descobriu isso.

— Tem certeza? — perguntei. Quando eu imaginava uma tutoria, imaginava um feérico novinho, nerd, que bufava, ria e enfiava o dedo no nariz.

— Tenho — disse ele com confiança, e me lançou outro daqueles seus sorrisos que faziam meu estômago dar cambalhotas. — A propósito, eu e Ariyon vamos dar uma festa neste fim de semana. Vocês duas vão. — Ele apontou para Eden e para mim.

Não foi uma pergunta.

Eden sorriu.

— Uma das famosas festas dos irmãos Madden? A gente não perderia por nada.

— Puxa, festas não são boas para mim — eu disse, balançando a cabeça. — Muita gente, alguém pode esbarrar em mim...

— Já pensei nisso — disse Ayden. — Vou levar você nas costas e abrir caminho. Juro que ninguém vai te tocar. — Ele pousou o punho sobre o coração para demonstrar lealdade e eu sorri.

— A gente vai! — disse Eden, e bateu com seu quadril no meu.

— Tá — concordei.

Agora, só precisava convencer meu pai.

11

Ayden era o tutor mais paciente que já tive. Bem, ele foi o único tutor que já tive, mas tinha muito mais paciência que Sorrel. Quando eu gaguejava ou tinha dificuldade para pronunciar palavras muito difíceis, ele apenas acenava com a cabeça, para me incentivar, e me ajudava a pronunciá-las. Durante a primeira meia hora, senti vergonha pelo príncipe da Cidade Dourada ser meu tutor, mas depois superei. Era Ayden. O doce Ayden, o leal Ayden. Nós nos dávamos tão bem que não era estranho, e eu o considerava genuinamente meu amigo. Yanric também gostava dele, o que era raro. Ele só gostava de três pessoas em todo o reino: Eden, meu pai e Ayden.

— Ótimo trabalho! — encorajou ele depois que terminei o capítulo da lição de casa da aula de história dos feéricos.

Não queria corar, mas acho que não teve jeito.

— Tá, agora vá pegar alguma coisa para ler só por prazer — disse ele enquanto estávamos sentados um de frente para o outro no fundo da biblioteca da escola.

— Prazer? — questionei, tentando levantar só uma sobrancelha.

Seus lábios perfeitos se abriram num sorriso perfeito e ele se inclinou para frente.

— É, Fallon, tem gente maluca por aí que lê por prazer.

Ele não estava flertando comigo, estava?

— *Com certeza* — confirmou Yanric, que estava na prateleira a meu lado.

— Tudo bem, já volto.

Eu me levantei e corri para longe da mesa com a cabeça girando, confusa.

Não havia a menor possibilidade de ele estar flertando comigo. Era Ayden!

Yanric simplesmente gostava dele e queria que fosse verdade.

— *Para ser sincero, acho que a negação combina com você* — respondeu Yanric enquanto eu corria pelo primeiro corredor que encontrei e batia de frente no peito de alguém.

Já estava esperando sentir a dor, quando percebi que era Ariyon.

Ele estendeu a mão para me equilibrar e segurou meus braços nus, e quando viu que era eu, não recuou de imediato como eu esperava.

— A gente tem que parar de se encontrar assim — eu disse, recorrendo ao humor. Minha missão ainda era fazer esse homem sorrir.

Ele engoliu em seco; seu pomo de Adão subiu e desceu e ele por fim me soltou. Ariyon levou a mão a meu rosto e eu prendi a respiração. Ele tirou algo de minha face e eu engoli em seco, tentando fazer meu coração errático se acalmar. Ele era curandeiro, não havia como não ouvir meu coração batendo mais alto que um tambor de guerra.

— Um cílio — disse ele, e soprou nos dedos, lavando meu rosto com sua respiração.

Um gemido ameaçou escapar de minha garganta, mas pigarreei para evitar.

— Eu estava procurando um livro para ler por prazer.

Por que ele ainda estava ali tão perto? Por que não estava agindo como sempre?

Ele me olhava com curiosidade, como se estivesse observando um espécime raro.

— Quais livros seu pai lia para você quando era pequena? Tente ler um desses. Eu adoro os clássicos infantis.

Foi uma sugestão gentil, algo que eu esperaria do irmão dele.

— Meu pai nunca aprendeu a ler — eu disse sem nenhuma vergonha.

Ele era trabalhador e sustentava nossa família; e daí se não era muito bom com leitura, quem ligava para isso?

Ariyon empalideceu ao ouvir minhas palavras, como se talvez não soubesse que havia pessoas lá fora, no resto do reino, que não sabiam ler.

— Vem cá — disse ele, se voltando e caminhando a passos rápidos para o fundo do corredor, me obrigando a segui-lo. Bem lá no fundo, encontrei uma almofadinha no chão com um caderno aberto.

— É seu? — perguntei.

Ele fez que sim.

— Eu componho músicas.

Compunha músicas... Fiquei chocada, mas tentei disfarçar. Nunca imaginei que Ariyon tivesse dons artísticos.

Ele tirou um livro de sua mochila.

Fábulas e Contos de Fadas do Passado, dizia a lombada.

— É um livro meio infantil, mas eu adoro a história do dragão; minha favorita é a do príncipe que derrota o exército de mil homens com apenas uma espada.

Revirei os olhos e sorri.

— Claro que é a sua favorita.

Estávamos nos dando bem? Aquilo estava acontecendo mesmo?

— *Interessante* — observou Yanric.

Ignorei o pássaro, como sempre.

— Posso pegá-lo emprestado?

Ele fez que sim.

— É da biblioteca, devolva quando terminar.

Eu não queria ir embora. Queria continuar com aquela conversa normal, mas sabia que Ayden estava me esperando.

— Legal. Obrigada. — Balancei o livro no ar.

Enquanto eu me afastava, podia jurar que sentia o olhar dele queimando minhas costas o tempo todo.

***

Escondi minha magia de fogo roxo de meu pai quando ele perguntou sobre a escola, mas contei sobre a festa do fim de semana.

— Festa? — Ele achou engraçado. — Com amigos? — Fiz que sim. — Todos amigos? — perguntou, e deu uma dentada no milho.

Graças a Mable e o mestre Clarke, estávamos comendo como reis! Eu até havia engordado um pouco e estava com um aspecto mais saudável. Era difícil não me sentir culpada pela facilidade com que conseguíamos as coisas agora, mas tentava aceitar essa bênção.

— A maioria. Bem, não sou amiga de todo mundo da escola, pai.

Ele acenou com a cabeça.

— Eu sei, só quero ter certeza de que ninguém vai intimidar você.

Tive que contar sobre Blair ter segurado meu coque "sem querer", mas nós dois sabíamos que não havia sido bem um acidente.

Yanric arrepiou as penas.

— *Vou arrancar a orelha deles com minhas garras se falarem uma palavra contra você.*

Meu pai pressentiu que Yanric havia falado.

— O que ele disse?

Sacudi a cabeça.

— Nada. E Ayden me garantiu que estarei segura.

Eu não queria que ninguém soubesse das tendências assassinas de Yanric. Meu pai tinha o direito de se preocupar. Havia festas em Isa, mas em geral eram para famílias, o que significava que meu pai ia comigo; e se não fosse, eu não era convidada.

— Eu quero muito ir! — soltei, e meu pai riu.

— Está certo, Fallon. E a que horas vai voltar?

— Às dez. Toque de recolher dos oestinos.

Ele franziu o cenho.

— Não gosto do fato de que segreguem as pessoas com base no nível de poder mágico que têm.

Concordei. Eu também não gostava, mas assim eram as coisas.

— Acaso isso te surpreende? Você foi banido por ter nascido sem poderes mágicos.

— Mas achei que seria diferente aqui. Sempre imaginei que todos eram poderosos e se davam bem.

Concordei com a cabeça.

— Eu também. E aí, posso ir à festa?

Tentei não me animar demais, pois ele poderia mudar de ideia, mas ele sorriu.

— Vou trabalhar até tarde na pousada; se precisar, pode me encontrar lá.

Soltei um gritinho de animação e estendi a mão por cima da mesa para apertar a dele. Um abraço apertado.

***

— Você está incrível — eu disse a Eden enquanto caminhávamos pela Zona Leste, por uma rua cheia de casas gigantes e isoladas.

Eden estava com um vestido azul-claro à altura dos joelhos e havia me convencido a usar o vestido de verão verde-esmeralda, à altura dos tornozelos, que ela tinha me dado. O vestido tinha alças finas, por isso coloquei um suéter preto de manga comprida por cima e um par de luvas pretas altas. Fiz um coque bem firme e coloquei botas de cano alto. Estava tomando todas as precauções para não ser tocada sem querer naquela festa e fazer papel de boba.

— Você também, amiga. — Ela sorriu para mim; foi muito gentil da parte dela dizer isso. Era uma festa adolescente, sem pais presentes, e me vestir daquele jeito chamaria a atenção, mas eu já estava acostumada.

Ao chegarmos perto de uma enorme mansão de pedra branca, ouvi música alta vinda da lateral.

— Eles chamaram uma banda? — perguntei, impressionada.

Em Isa, tínhamos alguns músicos que tocavam violão e violino, e alguns cantores, mas não era nada comparado ao que estava retumbando naquela casa agora.

Eden riu.

— Eles são a banda! Ayden toca bateria e Ariyon toca guitarra e canta.

Eu componho músicas. Claro, Ariyon estava fazendo isso na biblioteca.

Eden me puxou para a lateral da casa, onde havia um ágil guarda feérico parado ao lado de um portão fechado. Usava o uniforme dourado da guarda real com o emblema da chama no peito.

Mostrei meu distintivo, com medo de que não deixassem alguns oestinos entrarem. Ele iluminou meu crachá e olhou para mim.

— Fallon Bane?

Ai, Luz.

— Isso — disse, desafinada.

— Venha comigo — disse ele.

Ele abriu o portão do pátio e aproveitei para observar tudo de uma vez. Havia um palco gigante na lateral e Ariyon e Ayden estavam tocando. O som era tão alto que fazia meu peito vibrar, e fiquei surpresa ao descobrir que parecia amplificado por algum tipo de eletricidade. O gramado do pátio era cercado por uma mata exuberante de árvores de uns nove metros de altura e estava lotado; havia pelo menos 100 pessoas lá. Respirei fundo, nervosa, e olhei assustada para Eden. Uma multidão tão grande era muito perigosa para mim. As chances de eu ser tocada eram altas. Mas o guarda feérico parou a minha frente e abriu os braços, criando uma clareira de quase dois metros ao meu redor.

— Guarda real passando! — gritou, e começou a empurrar as pessoas para os lados para abrir caminho.

Olhei para Eden com os olhos arregalados e ela sorriu de orelha a orelha.

Era a isso que Ayden se referia quando disse que cuidaria de tudo?

Foi constrangedor, mas também incrível e fofo demais! O guarda nos acompanhou até a lateral do palco, onde havia um cantinho isolado com uma corda.

Uma placa pendurada em uma das cordas dizia *Reservado para Fallon e Eden*.

Olhei para o palco e encontrei o olhar de Ayden, que batia duas baquetas finas no couro dos tambores e deu uma piscadela para mim. Meu estômago deu uma cambalhota e um quentinho se espalhou pelo peito.

— Ele é mesmo o cara mais fofo do mundo! — comentou Eden, enquanto entrávamos na área isolada.

Blair e algumas amigas dela, na primeira fila, ficaram nos encarando; elas estendiam a mão para Ariyon e balançavam o corpo ao som da música. Blair estava com um vestido preto justo, sem mangas, que mal cobria sua bunda, e senti inveja. O que eu não daria para poder me vestir daquele jeito, só por uma noite, sem medo de me machucar.

Foquei a atenção no irmão gêmeo rabugento. Seu cabelo comprido caiu sobre o rosto e ele o afastou com a mão e o alisou para trás, fazendo todas as mulheres do pátio gritarem. Sua voz era profunda, rouca e perfeitamente afinada. Fiquei bastante impressionada com isso. Ele era tão rico, devia ter tido aulas desde pequeno. Eu me peguei concentrada na letra que ele cantava e arrepios correram pela minha espinha.

Você é encrenca. Eu deveria odiar você!

Mas fico imaginando o gosto de seus lábios na minha bocaaaaaa...

A canção terminou e as meninas foram à loucura, gritando e jogando os braços em sua direção. Ele batia nas palmas estendidas e sorria para elas.

— *Acho que aquela música era sobre você* — disse Yanric. Fiquei em choque.

— *Nada a ver. Eu disse para você não vir* — rosnei, procurando na fileira de árvores e vendo seu corpinho preto entre uns galhos, a uns seis metros de distância. Aquela música era sobre mim? Não. Era loucura pensar nisso, né?

— *Eu disse que pensaria a respeito. Tem ideia de quantas pessoas aqui querem ver você morta?* — retrucou Yanric.

Dei de ombros.

— *Todas, menos Ayden e Eden.*

Eu sentia seu sorriso mesmo sem poder vê-lo.

— *Muito preciso.*

— *Fique aí nas árvores para que não te vejam* — eu disse quando vi Ayden pular do palco e correr em nossa direção. Ele abraçou Eden primeiro e se voltou para me abraçar, mas logo recuou.

— Esqueci por um segundo, foi mal. — Ele corou.

Sorri, impressionada pelo fato de ele e Ariyon terem compartilhado um útero. Eles eram tão diferentes.

— Tudo bem. Obrigada pela escolta. — Apontei para a área onde estava o guarda, perto do portão dos fundos.

— Quando estiver comigo, juro que você estará segura, Fallon — disse ele.

De repente, senti dificuldade de respirar. Ele me encarava com tanta intensidade que Eden deve ter percebido também.

— Estou morrendo de sede, vou buscar uma bebida — disse ela, se abaixando para passar por baixo da corda e me deixando com aquele olhar de aço.

O que estava acontecendo? Por que Ayden, de repente, estava me olhando de um jeito tão diferente? Outra banda subiu ao palco, com um visual muito mais formal e violinos nas mãos. Um quarteto, muito mais parecido com a música que eu estava acostumada a ouvir em Isariah. Começaram a tocar uma música lenta; Ayden engoliu em seco:

— Quer dançar comigo? Vou tomar cuidado — prometeu ele.

Senti um nó na garganta. O que estava acontecendo? Ayden gostava de mim ou estava apenas sendo legal? Ele era legal com todo mundo, daí eu não sabia muito bem como interpretar aquilo.

Concordei e estendi os braços cobertos, passando-os frouxamente ao redor de seu pescoço e puxando-o para mais perto de mim do que ele jamais esteve. Ele pousou as mãos em meus quadris e me fitou com aqueles olhos azuis-acinzentados e penetrantes.

— Você está linda, Fallon. Que bom que você veio.

— Obrigada — foi só o que consegui dizer.

Ele me chamou de linda.

— *O garoto está sofrendo* — disse Yanric.

— *Shhh* — repreendi.

Eu queria curtir o momento, porque com certeza era um momento. Um momento no qual eu me sentia... quase normal.

Ele se aproximou de mim e sussurrou em meu ouvido:

— Tenho que confessar uma coisa.

Meu coração martelava no peito, me afastei um pouco para fitá-lo. Tive um momento de pânico ao pensar que talvez um fio de cabelo houvesse se soltado de meu coque, mas estava tudo bem.

— O quê? — perguntei, me preparando para algo ridículo ou uma descoberta horrível, mas ele sorriu como um bobo.

— Meu irmão me contou hoje que ele é o único que consegue tocar você sem te provocar dor, e eu fiquei *morrendo* de inveja.

— É mesmo? — consegui dizer, surpresa ao pensar que Ayden era capaz de sentir inveja.

Ele fez que sim, lambendo os lábios.

— Agora, não consigo deixar de me perguntar se eu também posso...

Minha respiração estava ofegante. Eu estaria mentindo se dissesse que não havia pensado nisso também. Se o irmãozinho legal pudesse me tocar, a vida faria sentido. Eu poderia dar meu primeiro beijo, ter meu primeiro namorado de verdade e viver feliz para sempre.

— Achei que era por ele ser curandeiro, aí pedi para Hayes tentar — expliquei, e ele se preparou para a resposta. — Não deu certo.

Aquele sorriso voltou.

— Vai ver é coisa dos Madden.

Coisa dos Madden. Incrível, mas por quê? Como?

— Estou morrendo de medo de tentar — admitiu ele. — Mas eu nunca, jamais, quero ser motivo de dor para você.

Meu coração não aguentava mais.

— Ayden, eu…

— Gosto de você desde o primeiro dia que te vi, Fallon. Você é linda, gentil e forte — disse ele às pressas, como se houvesse se contido o dia todo.

Gosto de você, Fallon.

Ele disse isso mesmo?

— *Disse sim* — confirmou Yanric, e eu engoli em seco.

— Esqueceu de dizer que sou uma leitora incrível — acrescentei.

Ele jogou a cabeça para trás e riu. Ai, Luz, essa risada aqueceu meu corpo inteiro. Fiquei me perguntando como seria o som da risada de Ariyon. Seria igual?

— E engraçada — disse ele, sorrindo.

— Você é o cara mais fofo que eu conheço, Ayden. Eu também gosto de você — disse a ele com sinceridade, e passei a mão coberta pelos cabelos dele, para brincar com eles como havia visto Sorrel fazer com o namorado. Eu era toda desajeitada com essas coisas. Não tinha a menor ideia de como fazer isso, mas era tão bom ser desejada!

De repente, ele semicerrou os olhos e suspirou.

— Ah, o que eu não daria para te beijar…

Um nó se formou na minha garganta, porque aquilo era tão fofo, mas também me deixou muito triste. E se ele não pudesse me tocar? E se Ariyon fosse o único no mundo com essa capacidade?

— Quem sabe a gente não deva tentar… não aqui, mas em outra ocasião. — Fui logo me sentindo uma idiota desesperada.

Ele franziu a testa.

— Fallon, eu nunca me perdoaria se meu beijo fizesse você se contorcer de dor.

E assim, de repente, ele matou qualquer coisa que estivesse crescendo entre nós. Mesmo tendo acabado de ser rejeitada, acenei com a cabeça em compreensão, e a música acabou. Tirando os braços de seu pescoço, dei um leve sorriso.

— Vou procurar Eden. A gente se vê mais tarde.

Seu rosto revelava desconforto; sem dúvida, ele não esperava que a conversa fosse tomar esse rumo.

— Espera, Fallon. Desculpa, eu só quis dizer que…

— Está tudo bem. Até daqui a pouco.

Passei por baixo das cordas e virei à direita, indo até a linha de árvores para evitar a multidão. Havia gente por todo lado, amontoada e espalhada, por isso tive que me esconder na mata densa para evitá-las. O que o Ayden tinha na cabeça? Confessar seus sentimentos por mim e depois me dizer que nunca daria certo? Que sentido tinha aquilo? Quis chorar, mas estava mais brava que triste naquele momento. Preferia que ele nunca tivesse me dito nada.

— Psiu! Bane — uma voz familiar chamou à minha direita.

Estreitei os olhos, olhando mais fundo no meio das árvores, e vi Ariyon sentado num banco de metal preto, bebendo direto de uma garrafa de vinho.

— Você está bêbado? — perguntei enquanto me aproximava e cruzava os braços.

Agora era mais simples falar com Ariyon que com seu irmão. Daria até para dizer que, naquele momento, foi até fácil.

— Meu irmão gosta de você — anunciou Ariyon, tomando um longo gole direto da garrafa.

Eu não sabia o que responder, daí simplesmente dei de ombros.

— Bem, graças à maldição, todos os caras da escola podem gostar de mim que não vai dar em nada — resmunguei.

Ele se levantou e me assustou, pois largou a garrafa de vinho no banco e veio em minha direção.

— *Todos os caras?*

Revirei os olhos. Ele estava falando de si mesmo.

— Tá, quase todos. Ainda bem que você me odeia — ironizei e cutuquei seu peito.

Ele pegou minha mão no ar e, com um puxão, tirou minha luva e abriu minha palma nua, me fazendo ofegar. Ficou traçando pequenos círculos na palma e sustentando meu olhar.

— Vai por mim, eu quero odiar você, Fallon. Sua mãe e o familiar psicótico dela mataram meus pais, e você é a *cara* dela.

É mesmo? Ele tinha uma foto dela?

Soltando minha mão, ele passou o polegar pelo meu lábio inferior.

— Exceto aqui. Os lábios dela eram finos.

Foi como se minha alma tivesse deixado meu corpo naquele momento e minhas pálpebras se fecharam com leveza. Ele não sabia o que estava fazendo comigo. Ou sabia e estava brincando comigo, e eu nem ligava. Talvez fosse excitante para ele saber que era o único homem no reino, até aquele momento, que podia me tocar. Mas era algo que eu desejava havia tanto tempo que perdi o ar quando ele afastou os dedos de meus lábios e os passou por meu rosto até a nuca. Me segurou pelo pescoço e me puxou para perto de si. Nesse momento, alguém soltou um grito de gelar o sangue.

Abri os olhos às pressas, e Ariyon sustentou meu olhar por um segundo antes de sair correndo de trás das árvores e voltar para o pátio.

Pela Luz! Ele ia me beijar ou foi tudo imaginação minha? Eu não sabia se meu pobre coração aguentaria ser manipulado desse jeito. Calcei a luva e me voltei para ver o que estava acontecendo, quando vi o revoo de penas pretas na árvore a meu lado.

— *Fique aí. Há uma criatura da noite aqui* — disse Yanric.

Meu sangue gelou. Uma criatura da noite?

Ignorando o pássaro, corri para o meio do caos e vi alunos indo em todas as direções. Seguiam em filas para as saídas, gritando, enquanto sombras pretas e esfumadas entravam e saíam da multidão.

Pelo que eu sabia sobre os feéricos das trevas, eles podiam se transformar em fumaça, ficando quase invisíveis, e reaparecer com formas sólidas bem atrás das pessoas. Era um poder que Yanric também possuía, o que me assustava.

Eden.

Eu precisava encontrar Eden. Corri por entre a multidão; as pessoas esbarravam em mim e eu me encolhia e me contorcia para que ninguém tocasse meu cabelo ou meu pescoço expostos. Mantendo os braços estendidos à frente, criei uma clareira segura e fui abrindo caminho por entre a enorme multidão.

— Eden! — gritei, e corri para o lugar onde estavam as bebidas, que era para onde ela havia dito que iria.

Senti uma dor percorrer minha espinha e ofeguei. Alguém havia acabado de roçar meu cabelo.

Tudo bem, fique calma.

Com as pernas trêmulas, saí da área lotada sentindo os choques de agonia percorrendo meu corpo como uma correnteza.

Nesse momento, odiei minha maldição mais do que costumava odiá--la. Quem havia feito isto comigo merecia viver com a mesma maldição.

Eu estava tentando ajudar uma amiga e não conseguia nem a procurar direito, de tanta dor.

Minhas mãos tremiam enquanto eu analisava a situação. Não estava caída no chão, não sentia que ia desmaiar. Havia sido só um fio de cabelo, um leve roçar. Eu ficaria bem. O suor brotou sobre meu lábio devido à intensa dor. Enxuguei-o com as costas da luva e gritei o nome de Eden de novo.

— Fallon! — gritou ela naquele momento, e voltei a cabeça na direção do som.

A multidão havia diminuído consideravelmente e restava apenas uma dúzia de pessoas, mais ou menos. Houve um êxodo em massa, os alunos escalavam muros e pisoteavam arbustos para sair. Eden correu em minha direção, mas eu mal olhei para ela. Estava olhando para Ayden, parado no meio do pátio, erguendo uma espada feérica cuja lâmina era de fogo alaranjado, enquanto perseguia uma criatura da noite que circulava ao redor dele mais rápido do que eu conseguia acompanhar.

Ele estava lutando contra a criatura?

Corria o boato de que as criaturas da noite eram zumbis. Feéricos, outrora de natureza humana, que cruzaram para o Reino da Eternidade e de alguma maneira conseguiram voltar. Alimentavam-se de sangue e se transformavam em sombras, se juntando à escuridão. Eram malignos e o ponto alto de todas as histórias de terror que me contavam quando eu era criança. Eu nem sabia como matar um deles, nem se era possível. Só o que sabia era que, de acordo com o mestre Clarke, minha sina era me tornar um deles.

Casa de Cinzas e Sombras.

Que podia ser chamada de Casa das Criaturas da Noite.

Eden me alcançou com os olhos arregalados de pânico; estendi os braços para dar um aperto reconfortante em sua mão.

Havia tantas sombras voando ao redor que eu não conseguia contar quantas eram; até que pararam e se materializaram.

O medo gelou meu estômago quando contei cinco sugadores de sangue parados no gramado de Ayden, circulando ao redor dele como caçadores prestes a abater uma presa. Alguns eram mulheres e o resto, homens. Mas não me detive neles; me voltei para Eden e sussurrei:

— Corra, vá pedir ajuda. Chame a guarda real.

Tive que me contorcer devido a uma onda de dor residual.

Ela me olhou em pânico e sacudiu a cabeça.

— Vá! — rosnei e a empurrei, bem na hora que Ariyon irrompeu no jardim pela porta dos fundos de sua casa, empunhando sua espada. Ele devia ter entrado para buscá-la.

Eu sabia que ele era curandeiro por natureza, mas, pelo visto, também tinha outro treinamento. Ele investiu contra a criatura da noite mais próxima, mas ela desviou, rindo, e se transformou em sombras. Cadê aquele guarda que antes estava postado ao portão?

Morto?

Queria muito ter uma espada também.

Como se mata algo feito de sombras?, pensei assim que Yanric decolou do galho de uma árvore e pousou em meu ombro.

— *Com o fogo eterno* — disse ele, enigmático.

Virei o pescoço para olhar o pássaro.

— *E* o *que é isso?*

— *As chamas roxas que você carrega. Tecnicamente, são magia das trevas... fogo que combate fogo, por assim dizer.*

Eden gritou de algum lugar no pátio, eu me voltei e corri na direção da voz. Ela irrompeu das árvores, correndo naquela direção. Uma criatura da noite a perseguia — uma feérica alta e esguia, com pele de alabastro e olhos negros. Eden levou a mão para trás, lançando bolas de fogo alaranjadas, mas não fizeram nada à criatura; apenas roçavam sua pele e se dissipavam.

Eu jamais deixaria algo acontecer com minha nova amiga.

Eden me ajudou desde o primeiro dia, quando eu estava desesperada para salvar meu pai.

Tirando as luvas, acessei a fúria que fervia abaixo da superfície de minha pele. Era um inferno palpável, louco para ser liberado.

— Fallon! — gritou Ayden, aterrorizado, e eu me voltei bem a tempo de ver uma criatura da noite, de longos cabelos negros, correndo em minha direção.

Meu coração hesitou ao vê-la e arrepios percorreram minha espinha. Era como me olhar no espelho. Devia ter vinte e poucos anos, congelada na idade em que tinha morrido, mas não havia dúvida: eu estava olhando para minha mãe biológica.

Marissa Bane.

Fiquei rígida, incapaz de me mexer enquanto processava a realidade — uma realidade que eu jamais imaginaria ser possível. Haviam dito que minha mãe biológica estava morta... bem, tecnicamente estava. Mas, é claro, tinha se tornado zumbi.

Uma criatura da noite.

Ela diminuiu o passo e inclinou a cabeça para o lado, me avaliando. Era de uma beleza impressionante, com cabelos longos e escuros que esvoaçavam atrás dela, pele de porcelana, impecável. Ariyon tinha razão, seus lábios eram mais finos que os meus, mas, tirando isso, poderíamos ser irmãs. Mas sua beleza era maculada pelos olhos negros e perturbadores, um vazio infinito que não continha nenhuma humanidade. E ali, enrolada em seu pescoço, estava uma cobra com manchas amarelas e brancas. Seu familiar. Mesmo na morte, eles continuavam juntos. Percebi que minha mãe biológica era a única criatura da noite ali com um familiar e me perguntei por quê.

— Filha... — Sua voz era ainda mais perturbadora que seus olhos, humanos, mas não, e quando ela estendeu a mão para me tocar, eu estremeci.

Me ajude, rezei para quem estivesse ouvindo. A Luz, Yanric, qualquer um.

Meu familiar decolou de meu ombro, se transformou em fumaça negra e saiu voando, até se materializar bem diante do rosto de Marissa, e começou a bicar seu nariz e rosto descontroladamente.

Santa Luz! .

Marissa sibilou e ergueu a mão para pegar Yanric pelo pescoço, e foi então que senti o calor crescer dentro de mim.

Acessando minha magia, estendi as mãos e disparei as chamas roxas e alaranjadas, que mestra Knight tinha me ensinado a conjurar, bem na barriga de Marissa. Enquanto se arqueavam no ar, retesei meu corpo e rezei à Luz para que as chamas a atingissem em cheio. A cobra de Marissa sibilou, advertindo-a, e ela recuou, imediatamente se esquivando do fogo. Preparei meu poder para outra rajada, mas minha mãe biológica sacudiu a mão em minha direção e uma força invisível me atingiu, me fazendo cair para trás, de bunda no chão.

— Você pertence a mim! — desdenhou Marissa, e as árvores atrás dela tremeram diante de sua raiva.

Uma inquietação me invadiu como uma sombra; minhas mãos começaram a suar enquanto eu me convencia de que ela ia me matar. Marissa avançou com os dedos estendidos, em cujas pontas dançavam pequenos relâmpagos.

Que diabos…

Fiquei paralisada, em choque, grudada no chão, sem saber o que fazer. Acaso ela me mataria mesmo?

Então, uma mancha de penas negras passou zunindo entre nós; meu familiar abriu as asas e provocou o mesmo poder de choque que Marissa tinha usado para me derrubar. Ela caiu para trás; seus calcanhares deixaram marcas no chão. E eu aproveitei o momento para me levantar e preparar meu fogo eterno, ou fosse qual fosse o nome daquelas chamas roxas.

Eu não desistiria sem lutar; e por mais irritante que Yanric fosse às vezes, eu não deixaria que ela machucasse uma pena sequer de seu corpinho por minha causa.

Eden se aproximou de mim com as próprias mãos em chamas. Yanric saiu do caminho e, juntas, Eden e eu lançamos tanto calor em Marissa e seu familiar que a grama pegou fogo.

Ouviu-se um grito e, em questão de segundos, Marissa se transformou em fumaça preta e saiu voando por entre as árvores, como se estivesse sendo levada pelo vento.

— Você está bem? — perguntou Eden a meu lado, ofegante.

Eu me voltei para ela e senti um alívio enorme ao ver minha amiga ilesa. Yanric se empoleirou no ombro dela e eu soube, sem precisar perguntar, que ele a protegeria.

— Estou bem — respondi. — Obrigada pela ajuda.

Gritos e o tilintar de espadas chamaram nossa atenção na direção de Ariyon e Ayden. Os irmãos lutavam costas com costas no pátio, cercados por sombras, que pareciam nuvens negras impelidas por um vento forte, que ora se materializavam em uma pessoa e em segundos voltavam a ser sombra. Era aterrorizante. Minhas pernas tremiam de leve enquanto meu coração tentava se acalmar depois do embate com Marissa. Mas não havia tempo, Ayden e Ariyon precisavam de nossa ajuda.

Eden e eu corremos até eles. Mantendo o fogo inextinguível nas palmas das mãos, não pude deixar de pensar que a mestra Knight tinha feito bem em me forçar a aprender a usar minha magia.

Eden estava a meu lado e eu sabia que nós duas estávamos pensando a mesma coisa: ajudar os meninos. Ainda havia quatro criaturas da noite em formação circular atacando os gêmeos; todos os outros convidados já tinham ido embora. Não havia nenhum guarda à vista. Estávamos por nossa conta.

Mirando com as mãos, aliviei um pouco a pressão ardente que se acumulava em meu peito e um arco de fogo de quase dois metros de altura saiu delas, incendiando as costas da criatura da noite mais próxima. Ele soltou um grito aterrorizante e então o fogo cresceu, envolvendo todo o seu corpo. Quando a criatura da noite se afastou do círculo de ataque, abriu-se uma brecha. Vi que Ariyon tinha sangue no rosto e golpeava de um lado para o outro as criaturas a sua frente.

Ayden lançou uma rajada de energia invisível em uma criatura da noite macho, que cambaleou para trás. Então, o príncipe o atacou com sua espada e a criatura se transformou em sombra para não se ferir.

De repente, as criaturas da noite desviaram a atenção dos dois irmãos e focaram em Ayden.

Não.

O pânico fez as chamas de minhas mãos tremeluzirem, mas eu as puxei para dentro de mim e a magia me preencheu. Houve um estalo de eletricidade no ar quando estendi as mãos e mirei o fogo inextinguível nas três criaturas que atacavam Ayden. O fogo cobriu as costas delas e se afastaram dele, transformando-se em sombras negras para evitar ser queimadas.

Então, saíram zunindo por entre as árvores, recuando, como se todos houvessem sido chamados para casa de repente. Girei e, horrorizada, olhei a criatura da noite que eu havia incendiado momentos antes, queimando viva diante de meus olhos. Ele caiu de joelhos, gritando; Ariyon ergueu a espada e arrancou a cabeça dele.

Uma dor de cabeça fez minhas têmporas latejarem quando as chamas de minhas mãos se apagaram.

Estávamos sozinhos por fim, só nós quatro. Eu observava ao redor, horrorizada, vendo alguns cadáveres no chão. Alunos. Dois alunos haviam sido mortos. O sangue parecia ter sido drenado de seus corpos. Jaziam como cadáveres de cinzas, com os olhos abertos fixos no céu.

O choque quase me dominou, até que ouvi Ayden grunhir e cair no chão com as mãos nas costelas. Havia sangue escorrendo pelos dedos.

Ai, Luz.

— Ayden!

Corri até ele, mas Ariyon estendeu a mão para me impedir, me segurando pelo ombro.

— Você já fez o suficiente, Fallon. Por favor, vá embora — rosnou.

Senti uma vergonha tão intensa que não pude conter as lágrimas que faziam meus olhos arderem.

Ele achava que aquilo tinha a ver comigo?

— Não fale assim com ela! — gritou Ayden, no chão.

— Vamos para casa. — Eden puxou minha manga.

Houve uma comoção à entrada do jardim e a guarda real começou a entrar no pátio. Ariyon largou meu ombro e foi até o irmão. As marcas de cura em suas mãos giravam descontroladamente.

— Não é culpa dela — disse Ayden ao irmão enquanto eu me afastava com Eden.

Mas eu ouvi as palavras que Ariyon disse a seguir, e partiram meu coração.

— A mulher que matou nossos pais está viva e a chamou de *filha*... Fallon vai acabar igual à mãe, e o que será de você se se apaixonar por ela? Vai acabar morto. Use a cabeça.

Eden chorava a meu lado; eu pisquei depressa para tentar conter minhas próprias lágrimas.

— *Fiz cocô na guitarra dele* — anunciou Yanric, nos sobrevoando.

Mas eu não conseguia sorrir. Estava arrasada. Ariyon, o único cara em todo o reino que podia me tocar, me via como uma cópia de minha mãe biológica, com o mesmo destino, e nada de bom que eu fizesse mudaria isso.

— Príncipe Madden! O que houve? — gritou um guarda, de espada em punho e pronto para lutar.

Mas a luta já havia terminado. Havia três dúzias de guardas de prontidão, olhando para os corpos dos dois estudantes mortos com os olhos arregalados. Eu não reconheci os estudantes; estava ali havia apenas uma semana.

Ariyon olhou por cima do ombro para Eden e para mim.

— Acompanhem aquelas duas moças de volta à Zona Oeste e depois chamem minha tia. As criaturas da noite estiveram aqui — ordenou.

Os guardas ficaram boquiabertos ao ouvir falar das criaturas da noite. Não devia ser normal que aparecessem ali na cidade. Eu só havia visto uma em toda a minha vida.

Dois guardas se afastaram e nos acompanharam, cinco passos atrás, enquanto passávamos pelo guarda do portão; estava morto, com a garganta cortada.

Minhas mãos tremiam enquanto eu tentava processar tudo o que havia acontecido.

Ayden tinha confessado seus sentimentos por mim.

Ariyon quase tinha me beijado.

Então, Marissa e os amigos dela apareceram e quase mataram todos os meus.

Então, Ariyon havia dito uma verdade que me atingiu tão profundamente que eu senti meu coração se despedaçar.

— Está tudo bem? — perguntou Eden depois de caminharmos alguns momentos em silêncio. — A gente devia dormir juntas. Nossos pais só vão chegar tarde e eu não quero ficar sozinha hoje.

Eu estava entorpecida, pensando que meu destino estava traçado, que eu me tornaria uma criatura que se alimentava de sangue e olhava para as pessoas com olhos vazios.

— Você não deveria ser minha amiga; acho que não é seguro — eu disse, andando mais depressa que Eden.

Eu nunca me perdoaria se ela se machucasse.

— O quê? — Eden correu para me alcançar quando passamos pelo portão que levava à Zona Oeste. — Não dê ouvidos ao Ariyon; ele ficou abalado ao ver a assassina dos pais daquele jeito. Todo mundo ficou. Achei que ela estivesse morta.

Eu me voltei para ela.

— A minha *mãe*... a assassina dos pais deles é a minha mãe, e eu sou parecida com ela. Ninguém jamais vai me deixar esquecer isso. Esse é meu destino, e quanto menos pessoas eu arrastar junto, melhor! — gritei, e comecei a correr de volta para casa.

— Não, Fallon! Não é verdade! — gritou Eden atrás de mim.

Mas fui mais rápida. Abri a porta, entrei e a tranquei de novo antes que ela a pudesse abrir.

Um instante depois seus punhos socaram a porta.

— Tudo bem! Que assim seja. Mas saiba, Fallon Brookshire, que ninguém tem um destino definido. Todo mundo tem escolha, e você pode escolher ser diferente de Marissa Bane. Cada um faz seu próprio destino, caramba!

Ela bateu na porta uma última vez, até que ouvi seus passos se afastando.

Corri para o quarto, sabendo que meu pai não estava em casa, e encontrei Yanric em meu travesseiro.

Eu queria ficar sozinha, mas também não queria. Ele era o único que me entendia naquele momento. Yanric também era um feérico das trevas.

Me joguei na cama e fiquei olhado para ele, lembrando como havia atacado minha mãe para me salvar.

— Achei que você invejava minha mãe e toda a família Bane. Que gostava de todos os poderosos feéricos das trevas. Por que me ajudou? — perguntei em voz alta.

Ele pulou de meu travesseiro e se dirigiu a mim.

— *Vamos deixar uma coisa bem clara. Eu sou leal a você e só a você, Fallon Bane. Se você precisar de minha ajuda, eu a ofereço sem questionar. Se seu coração parar, meu coração para também. Se alguém tentar ferir você, eu vou ferir a pessoa, não importa quem seja nem que título carregue. E se você enlouquecer e se tornar uma criatura da noite, então também irei com você.*

Comecei a chorar, porque foi a coisa mais doce que alguém já me havia dito, e me fez sentir muito segura.

Eu não estava sozinha.

Ele se aninhou nas cobertas a meu lado e deitou a cabeça em meu pescoço, enquanto eu acariciava suas penas. Ficamos assim uma hora, até que ambos adormecemos.

12

No dia seguinte, saí cedo para a escola a fim de não precisar ir com Eden. Eu estava dividida em relação ao que havia acontecido na noite passada; não sabia o que fazer. Se eu não fosse obrigada a frequentar a Academia, largaria tudo e voltaria correndo para Isa.

Dois alunos haviam morrido, e minha mãe biológica esteve lá na ocasião; e eu não podia deixar de sentir culpa, porque Marissa estava lá para me procurar. Atravessei depressa os portões abertos do pátio da escola e, de repente parei, imóvel.

Os alunos estavam chorando; havia velas acesas e uma mesa cheia de flores e fotos dos falecidos.

O medo me dominou; eu queria correr para casa. Não queria encarar aquilo.

— Fallon — o mestre Clarke chamou meu nome, me fazendo dar um pulo.

Quando me voltei para ele, empalideci. A rainha da Cidade Dourada estava com ele, com um guarda real de cada lado.

Baixei a cabeça para saudá-la, não sabia qual era o protocolo. Eu nunca havia feito uma reverência na vida; se tentasse, poderia fazer papel ridículo.

— Podemos ter uma conversa em particular? — perguntou ele.

Concordei. Atravessei o pátio, sentindo a apreensão crescer dentro de mim.

Yanric estava empoleirado em meu ombro, mas eu precisava ter certeza de que ele não faria nenhuma besteira. Ele me protegia e eu era grata por isso, mas não podia me dar ao luxo de cometer erros perante a rainha.

— *Voe daqui e me espere numa árvore* — ordenei enquanto nos aproximávamos da porta da sala de Clarke.

— *Ela é capaz de matar você!* — disse ele.

— *Ela vai achar que estou sucumbindo às trevas com você aqui. Preciso parecer normal, e isso não é possível com um familiar no meu ombro. VAI!*

Ele bateu as asas e decolou; foi planando pelo ar e pousou num galho ali perto. Eu sabia que, se as coisas piorassem, ele poderia se transformar em sombra e atravessar uma parede a minha procura. Só esperava que não chegasse a esse ponto. Eu não queria contar a Yanric sobre a conversa que tinha ouvido entre o mestre Clarke e a rainha: que ela não me mataria. Pior, que construiria uma gaiola para me prender lá pelo resto da vida.

Com um olhar desconfiado, a rainha Solana o observou partir, e eu segui Clarke até sua sala, e a rainha e seus dois guardas vieram atrás de mim.

Entramos no escritório falso e meu nervosismo aumentou quando ele passou por ali, atravessou a estante aberta e desceu as escadas até sua verdadeira sala — o lugar onde, se eu gritasse, ninguém ouviria.

Quando chegamos ao pé da escada, levei um susto ao ver Ariyon parado diante de uma cadeira no meio da sala. Parecia um interrogatório daqueles contos de terror que Sorrel gostava de ler para nós em volta da fogueira.

Ariyon parecia nervoso; olhava para a tia com a boca bem fechada, como se talvez não quisesse estar ali. Depois do que ele me havia dito na noite anterior, eu também não o queria ali.

— Sente-se, Fallon, e não fique nervosa, é só uma conversa — disse o mestre Clarke, mas ele parecia tudo, menos calmo. Lançava olhares ansiosos para a rainha Solana, que mantinha as costas rígidas enquanto me observava.

Ela era de uma beleza estonteante: cabelos loiros ondulados, brilhantes, que lhe chegavam à cintura. Seus lábios carnudos tinham o tom perfeito de rosa. Seu nariz afilado e queixo pontudo faziam dela a beleza por excelência. Mas havia algo inquietante nela, uma raiva que carregava logo abaixo da superfície e que parecia poder vir à tona a qualquer momento. Eu supunha que era preciso ter algo assim para governar um reino inteiro, uma força a ser reconhecida. Só queria que não parecesse direcionada a mim o tempo todo.

Me sentei na cadeira e olhei para Ariyon, torcendo para que ele dissesse algo em minha defesa se eu estivesse a ponto de ser acusada.

Ele apenas ficou olhando para frente, frio como pedra, e eu soube que ele não seria de nenhuma ajuda para mim. Os possíveis sentimentos amistosos que haviam surgido entre nós na biblioteca morreram na noite anterior, quando Marissa atacou e me chamou de filha.

— Como meu outro sobrinho está se recuperando dos ferimentos, Ariyon atuará como sua testemunha para corroborar sua história — anunciou a rainha, e então, postou-se diante de mim com seu terninho amarelo brilhante. — Ele também será seu curandeiro.

— Curandeiro? — dissemos eu e Ariyon ao mesmo tempo.

A rainha olhou para mim com curiosidade.

— Você sabe a extensão de meus poderes?

Engoli em seco. Acaso ela ia me torturar? Não era necessário.

— Eu contarei o que a senhora quiser saber. Por favor, não me machuque.

Ariyon relaxou, como se entendesse o que sua tia estava dizendo.

— Tenho o poder de saber se uma pessoa está dizendo a verdade com um único toque em sua pele — disse ela.

Toque. *Ah.*

Ela sabia de minha maldição e que seu toque me machucaria. Eu não sabia se a considerava atenciosa por ter um curandeiro por perto ou se só estava fazendo isso para que eu pudesse falar bem dela depois.

— Entendi. — Torci os dedos, nervosa. — É sobre a noite passada?

Ela me olhou com cara feia.

— Sim, Fallon, é sobre o primeiro ataque de uma criatura da noite dentro dos portões da Cidade Dourada em dezessete anos.

Estremeci.

— E acha que eu tive alguma coisa a ver com isso? Não tive.

Ela levantou a mão e a deixou pairar sobre meu braço. Eu estava usando luvas compridas e uma blusa de manga curta.

— Está pronta para provar isso? — perguntou ela.

Respirei fundo, tirei a luva e lhe ofereci a mão com a palma voltada para cima.

— Só um toque bem leve, por favor. Dói como a queimadura de mil sóis — implorei.

Houve um lampejo de humanidade em seus olhos. Ela pareceu conflituosa por um instante, como se causar dor a uma jovem não fosse algo que quisesse fazer.

Ariyon se ajoelhou a meu lado e as marcas de cura em suas mãos começaram a girar, pois ele estava se preparando para me tocar. Olhei para o mestre Clarke e ele desviou o olhar, deixando transparecer a vergonha em suas feições. Ele não conseguia nem olhar.

A rainha levou a palma da mão à frente de sua boca.

— Revele-me toda a verdade, tudo o que está oculto será visto — sussurrou ela diante da palma da mão, e uma luz dourada emanou de sua respiração sobre sua pele.

Ofeguei, não estava acostumada com magia como as outras pessoas dali. Então, ela estendeu a mão e segurou meu antebraço.

Uma vez, quando tinha sete anos, queimei a mão no fogão a lenha quando estava cozinhando com meu pai. Engoli em seco, mas não chorei. Formaram-se bolhas e precisei de um bálsamo. Mais tarde, meu pai me perguntou por que eu não havia chorado, e eu disse que era como ser tocada, algo com o que eu já havia me acostumado. Nunca esqueci a expressão dele. Era a mesma expressão de horror que Ariyon me lançava agora. Embora a rainha tenha me soltado assim que me tocou, ela havia me tocado com a mão *inteira,* deixando uma marca mágica dourada em meu braço. Era muita pele com pele. Gritei de dor como se estivesse sendo queimada viva. A sensação não era só no braço… estava por todo o meu corpo. Aquela maldição idiota me consumia por inteiro quando ativada, não importava em qual parte do corpo me tocassem.

A rainha deu um pulo para trás ao ouvir meus gritos. Fiquei tonta e afundei na cadeira, tentando me manter consciente. Lágrimas escorriam pelo meu rosto enquanto meu corpo tremia, agonizando. Eu preferiria a pontada profunda de uma dor de cabeça àquela queimação aguda.

— Cure-a! — berrou o mestre Clarke.

Ariyon reagiu. Colocou as duas mãos sobre meu peito, com cuidado para não me tocar. Era evidente que não queria que sua tia e o mestre Clarke soubessem de nosso segredo.

Uma luz prateada saiu de suas mãos e inundou meu peito, e foi de novo um bálsamo para minha dor. A queimação na pele diminuiu e os tremores pararam.

Suspirei de alívio e olhei para ele. Não queria tirar nenhum tempo de vida dele, mas não sabia se conseguiria ficar consciente sem sua ajuda naquele momento.

Eu não esperava ver aquela fúria venenosa em seu olhar.

— Ela avisou para a senhora tocá-la o mais *leve* possível. A senhora agarrou o braço dela com a mão inteira! — disparou para a tia.

A rainha lançou um olhar furioso para o sobrinho.

— Toquei nela da forma mais leve que já toquei em alguém para imprimir minha magia.

Enquanto eles discutiam, senti uma leveza invadir minha mente, me acalmando e me tranquilizando. Todos os medos ou inibições que eu sentia desapareceram.

— Estou me sentindo melhor. — Dei uma risadinha, e a rainha ergueu uma sobrancelha.

— Está pronta para falar sobre a noite passada? — perguntou.

A magia dela me fez sentir como Sorrel havia descrito que um bêbado se sentia. Olhei para ela.

— Eu já estava pronta antes mesmo de a senhora me tocar.

Suas narinas se dilataram ao ouvir isso; atrás dela, Clarke cobriu a boca para esconder um sorriso.

Ariyon continuou me inundando com sua magia, pois minha pele continuava queimando e meu corpo tremia de vez em quando. Mas não era nada comparado ao que teria sido sem ele.

— Você, Fallon Bane, teve alguma participação no planejamento do ataque daquelas criaturas ontem à noite?

— Meu nome não é Fallon Bane — corrigi. — É Fallon Brookshire. E não, não tive nada a ver com aquilo.

Não sei o que ela fez comigo, mas perdi todo o filtro. Só que *não* podia mentir. Aquele não era meu nome, não importava quantas vezes me chamassem assim.

— Você avisou às criaturas da noite que estaria na festa? — perguntou ela.

— Não.

Ela apertou os lábios, frustrada.

— Você sabia que as criaturas da noite estariam na festa e decidiu não contar a ninguém?

— Não.

— Você sabia que sua mãe ainda estava viva em forma de criatura da noite?

— Ela não é minha mãe! — gritei, com mais força do que pretendia.

A rainha Solana olhou para o mestre Clarke em busca de ajuda, mas ele apenas deu de ombros.

— Você sabia que Marissa Bane ainda estava viva em forma de criatura da noite? — ela refez a pergunta.

— Não.

Ela franziu a testa.

— O que você pensou quando a viu?

Engoli em seco, pois queria guardar isso para mim. Mas não pude.

— Choque. Medo. Horror.

— Medo de quê? — perguntou ela, franzindo as sobrancelhas como se estivesse tentando me entender.

Não gostei dessas perguntas abertas, preferia as de sim ou não.

— De acabar como ela — admiti, e lancei um olhar para Ariyon.

Fiquei surpresa ao ver pena em seus olhos.

— Bem, isso pode acontecer; então é bom que esteja ciente disso — disse ela secamente, e eu franzi a testa. — Ariyon disse que Marissa falou com você. O que ela disse?

Engoli em seco; também não queria compartilhar isso com todo mundo.

— Que eu pertencia a ela.

O mestre Clarke ficou visivelmente chocado ao me ouvir, mas a rainha apenas acenou com a cabeça.

— Bem, nós duas concordamos em relação a isso. Você deseja mal a alguém na Cidade Dourada, Fallon? — perguntou a rainha Solana então, aparentemente tentando encontrar qualquer coisa que pudesse usar contra mim.

Era uma pergunta capciosa; ela estava me interrogando e havia acabado de me causar dor. Já havia admitido que me condenaria à prisão perpétua se eu me tornasse uma feérica das trevas. Mas se eu lhe desejava mal? Não. A menos que ela me machucasse primeiro.

— Não.

Ela ficou extremamente perturbada ao ouvir isso.

— Muito bem, o que você quer, Fallon?! — perguntou, bufando.

Olhei-a nos olhos, incapaz de impedir que minha língua revelasse minha verdade mais profunda.

— Ser amada. Ser beijada por um garoto. Ser normal. Ir ao baile da escola com o cabelo solto, de vestido curto, sem luvas, e dançar a noite toda sem medo de ser tocada e sofrer.

Ela ficou de queixo caído, e eu tão envergonhada pelo que havia acabado de dizer em voz alta que não consegui nem olhar para Ariyon.

— Bem, se nenhum de vocês tem mais nada para perguntar, acho que terminamos por aqui — disse ela de repente. Estava na cara que a rainha não sabia o que fazer com o que eu havia acabado de dizer. Ela olhou para Ariyon e o mestre Clarke. Os dois negaram com a cabeça. Eu ainda não ousava olhar para Ariyon.

A rainha se inclinou sobre meu braço, aproximou a boca, mas sem me tocar com seus lábios, e inalou. A marca dourada elevou-se de meu braço e se transformou em vapor, que foi sugado para dentro de sua boca. E eu me senti normal de novo.

A seguir, a rainha voltou-se para o mestre Clarke.

— Todos parecem inocentes no começo. Fiquem atentos. À medida que a magia dela for crescendo, a escuridão que habita nela também crescerá.

Então, ela foi embora, seguida por seus dois guardas.

Naquele exato momento, eu quis morrer. Estava morrendo de vergonha por ter admitido na frente de Ariyon e do mestre Clarke como me sentia fracassada.

Eu queria ser amada? Eu disse mesmo isso?

— Está se sentindo bem, Fallon? Acha que podemos dispensar o príncipe Ariyon? — perguntou o mestre Clarke. Tive vontade de abraçá-lo por me poupar do vexame.

— Estou bem — concordei e pigarreei.

Ariyon se levantou, afastou as mãos de meu peito e encerrou a cura. A seguir, olhou para mim, mas eu não tive coragem de fitá-lo.

Sem dizer uma palavra, ele saiu, e ficamos só eu e o mestre Clarke. Ele arrastou uma cadeira e se sentou a minha frente.

— Conte o que aconteceu ontem à noite. Ouvi dizer que você usou o fogo eterno.

Suspirei e lhe contei tudo. Inclusive que a mestra Knight praticamente havia me forçado a usar meu poder em aula.

Ele levou a mão ao queixo e o esfregou, pelo visto perdido em pensamentos.

— Detesto admitir isso, mas acho que a mestra Knight salvou sua vida. De agora em diante, não quero que se limite a observar; aprenda tudo o que puder para que, se atacarem de novo, você possa se defender.

— Eles vão atacar de novo?

Ele deu de ombros.

— É melhor estarmos preparados. Sei que a rainha estará.

O medo me dominou.

— Mas praticar mais magia não vai... acelerar as trevas?

Ele deu de ombros.

— Você tem poderes enormes aí dentro, e nem temos professores nesta escola para te orientar sobre alguns deles. É melhor descobrirmos com o que estamos lidando para que possamos enfrentá-los.

Dei uma olhada nele.

— Quanto tempo minha mãe levou para... sucumbir às trevas?

Ele soltou o ar pela boca e pareceu ficar ruminando minha pergunta por um longo tempo. Algo cintilou em seu rosto, mas eu não pude decifrar. Seria arrependimento?

— Para ser sincero, ela já era das trevas quando a conheci, aos dezesseis anos. — Fiquei em choque. Ele franziu a testa. — Marissa Bane foi criada na Zona Oeste com uma família adotiva. Seus pais biológicos foram... — ele pigarreou — ... assassinados pelo então rei da Cidade Dourada.

Franzi a testa.

— Por que todo mundo fica matando os Banes e depois se perguntando por que eles se revoltam?

— Não é justo. — Ele apontou o dedo para mim. — Sempre houve um motivo.

Cruzei os braços.

— Por que acha que Marissa já era das trevas aos dezesseis anos? Sem dúvida, ela era nova demais para já ter se perdido.

Ele suspirou e esfregou a ponta do nariz.

— Aos dezesseis anos, Marissa ficou furiosa quando seus pais adotivos não a deixaram voltar tarde. Ela incendiou a casa com o poder da mente e matou os dois.

Fiquei em choque.

— Só pode... ter sido um acidente.

Ele engoliu em seco.

— Então, ela ficou sob tutela da coroa. Ficou aos cuidados de meus pais, e quando a questionei sobre o que havia acontecido, ela não demonstrou nenhum remorso. Disse que era melhor ficar sozinha.

Engoli em seco; eu conhecia essa sensação, a sensação que estava experimentando agora por ter afastado Eden. Eu sentia remorso, mas queria ficar sozinha. Seria esse o primeiro sinal de que as trevas me dominariam?

— E desde então ela piorou? — perguntei. Estava perplexa com o fato de a família do mestre Clarke ter se tornado cuidadora dela. Acaso os pais dele ainda estavam vivos? Ou ela também os havia matado? Tive medo de perguntar.

Ele fez que sim.

— Mesmo sendo ainda um estudante, eu era o telecinético mais poderoso da escola. A administração achou que se eu pudesse ser o tutor dela... — Sua voz foi sumindo.

E lá estava ele fazendo aquilo de novo comigo. Senti um renovado respeito pelo mestre Clarke naquele momento. Ele prosseguiu:

— Os professores e eu tentamos de tudo para ensiná-la a controlar a magia. Assim, quando sentisse raiva, poderia liberar energia de outras maneiras. Mas nada deu certo. — Ele sacudiu a cabeça. — O pai de Ariyon e Ayden era rei na época, um jovem rei de vinte e poucos anos, e ele a vigiava de perto. Tivemos dificuldade para ensinar as coisas para ela, mas estávamos conseguindo. As crianças eram cruéis: o familiar dela era uma cobra e a magia era das trevas, daí ela não era como as outras.

— Ser diferente não é fácil — eu disse, com o coração um pouco mais brando em relação a Marissa. Eu sabia como era. Ser motivo de chacota era horrível, mas eu não mataria ninguém por isso. — E o que aconteceu, então? — De repente, eu queria saber tudo sobre ela. Precisava saber o que havia dado errado para poder evitar que o mesmo acontecesse comigo.

Ele ficou abalado de repente; o sangue desapareceu de seu rosto.

— Ela se apaixonou.

Ao ouvir isso, eu me endireitei na cadeira.

— Por quem?

— Não sabemos. Só sabemos que, quando ela engravidou de você, aos dezenove anos, estava mais feliz do que nunca. Aquela mulher não costumava sorrir nunca, jamais se importava com ninguém além de si mesma e do familiar. Almoçava sozinha; era cruel com pessoas e animais. Lamento, Fallon, mas ela podia ser *horrível*. Vivia furiosa com o mundo e culpava a Cidade Dourada por todos os seus problemas.

Engoli a vontade de chorar e me dei conta de que, até aquele momento, nunca havia pensado, nem por um segundo, em quem era meu pai biológico. Eu tinha meu pai, por isso não me importava. Mas naquele momento, percebi que, se eu havia sido concebida, isso significava que minha mãe tinha que ter dormido com alguém.

— E então? — insisti. Ele não podia parar agora.

— Ela não terminou o quarto ano aqui. No segundo semestre, estava grávida de seis meses de você; mas a pessoa que a fazia se sentir tão viva, tão amada, terminou com ela. Ela incendiou a maior parte da escola, por isso os tijolos são pretos. Matou 117 alunos naquele incêndio; quase metade da escola, incluindo a família da mestra Knight. Solana estava lá, e foi quando Marissa amaldiçoou a rainha com uma vida inteira de esterilidade.

A bile começou a subiu pela minha garganta, estragando meu café da manhã. Mais de 100 pessoas? Marissa matou os ancestrais de quase todos os alunos com quem eu agora estudava... Não era de admirar que me odiassem. Não era de *admirar* que houvessem imposto a condição de que minha linhagem Bane fosse uma informação pública. As pessoas tinham que saber que precisavam ter cuidado perto de mim. E naquele momento, até eu tinha medo de mim mesma.

— Ela sumiu por um tempo. Quando voltou, sua barriga estava murcha, você havia nascido, e ela chamou as criaturas da noite para a cidade para atacar o rei. Pensou que poderia assumir o poder e governar. Ela queria poder, fama.

A culpa se insinuou em meu coração e não pude deixar de sentir uma espécie de responsabilidade pelo que ela havia feito.

— Ela matou o pai de Ariyon e Ayden naquela noite, não é? — perguntei, pois era exatamente o que Ayden me havia dito.

Ele fez que sim.

— E a mãe deles, a rainha. Então Solana, irmã do rei Madden, invadiu o quarto e matou Marissa, mas não antes de sua mãe biológica lançar uma última maldição para toda a nossa geração. Se um de nós matar você, o próximo herdeiro do trono da Cidade Dourada cairá morto.

Ariyon.

Eu me sentia entorpecida; meus membros mal pareciam presos ao corpo enquanto o peso do que ele havia acabado de dizer caía sobre mim.

— Então, mesmo que todos me odeiem e eu vire uma feérica das trevas, viverei até morrer de velhice? — Acho que preferiria que me matassem se enlouquecesse por causa da magia maligna que eu tinha.

Ele confirmou com a cabeça.

— Em uma cela mágica que a rainha Solana está construindo. Mas não vou deixar isso acontecer — Ele deu um tapinha em minha mão enluvada.

— Talvez você não possa impedir.

Eu me sentia vazia por dentro, se alguém me cortasse, seria como se não pudesse encontrar sangue nem ossos, apenas vazio, cinzas e sombra.

— Talvez possamos.

Olhei para ele e vi um vislumbre de esperança em seus olhos. Ele era mais novo que meu pai, mas me lembrava dele. Sempre tendendo a ver o lado bom das coisas.

— Você não é a Marissa, Fallon. Você sorri, tem empatia, protege aqueles a quem ama. Você ama! E tem amigos. Vejo mais luz em seus olhos que nos meus quando me olho no espelho. Não vou desistir de você — disse ele com veemência, e senti um nó na garganta.

Eu havia julgado o mestre Clarke muito mal naquele primeiro dia. Ele tinha dito aquelas palavras duras naquela cela porque se importava profundamente com o resultado de minha vida. Porque havia falhado com minha mãe e agora queria fazer o que era certo por mim.

— Obrigada — consegui dizer.

— Vamos viver um dia de cada vez, está bem? — Ele me ofereceu um sorriso forçado.

Concordei.

— Está bem.

Eu me levantei da cadeira de interrogatório, me voltei e levei um susto quando vi Yanric na mesa.

— *Você deveria ter ficado lá fora!*

— *Senti que você estava com dor. Eu não podia deixar que aquela bruxa malvada, rainha ou não, machucasse você.*

Soltei um gemido. O mestre Clarke olhou para o corvo negro.

— Ele é bem protetor com você.

Fiz que sim.

— Você não tem ideia.

Yanric decolou de seu poleiro e pousou em meu ombro, encarando o mestre Clarke com seus olhinhos brilhantes.

— Quer um biscoito? — perguntou o mestre Clarke, e Yanric imediatamente amoleceu.

— *Diga a ele que sim.*

Eu sorri. O caminho para o coração de meu familiar com certeza passava por seu estômago.

— Ele adoraria.

O mestre Clarke foi até sua mesa, abriu as gavetas e pegou um pacotinho de biscoitos. Esfarelei um e o dei a Yanric.

Eu havia acabado de saber de muita coisa pesada. Ainda não sabia como me sentia em relação a tudo isso. Clarke notou meu humor e me deu um leve sorriso.

— Não podemos mudar as condições de nosso nascimento, Fallon. Apenas as escolhas que fazemos a cada dia.

— Você e meu pai devem estar lendo os mesmos livros — comentei, e é claro que era uma brincadeira, já que meu pai nem sabia ler; mas arranquei uma risadinha do mestre. — Fazer boas escolhas. Saquei. Também conhecido como "não incendeie a escola num acesso de raiva".

Ele abriu a boca de novo, mas o sinal tocou.

— Está na minha hora — eu disse, limpando os farelos de biscoito da calça.

Ele me acompanhou até a saída.

— Precisa de um atestado para tirar o dia de folga? Como está se sentindo?

Minha pele parecia ter pegado fogo, mas depois da cura de Ariyon, eu ia ficar bem. Embora ainda teria que tomar um banho frio no fim do dia.

— Vou ficar bem.

Saí pela porta e voltei para o pátio. Yanric voou até uma árvore em algum lugar, uma vez que eu o havia convencido de que ficar nas aulas comigo estava acabando com minha vida social.

Atravessei o pátio e passei entre dois prédios, indo na direção da minha aula de pirologia.

Assim que coloquei os pés entre os dois prédios, fui agarrada pelo braço e arrastada para um armarinho de vassouras.

Pelo fato de ter sido agarrada pelo braço nu e não ter sentido dor, eu sabia que era Ariyon.

— Oi! — Fiz uma careta. — Calma aí, parece que acabei de ser queimada viva.

Ele soltou meu braço depressa, parecendo abalado. Seu cabelo estava uma bagunça e a pouca luz que entrava pelo armário e caía sobre seu rosto realçava todos os seus belos traços. Mandíbula forte, nariz pontudo como o da tia, olhos cor de aço entreabertos. Eu jamais lhe diria que ele era tão bonito, mas tinha certeza de que ele sabia.

— Está tudo bem? — sussurrou, me percorrendo com seu olhar selvagem como se estivesse procurando ferimentos.

Fitei-o por um instante, me certificando de que era com o gêmeo de cabelo comprido que eu estava falando, porque ele estava agindo como Ayden. Como se acaso se importasse.

— Vou sobreviver. Ayden está bem? O que aconteceu ontem à noite? Como ele se feriu?

Ariyon engoliu em seco e passou a mão pelos cabelos, aparentemente mais calmo agora que sabia que eu estava bem.

— Foi esfaqueado entre as costelas, rompeu um pulmão. E um tendão do tornozelo também. Ele vai ficar bem, mas o desgraçado não me deixa curá-lo. Só aceita tinturas.

Franzi a testa, me perguntando por que, quando me dei conta: Ayden não queria tirar nem um dia de vida do irmão. Só de pensar nisso fez um nó na minha garganta. Eu não sabia se conseguiria lidar com mais tragédias naquela manhã.

— Então está bem. — Fiz menção de ir embora, mas Ariyon desviou e bloqueou meu caminho; havia pura agonia estampada em seu rosto.

— Olha, Fallon, eu disse umas coisas terríveis ontem à noite...

— Está tudo bem — murmurei.

Ariyon pousou as mãos de leve em meus ombros, me forçando a olhar para ele.

— Não está não. Eu me odeio pelo que disse ontem. Sou um babaca e não está nada bem.

O muro de tijolos que eu havia construído na noite anterior a caminho de casa começou a ruir naquele momento. Só um pouquinho.

— Você é *mesmo* um babaca, mas tudo o que disse era verdade. Chegar perto de mim é perigoso e todo mundo deveria ficar longe.

Virei o rosto para que ele não visse as lágrimas se juntando em meus olhos.

Ele deixou escapar um gemido estrangulado, fiquei chocada ao ouvi-lo.

— Não, Fallon. A morte de meus pais me afetou mais do que o Ayden. E aí, Marissa apareceu ontem à noite, depois de eu achar que ela estava morta, e foi fácil culpar você. Mas isso não está certo, e... desculpe.

Eu não esperava aquele pedido de desculpas sincero, o tremor em sua voz, a agonia mal contida que ele estava demonstrando.

Dei uma espiada em seus olhos de aço, que brilhavam como poças de prata derretida.

— Está tudo bem, Ariyon. Está desculpado.

Ele, então soltou meus ombros, meio abalado com minha resposta. Como se não esperasse meu perdão.

— Hã... obrigado.

— Você nunca pediu desculpas na vida, né? — Dei risada.

Ele me lançou um olhar divertido, com uma alegria espreitando por trás de suas feições.

— Faz tempo, esqueci como funcionava.

Caí na gargalhada e, então, aconteceu — meu coração disparou quando Ariyon abriu um sorriso genuíno, como a luz do sol irrompendo entre nuvens de tempestade.

Ele sorriu! Eu consegui. Fiz o velho e rabugento Ariyon Madden sorrir.

Depois de alguns instantes, ele ficou sério de novo.

— Ayden me pediu para te dar uma coisa.

Fiquei tensa; meu coração martelava no peito.

É mesmo?

Depois de tudo o que havia acontecido na noite anterior, Ayden queria me dar uma coisa? Olhei para as mãos de Ariyon, esperando que ele tirasse um presente do bolso; mas, em vez disso, ele se aproximou e me abraçou.

Fiquei surpresa com o contato de corpo inteiro; engoli um gemido enquanto ele me envolvia em seus braços e me abraçava apertado. Meu cabelo, meu pescoço, meu rosto, meu peito e minha barriga, tanto de mim tocava tanto dele, e era incrível. Eu podia sentir seu coração batendo, acompanhando o ritmo frenético do meu.

Eu não recebia um abraço havia anos. Meu pai se enrolava inteiro, rosto e tudo, num cobertor em meu aniversário e me abraçava, mas era cômico e constrangedor, daí paramos de fazer isso. E não era um abraço como aquele. Envolvi Ariyon, meio acanhada, com meus braços eu o segurei firme, piscando enquanto as lágrimas faziam meus olhos arderem e com um nó na garganta. Ariyon não me soltou, se agarrou a mim como se eu fosse um tesouro precioso que voaria para longe se um vento forte soprasse.

Ayden havia me mandado um abraço por meio da única pessoa que ele sabia que podia me tocar, e eu não sabia se estava ficando apaixonada por ele ou pelo irmão gêmeo que me abraçava naquele momento. Era o presente mais atencioso que eu já havia recebido.

Ariyon parecia saber que aquilo era importante para mim, porque continuou me abraçando mesmo enquanto minhas lágrimas silenciosas escorriam pelo meu rosto e umedeciam seu braço. Mesmo quando minha respiração me fez estremecer. Mesmo quando o sinal tocou. Ele ficou ali me abraçando e, naquele momento, quase compensou uma vida inteira sem poder ser abraçada.

Por fim, pigarreei e deixei cair os braços; enxuguei o rosto às pressas, me sentindo uma idiota por ter ficado ali com ele por tanto tempo. Imaginava encontrar um olhar de pena ou constrangimento quando olhei para Ariyon, mas o que encontrei foi... desejo.

Ele se aproximou de mim e levou a mão à maçaneta, então se inclinou e, encostando os lábios em meu ouvido, sussurrou:

— Se pudesse tirar a maldição de você, eu tiraria, Fallon.

Fiquei toda arrepiada. Ele abriu a porta e me deixou ali no armário, sozinha com meus sentimentos.

— *Preciso fazer cocô na cabeça dele?* — perguntou Yanric.

— *Não.*

Nunca estive tão confusa em toda a minha vida sobre o que sentia e por quem.

13

Quando chegou a hora do almoço, eu já havia recebido vários olhares e ouvido sussurros que diziam que eu era uma "conjuradora de criaturas da noite". Os boatos da festa da noite anterior corriam soltos. Eu havia conseguido ignorar Eden durante toda a aula de pirologia, mas não aguentava mais.

Precisava lhe explicar por que a estava afastando e, quem sabe, fazê-la entender que ser minha única amiga provavelmente não acabaria bem para ela.

Me sentei no gramado e peguei o sanduíche de carne de porco que meu pai havia feito para mim, com seu famoso pão de fermentação natural caseiro. Poucos minutos depois, Eden se sentou a meu lado, com seu almoço no colo.

— Você está me evitando — disse secamente.

Eu me sentia péssima, sem saber como abordar delicadamente o tema, mas a hora havia chegado.

— Desculpa. — Comecei com o mais importante. — Você sabe por que os tijolos da escola são pretos? — perguntei.

Ela franziu o rosto, as sobrancelhas quase fizeram um nó no meio de sua testa.

— Sempre foram assim.

Sacudi a cabeça.

— Não foram sempre assim, não. Você sabe como ficaram pretos?

— Não. — Ela deu de ombros.

— Minha mãe biológica, Marissa Bane, ficou furiosa e incendiou a escola inteira enquanto estava grávida de mim, matando 117 alunos.

Eden estremeceu, desviou o olhar para a grama, sem saber o que dizer.

— Você não é ela — disse fracamente.

Estendi minha mão enluvada e segurei a dela.

— Não, Eden, mas um dia posso ser, e eu nunca conseguiria me perdoar se tocasse num único fio de cabelo seu.

Ela apertou minha mão com força e olhou para mim.

— Você *nunca* me machucaria.

— Não de propósito.

— Você. Nunca. Me. Machucaria — rosnou ela, sustentando meu olhar.

Nossa, que mulher teimosa.

Suspirei.

— Eden, ser minha melhor amiga não faz bem para você. Não estou dizendo que nunca mais vamos fazer nada juntas, mas você deveria fazer outras amizades.

Ela revirou os olhos e largou minha mão como uma pedra em brasa.

— Ah, cala a boca. Você não vai se livrar de mim assim tão fácil.

Eden estendeu a mão, com a palma para cima, e Yanric decolou da árvore e pousou nela para comer as sementes da casca de pão que ela lhe ofereceu.

— Além disso, Yanric me ama. Ele ficaria arrasado se eu não desse o lanchinho da tarde para ele todos os dias — acrescentou.

— *É verdade.*

Dei risada, sacudindo a cabeça.

— Então, não importa o que eu diga, você não vai me dar ouvidos?

— Não. — Ela arrastou a palavra e abriu um sorriso cheio de dentes. — Você não vai se livrar de mim.

Meu coração se encheu de alegria naquele momento. Por mais que eu quisesse afastar Eden para protegê-la, fiquei feliz por ela não ter aceitado.

— Tá, mas se em algum momento eu sentir que estou cedendo às trevas e representando um perigo para você ou qualquer pessoa desta escola, vou embora.

Ela franziu as sobrancelhas de novo.

— Não fale assim, não…

Coloquei um pedaço de carne de porco na boca.

— Já falei.

— Nunca mais me ignore assim. De agora em diante, quando as coisas ficarem feias, vamos resolvê-las juntas — repreendeu.

— Tá bom. — Respirei um pouco mais aliviada sabendo que tinha alguém a meu lado, mesmo com medo de um dia machucá-la.

Ela sorriu.

— Tá, agora que está tudo resolvido… vi você e o Ariyon saindo de um armário hoje de manhã, é isso?

Corei diante da mudança repentina de assunto.

— Não foi nada.

— Não pareceu, não.

Não consegui evitar um sorriso.

— Ele me abraçou. Tipo… um abraço de verdade. Do tipo que eu não consigo dar por medo de me machucar.

— *Oouunn* — disse ela, se desmanchando, mas a interrompi.

— Foi do Ayden.

— Mais *oouunn* ainda.

Eu apenas dei risada e lhe contei tudo sobre o encontro com a rainha Solana e o que havia acontecido no interrogatório. Quando acabou a hora do almoço, eu e Eden éramos melhores amigas de novo e eu estava grata. Não queria passar quatro anos na Academia sem amigos. Mas eu estava falando sério: se começasse a me tornar uma feérica das trevas e a atear fogo nas coisas, iria embora, como minha mãe havia feito. Mas eu não voltaria.

***

Me despedi de Eden depois da escola e fui andando depressa para a BoticAvis. Eu tinha uma rotina de trabalho agradável lá. Limpava todas as prateleiras e garrafas, o que levava uns quarenta e cinco minutos, depois limpava o chão para tirar a poeira e reabastecia as prateleiras, levando mais ou menos uma hora. Chegava em casa à hora do jantar tendo abatido um pouco de minha dívida. Era bom ser útil para a mulher que havia sido tão gentil comigo.

— Oi, Avis! — eu disse quando entrei e vi que ela não estava atendendo ninguém.

— Oi, Fallon — respondeu ela, abrindo um sorriso radiante atrás do caixa. — Como foi a escola?

Dei de ombros.

— Legal.

Era a mesma coisa que eu dizia toda vez, porque a escola era legal.

Ela fez que sim e logo sua expressão ficou um pouco mais séria. Ela deu um tapinha no balcão de vidro, me chamando. Me aproximei e fiquei olhando para ela, ansiosa.

— Você estava na festa quando as criaturas da noite atacaram ontem? — perguntou em voz baixa, mesmo estando só nós duas ali.

Claro que ela havia ouvido falar do que tinha acontecido; era o primeiro ataque de uma criatura da noite em décadas. Tenho certeza de que era o assunto do momento na cidade toda.

Engoli em seco e confirmei com a cabeça. Ela suspirou.

— Fiquei assustada quando soube que dois alunos morreram, mas depois, descobri os nomes e vi que não era você. Claro que ainda estou triste pelos alunos, mas...

Dei um tapinha na mão dela.

— Entendi o que você quis dizer. Obrigada por se importar.

Eu ainda não lhe havia contado quem era minha mãe biológica e ela nunca perguntou meu sobrenome. Não queria que ela me tratasse diferente, gostava do fato de ao menos uma pessoa não saber que eu era a semente do mal. Mas sabia que teria que lhe contar um dia.

Avis era, literalmente, a pessoa mais doce que eu já havia conhecido. Mais que meu pai ou qualquer outra pessoa boa em minha vida. Ela simplesmente exalava um amor gentil que oferecia a qualquer um, não importava como a tratassem. Pessoas viviam entrando ali na loja e pagavam uma parte do que deviam, pediam uma tintura grátis para um ente querido doente, prometendo pagar depois, a maioria oestinos — uma clientela à qual ela não precisava atender, mas atendia.

— Posso te perguntar uma coisa pessoal? — Levantei o olhar para ela.

Ela fez que sim.

— Claro, querida.

— Por que você ajuda tantos oestinos e pobres? Não é sua obrigação. Aliás, tenho quase certeza de que nenhuma outra botica da Zona Leste ajuda.

Ela me deu um sorriso triste.

— Porque os *oestinos* — enfatizou a palavra — também são gente, e meu pai me ensinou a tratar a todos com o mesmo respeito e dignidade, não importa a posição social.

O que ela disse foi algo incrivelmente honroso, e mais ainda viver mesmo de acordo com os ensinamentos do pai. Passei a ter muito mais respeito por ela.

— Sabia que é contra a lei da Cidade Dourada que um feérico da Zona Leste abra uma botica na Zona Oeste? — comentou ela.

Eu não sabia; só sabia que não havia nenhuma botica lá, apenas uma clínica, que vivia lotada e, segundo Mable, se fosse dirigida por pessoas sem poderes mágicos daria na mesma. Os curandeiros de lá tinham boas intenções, mas não tinham poder suficiente para salvar alguém com problemas sérios. Por isso todo mundo recorria a Avis.

— Não sabia. Por que impedem os pobres de se curar? Ainda mais quando estão dispostos a pagar.

Ela franziu os lábios.

— Há anos que eu venho me candidatando a abrir uma botica lá.

Fiquei boquiaberta. Se Avis abrisse uma botica na Zona Oeste, seria maravilhoso. Ela venderia todos os produtos com desconto, sem dúvida.

— Nossa, seria incrível.

— Seria, mas… quem sabe em outra vida.

Notei a tristeza em seu rosto, e como não queria chateá-la, mudei de assunto.

— Pois bem, esses vidros não vão se limpar sozinhos.

Dei uma piscadela para ela, peguei meu espanador e subi na escada que chegava à prateleira mais alta.

Começamos nossa rotina, então, com uma suave música feérica tocando no fundo. Avis moía ervas e sussurrava encantamentos sobre as coisas enquanto uma luz brilhante e amanteigada emanava da palma de suas mãos. A seguir, ela colocava tudo em potes. Às vezes, soprava nos potes, às vezes uma névoa roxa brilhava em suas mãos. Eu sabia que ela tinha mais magia do que me havia explicado antes e era emocionante vê-la preparar suas poções medicinais.

— Avis, curandeiros especialistas são raros mesmo? — perguntei, pensando em Ariyon e lembrando que Ayden havia se recusado a ser curado pelo irmão.

Ela olhou para mim com certa surpresa.

— Muito. Ariyon Madden é o único ser vivo que conheço em todo o nosso reino.

Engoli em seco.

— E todos eles estão destinados a morrer jovens?

Ela deu uma olhada nas ervas trituradas no pilão, com o rosto triste.

— Estão. Eles têm um tipo diferente de magia, que não pode ser infundida em nenhuma erva ou tintura. São uma espécie de tintura viva. As pessoas tiram energia de cura deles, e eles não conseguem repor.

— Que triste — refleti enquanto tirava o pó.

Não gostava de pensar que Ariyon morreria jovem. Era quase incompreensível.

— Muito. Mas um curandeiro especialista é o feérico mais respeitado de todos. Quando perecem, já salvaram milhares de vidas. Eles vivem pelo Grande Código de Honra, tudo a serviço da Luz.

Acenei com a cabeça. Acho que entendia; era difícil, mas eu estava tentando.

— Você estudou magia de cura na Academia?

Ela ergueu o queixo.

— Estudei. Todos os curandeiros começam no nível iniciante e vão evoluindo até atingir o máximo de suas habilidades.

— Quantos níveis de cura existem?

— Novato, hábil e mestre — recitou com facilidade.

Isso me lembrou de quando Ariyon tinha conseguido as marcas de mestre. Estava tão avançado assim? Com apenas dois anos de estudos e já no nível mais alto?

— Qual deles é o seu? — perguntei.

Ela me olhou com um sorriso maroto.

— Não é apropriado falar dessas coisas.

— Você é mestre, não é?

Então ela riu, e ficou parecendo dez anos mais jovem.

— Sou.

— Legal — disse, e voltei ao trabalho em silêncio.

Cerca de meia hora antes de meu turno terminar, eu estava agachada reabastecendo os vidros de *Clareza Mental*, quando Avis levantou a cabeça de repente.

— Você precisa se esconder. Alguém que sente animosidade para com você está vindo para cá — disse às pressas, me assustando.

Fiquei parada, sem saber se tinha ouvido direito, quando ela saiu correndo e abriu a estante secreta que levava a sua casa.

— Não estou brincando, Fallon. Vá se esconder. *Agora* — ordenou, num tom que eu nunca tinha ouvido dela antes.

Atravessei correndo a loja e entrei no corredor que levava à casa dela. Então, Avis colocou a mão a pertinho de meu rosto, sem me tocar.

— Vá se esconder — sussurrou.

Uma nuvem de fumaça verde saiu da palma da sua mão e pousou em minha pele. Pisquei depressa, porque a magia deixou minha visão meio turva. Mas antes que eu pudesse perguntar o que ela havia feito, Avis fechou a estante.

Que diabos estava acontecendo?

Confinada naquele corredor escuro, notei que havia uma frestinha no lado esquerdo da estante, pela qual eu podia espiar.

O sininho da loja tocou e prendi a respiração quando vi a rainha Solana entrar. Não havia guardas com ela, o que achei estranho. Alguém que sentia animosidade para comigo? Com certeza era a rainha Solana.

— Oi, Solana, não esperava você aqui — disse Avis com sua voz alegre de sempre, mas eu podia ver a tensão em seu corpo enquanto ela moía as ervas.

Solana? Ela tinha chamado a rainha pelo primeiro nome?

— Não preciso enviar um mensageiro antes de vir, não é? — perguntou a rainha Solana.

Avis parou o que estava fazendo e a fitou.

— Claro que não; eu só teria arrumado mais as coisas. — Ela apontou para as caixas e o espanador no chão, que eu estava usando antes de sair correndo.

A rainha acenou com a cabeça.

— Como posso ajudá-la? — Avis abriu seu sorriso fácil, um pouco mais relaxada.

A rainha soltou o ar entre os dentes cerrados.

— Você sabe que eu detesto pedir favores — começou ela, e Avis fez que sim —, mas ouvi dizer que Fallon Bane está trabalhando aqui para pagar uma dívida.

Arrepios correram pelos meus braços ao ouvir isso e praguejei por dentro por ela ter usado meu nome completo. Queria esconder isso de Avis ou eu mesma lhe contar. Avis confirmou casualmente.

— Alguns dias por semana.

Então, ela sabia; ela sabia que eu era uma Bane e não ligava. Que a Luz a abençoasse. A rainha se aproximou do balcão.

— Você ouviu falar do ataque das criaturas da noite?

Avis fez que sim.

— Trágico. Dois estudantes mortos. As famílias devem estar arrasadas.

A rainha Solana ficou enriçada.

— Sem dúvida. Querem saber como as criaturas da noite entraram aqui e por quê.

Avis lançou um olhar consolador para a rainha, mas não disse nada, sem dúvida, esperando o que mais ela diria. Era evidente que queria alguma coisa.

— Bem — continuou a rainha —, você herdou mais da magia de nossa mãe, por isso, gostaria de saber se sentiu algo estranho em relação à garota, Fallon.

Nossa mãe.

Arrepios percorreram minha espinha. Avis era irmã de Solana? Ou meia-irmã; caso contrário, a boticária estaria vivendo no palácio. Essa revelação me chocou, mas não tive tempo para refletir, pois queria saber o que Avis diria. Ela precisaria ter cuidado, pois antes mesmo de a rainha entrar na loja, já havia percebido que Solana não gostava de mim. Eu não queria que nada de ruim acontecesse com ela.

— Encontrei a mãe dela, Marissa, algumas vezes quando ela era aluna da Academia. Ela era mentirosa, conivente e sempre via o lado ruim das pessoas. Tinha predisposição a ser das trevas — disse Avis, e Solana concordou.

Isso só confirmou que ela já sabia que eu era filha de Marissa Bane.

Então, Avis pegou de leve a mão de Solana, o que fez a rainha se enriçar.

— Mas Fallon não é nada disso. Ela tem uma das luzes mais brilhantes que eu já vi. É como… ela é incapaz de sentir ódio. Não a vejo se tornando um ser das trevas. *Nunca.*

Fiquei em choque com as palavras dela e cobri a boca com a mão.

Solana afastou a mão dos dedos de Avis.

— Você não tem como saber disso — rosnou, como se estivesse decepcionada com a avaliação.

Avis deu de ombros.

— Você pediu minha opinião. Essa é a minha avaliação com base no que vi em Fallon.

— Pode ser que você não a conheça há tempo suficiente. — A rainha ergueu o queixo com altivez.

Avis começou a reorganizar algumas tinturas casualmente.

— Pode ser. Quanto tempo nossa mãe levava para fazer a leitura de uma pessoa?

Solana franziu os lábios.

— Não vou atrapalhar mais seu trabalhinho. — Ela indicou a loja como se fosse algo abaixo do nível dela.

Avis deu um sorrisinho.

— Que bom ver você, Solana. Fazia muito tempo. — Ela soou meio triste.

Solana demonstrou uma leve tristeza.

— Pois é, é que ando ocupada governando um reino.

— Claro — concordou Avis.

Solana deu uma olhada na loja.

— Vou levar dez dessas suas tinturas *Brilho da Juventude*. Minhas amigas adoram quando dou de presente para elas.

Avis sorriu para a irmã.

— É muita gentileza sua. Vou te dar um desconto por comprar em grande quantidade.

— Não é necessário. — Solana pegou um punhado de moedas de ouro enquanto Avis finalizava o pedido. — Fique com o troco. — E depositou o montinho no balcão.

Avis arregalou os olhos diante daquela quantidade de moedas.

— Não posso.

— Pode parar. Todo mundo sabe que você dá seus remédios aos pobres e que mal vai conseguir se aposentar um dia — repreendeu Solana.

Avis deu uma risadinha, o que fez seus olhos enrugarem nos cantos.

— O que você quer que eu diga? Herdei o coração mole de meu pai.

Solana sorriu diante da provocação.

— E eu herdei o coração gelado do meu?

Avis retribuiu o sorriso.

— É você quem está dizendo.

Solana e Avis sorriam enquanto se provocavam, mas havia uma tristeza ali, como se não se vissem há muito tempo e soubessem que não se veriam de novo tão cedo.

— Pois bem, preciso ir antes que… — disse Solana. Avis concordou com a cabeça.

— Foi bom ver você, Sol. — Avis lhe entregou a caixa de tinturas, Solana a pegou e deu um sorriso fraco. Lançando um último olhar melancólico ao redor, foi embora. O sininho anunciou sua saída. Avis foi até a estante e a abriu.

Recuei aos tropeços, torcendo para que ela não notasse que eu andei bisbilhotando. Só então percebi que isso não era muito educado e que eu deveria ter ficado esperando mais no fundo da casa dela, para que elas pudessem conversar em paz.

— Revele — disse Avis e sacudiu a mão perto de meu rosto.

A película que parecia estar sobre meus olhos se dissipou e eu fiquei parada diante de Avis, acanhada.

— Eu ouvi tudo. Desculpa — soltei, incapaz de guardar segredo.

Ela sorriu diante de minha sinceridade e me fitou com seus gentis olhos castanhos.

— Vou fechar a loja mais cedo. Aceita uma xícara de chocolate quente?

Fiz que sim. Depois que ela trancou a porta e virou a placa para fechado, eu a acompanhei até sua casa. Nunca havia estado ali; o corredor levava a uma escada que subia para a sobreloja, onde ficava uma linda casa de dois andares. Ela me levou a uma cozinha ampla, com janelas grandes e vista para o parque, que ficava atrás da botica, e puxou uma cadeira de baixo da mesa azul-claro.

Fiquei sentada em silêncio, enquanto Avis cantarolava baixinho, preparando chocolate quente para mim e chá para ela. Havia muita calma nela, como se aquele encontro com a irmã não a incomodasse, nem o fato de eu ter ouvido. Pode ser que isso a incomodasse, mas ela não demonstrava. Eu queria muito ser assim, imperturbável em tempos de caos.

Quando finalmente nos sentamos cara a cara, Avis tomou um gole de seu chá fumegante e suspirou de contentamento. Levei o chocolate quente aos lábios e tomei um gole.

— Hmm — eu disse, sentindo a delícia cremosa descer pela minha garganta ressecada. — Obrigada.

— Você deve ter perguntas sobre o que ouviu.

Engoli em seco.

— Não é da minha conta. Não precisamos falar sobre isso, se você não quiser.

Ela me deu um leve sorriso.

— Você é uma garota muito boa, Fallon. Espero que não conte a ninguém o que descobriu hoje.

Larguei o chocolate quente.

— Nunca; prometo. — Eu a encarei bem séria.

— Eu sei. — Ela acenou com a cabeça.

Eu não sabia mais o que dizer, não queria me intrometer, daí fiquei calada, aceitando não ter mais que falar sobre isso. Ter uma irmã secreta que era a rainha devia ser um fardo enorme.

— Anos antes de minha mãe, Penelope Ashbluff, ficar noiva do príncipe Sargon Madden, ainda adolescente, ela teve um caso de amor com meu pai, filho de um humilde comerciante. Um *oestino* — disse ela.

Tentei manter uma expressão impassível. Eu sabia que o famoso rei Sargon era avô de Ariyon e Ayden e pai de Solana. O que significava que elas com certeza eram meias-irmãs, como eu pensava. Compartilhavam a mesma mãe, mas pais diferentes.

— Por que ela não se casou com o seu pai? — Torci para que não fosse uma pergunta indiscreta demais.

— Não era permitido. Meu pai não tinha sangue real e ela tinha dezesseis anos quando engravidou. Os pais dela a mandaram para o Reino de Rydale, onde ela ficou com primos; lá, ela levou a gestação até o fim e me deu à luz.

— Nossa, deve ter sido assustador. Em outro reino, tão novinha…

As mulheres de minha aldeia davam à luz jovens, mas dezesseis anos era demais.

Ela concordou.

— Quando voltou, os pais dela haviam feito um acordo com a família de meu pai. Eles me criariam e não contariam a ninguém quem era minha mãe, e em troca, seriam generosamente recompensados.

Franzi a testa. Era muito triste que ela houvesse sido vendida daquele jeito.

Com a xícara de chá entre as mãos, ela prosseguiu:

— Então, eu sou a filha secreta de uma rainha; não fui recebida tão bem quanto os filhos bastardos do rei, mas a família de minha mãe comprou esta casa e a loja para meu pai e pagou meus estudos. Mas ela escolheu se casar com Sargon Madden.

Pai de Solana. Que triste.

— Ela amava Sargon? — perguntei, rezando para não estar indo longe demais.

— Acabou amando, sim. — Avis sorriu. — Minha mãe deixava que eu e Solana brincássemos juntas quando éramos crianças. Tínhamos poucos anos de diferença e Solana tinha dificuldade para fazer amigos, sendo filha do rei. Todos tinham medo dela.

Dava para entender isso.

— Então, Sargon era o rei? Pensei que fosse o pai de Ayden e Ariyon.

— Os dois foram. O primeiro foi Sargon, que deu à luz Solana e seu irmão mais velho, Arkin. Quando Sargon foi morto em batalha, Arkin foi coroado rei e se casou com Rune Elrod. Juntos, eles tiveram Ariyon e Ayden.

Minha cabeça girava.

— Vou precisar de uma árvore genealógica — confessei.

Avis riu.

— Vá à biblioteca da escola; lá você vai encontrar uma para cada família real viva. Levamos nossas linhagens muito a sério.

Isso me fez sorrir.

— Pode ser que eu vá mesmo. Então, como *funciona* essa questão da realeza? São tantas linhagens… Quantas existem? — Eu sabia que Ayden e Ariyon eram os próximos na linha de sucessão ao trono porque a tia deles era rainha e não tinha filhos, mas não conhecia bem as regras.

Ela tomou outro gole de chá.

— Havia nove famílias de linhagem real originais na Cidade Dourada, três de cada casa. Os Madden, os Carter, os Windward, os Elrod, os Crawford, os Yearwood, os Ashbluff, os Wix e… os Bane.

Quase cuspi meu chocolate quente.

— *O quê?* Bane, tipo…

Ela fez que sim.

— Você provém de uma das linhagens reais mais poderosas da Casa de Cinzas e Sombras. As famílias Yearwood e Wix também eram da Casa de Cinzas e Sombras, mas já se extinguiram.

Santa Luz! Minha cabeça girava com essa nova informação. Eu era... de uma família real? O que isso significava? Também notei que ela havia dito Crawford, tipo, *Blair Crawford*.

Todo mundo na escola era descendente da realeza?

— Ninguém te contou? — perguntou ela.

Engoli em seco.

— Não. Por que ninguém me contou?

Ela ficou meio envergonhada.

— Porque todo mundo acha ridículo que um Bane governe. Na verdade, os Madden governam há séculos, por isso consideram absurda a ideia de qualquer outra família se manifeste e desafie Solana ou qualquer um de seus herdeiros.

Caramba! Tipo, eu não tinha a menor intenção de me tornar rainha da Cidade Dourada, mas se isso era um direito de nascença concedido a minha família, eles deveriam pelo menos ter me contado. Era algo que havia sido conquistado muito tempo atrás e que deveria ser respeitado.

— Então, os príncipes Madden só podem se casar com mulheres de uma das nove famílias? — perguntei. Não que eu tivesse algum interesse pessoal nisso, era apenas para fins de pesquisa.

Ela fez que sim.

— Seis, na verdade, já que os Yearwood e os Wix não existem mais, e ninguém pensaria em se casar com alguém de sua família. — Ela estremeceu, como se estivesse arrependida de ter dito aquilo. — Desculpe, eu não quis...

— Tudo bem; ninguém quer magia das trevas na família, eu entendo.

Por fim, mudamos o rumo da conversa para temas mais neutros, como meus estudos e o baile que estava por vir.

— Já convidou alguém? As mulheres é que escolhem, se bem me lembro.

Fiz que não com a cabeça.

— Para que, se eu não posso dançar com ninguém? Se um fio de cabelo meu se soltar ou alguém roçar meu pescoço ou qualquer parte exposta, vou ficar me contorcendo de dor no chão.

Ela franziu o cenho, observando aquele coque bem firme em minha cabeça. Uma mechinha havia se soltado. Eu já havia raspado a cabeça uma vez. Quando tinha oito anos, implorei a meu pai e ele raspou meu cabelo, mas não adiantou. Só me fazia sentir como um menino e, mesmo assim, as pessoas esbarravam em mim na escola. Podia parecer fútil, mas eu tinha muito orgulho de meu cabelo. Chegava quase à cintura e era lindo. Cheio, brilhante, preto como as penas de um corvo... e eu nunca podia usá-lo solto, o que era simplesmente trágico.

— Aliás, eu nem tenho roupa para isso — acrescentei. Avis sorriu.

— Vou dizer uma coisa: se arranjar um acompanhante, eu compro o vestido para você. Sandra me deve uma troca na loja dela. Ela pode fazer um sob medida, cobrindo o máximo de pele possível. Quem sabe com uma capa de seda para cobrir o cabelo e luvas combinando, o que acha?

— Eu não posso aceitar — respondi, mas mal podia conter o entusiasmo. Um vestido sob medida... parecia um sonho.

O único problema era imaginar com quem eu dançaria. Na minha cabeça, o hipotético candidato ficava mudando de Ayden para Ariyon, um sorridente e o outro carrancudo.

— Preciso ir para casa. O que aconteceu hoje aqui é particular e não vou contar a ninguém — prometi a ela.

Ela sorriu e deu um tapinha em minha mão.

— Eu sei, querida.

Me levantei para ir embora; Avis pigarreou alto, me fazendo olhar para ela.

— Você sabe que eu gosto de minha irmã, não é, Fallon? Ela sofreu muitas perdas na vida e vive sob extrema pressão devido a seus deveres de rainha. — Fiz que sim, tentando imaginar por que ela havia dito isso assim, do nada. Até que ela me encarou. — Mas acho justo avisar que você precisa tomar cuidado com ela. A energia dela enquanto falava de você foi... tenebrosa. *Assassina.* Ela sentiria pouco remorso se te matasse. Imagino que te veja como uma cópia de sua... de Marissa.

Senti uma vertigem e engoli em seco, tentando digerir a informação. Tive que correr para casa para chegar antes do anoitecer, enquanto pensava no fato de que a rainha da Cidade Dourada me odiava e que os Bane tinham sangue real.

14

A SEMANA SEGUINTE PASSOU VOANDO. EU JÁ PARTICIPAVA ATIVAmente das aulas; aprendi a fazer um lápis levitar meio metro acima da mesa. Não era tão avançada nisso quanto os outros alunos, mas minha magia de fogo sem dúvida era mais forte. Isso já era alguma coisa. Eu não me identificava com a raiva e a fúria como fonte de poder, daí precisava encontrar outra maneira de acessar minha magia.

A mestra Knigth era dura comigo, mas, à sua maneira, estava me ajudando. Ela gritava comigo, claro, me olhava feio e disparava uma rajada de fogo em Yanric sempre que o via, mas me pressionava para eu controlar minha magia o máximo que pudesse.

Aquele dia era meu aniversário. Como meu pai não sabia exatamente quando eu nasci, contávamos a partir do dia em que ele tinha me encontrado numa cesta na frente dos portões de Isariah.

Eden havia me emprestado um vestido de verão curto, à altura dos joelhos, todo preto com lindos botões de rosas vermelhas. Era um risco enorme, porque alguém poderia tocar minhas pernas sem querer, mas eu queria estar linda em meu aniversário — mesmo sem que ninguém soubesse que era um dia especial para mim. Em vez de meu coque característico, fiz uma trança e a deixei cair sobre um ombro, chegando até minhas costelas. Outro risco, mas o pessoal da escola já sabia de minha maldição, de modo que me senti à vontade para arriscar.

Usei um pouco da maquiagem que Eden me havia dado: só um pouquinho de delineador preto e um batom vermelho. Meu pai provavelmente não ia gostar, mas eu podia me safar de qualquer coisa por causa de minha maldição. Ele vivia se sentindo mal por mim, de modo que dizia sim para quase tudo o que eu quisesse. Eu procurava não abusar disso, mas naquele dia abusaria, se precisasse.

Entrei na cozinha, onde meu pai estava dando um pedaço de torrada para Yanric. Ele me olhou com os olhos arregalados.

— Batom? — Ele pareceu surpreso. Estremeci.

— Só hoje. Porque é meu…

— Feliz aniversário! — gritou ele, e Yanric saiu voando do balcão, arrastando consigo um cartaz recortado à mão com as palavras *Feliz Aniversário, Fallon*. Estava amarrado na perna dele; eu ri vendo Yanric voar em círculos pela sala e a cozinha, arrastando o cartaz atrás dele.

— Nossa, obrigada! — Estendi as duas mãos enluvadas de preto e apertei a mão de meu pai. Abraço apertado.

Seus olhos ficaram marejados.

— Dezoito. Nossa. Eu… eu não acredito, Fallon.

— Nem eu, para ser sincera.

Eu achava que a maldição já teria me matado àquela altura. Sempre me perguntava se ela tinha uma data de autodestruição ou se eu só poderia aguentar certa quantidade de dor antes que meu coração parasse de uma vez.

— Eu era praticamente um moleque quando te encontrei — refletiu ele. — Um viúvo solitário em busca de alguém para amar e cuidar.

Eu adorava quando ele falava sobre o dia que tinha me acolhido, ainda mais quando fazia parecer que era eu que havia abençoado sua vida, e não o contrário.

— Você sabe que a senhora Mable também é solteira, né? — comentei.

— Muito bem, tome seu café da manhã — ordenou, olhando feio para mim.

Eu e Eden estávamos decididas a juntar meu pai e a mãe dela, mas até o momento, os dois estavam resistindo.

— Então, o batom… é só para ocasiões especiais, tá? — Dei uma olhada nele do outro lado da mesa.

Ele estremeceu, como se todos os seus instintos paternos gritassem para me mandar tirar o batom.

— Tá bom. — Ele me deu um sorriso falso que me fez rir muito.

Depois de tomar o café da manhã — ovos de codorna com batata-doce roxa —, fui caminhando para a escola com Eden e Yanric.

— Vamos pensar numa situação totalmente hipotética — disse Eden depois que mostramos nossa identificação ao guarda no Portão Leste. — Mas se Ariyon e Ayden te convidassem para o baile, com quem você iria?

Eden estava obcecada pelo fato de Ayden ter confessado que gostava de mim, mas só Ariyon podia me tocar. Ou talvez os dois pudessem, não sabíamos. Ariyon raramente almoçava com a gente; ficava pulando de uma mesa para outra, flertando com Blair e as outras garotas. Ayden ainda não havia voltado para a escola, mas o visitamos em sua casa. Sua tia não o liberaria até que ele estivesse em plena forma para lutar. Como ele estudava para ser guerreiro e tinha toda a intenção de se tornar comandante do Exército Real quando fosse mais velho, precisava se recuperar completamente antes de retornar a seu treinamento rigoroso.

— Bem hipotética mesmo — eu disse, rindo —, porque os meninos não chamam as meninas para o baile.

Ela concordou.

— Bem hipotética, mas com quem você iria?

Engoli em seco, pensando na gentileza de Ayden ao se oferecer para me dar aulas particulares, sempre cuidando de mim, no cordão de isolamento que havia feito para mim em sua festa, no fato de ter confessado seus sentimentos. Ele era apaixonante, ainda assim... bastava um toque de Ariyon e todos os pensamentos sobre Ayden e qualquer outro por quem eu já houvesse tido uma quedinha sumiam de minha cabeça. Ser tocada, abraçada, beijada...

— Sinceramente, não sei. Ainda bem que não é o caso.

Ela concordou e desistiu. Blair tinha convidado Ariyon para o baile dois dias antes e ele havia aceitado, de modo que aquela conversa não tinha futuro.

— É hoje que você vai convidar Hayes? — perguntei.

— Você pode convidá-lo por mim? — disse Eden, com cara de quem ia vomitar.

Dei risada.

— Acho que sim, mas isso não é meio coisa de criança?

Eden franziu a testa.

— É, mas e se ele disser não?

Dei de ombros.

— Se ele disser não, nós duas vamos para minha casa depois da escola, choramos e depois vamos ao baile juntas.

Paramos na frente do portão da escola.

— Você disse que não ia em hipótese alguma.

Dei um sorrisinho para ela.

— Tipo, estou aberta a essa possibilidade se você não tiver com quem ir.

Eu havia visto Avis de novo na noite anterior e ela tinha tirado minhas medidas e perguntado qual era minha cor favorita, "por via das dúvidas". Eu tinha um leve pressentimento de que ela me surpreenderia com um vestido bem antes do baile. E se eu tomasse cuidado, poderia ser divertido. Mesmo que ficasse só no cantinho, observando todo mundo.

— Ah, então, que se dane o Hayes, quero ir com você.

Dei risada.

— Não! Convide Hayes e eu vou mesmo assim. Vou ficar de vela. — Dei um joinha para ela.

Ela olhou por cima de meu ombro e sorriu.

— Ou não.

Franzi a testa, confusa, e me voltei para ver o que ela estava olhando.

Perdi o ar quando vi Ayden vindo na minha direção, com uma bengala preta em uma das mãos para se apoiar e um buquê de rosas vermelhas na outra.

Engoli em seco; meu coração praticamente deu cambalhotas no peito quando ele se aproximou de mim e me entregou as flores.

— Feliz aniversário, Fallon. — Ele deu aquele sorriso doce e eu me derreti.

Lancei um olhar furioso para Eden, porque não era para ela ter contado a ninguém que era meu aniversário. Mas ela apenas sorriu.

Peguei as flores, sentindo o rubor que subia para meu rosto.

— Obrigada, Ayden. Você vai para a escola hoje?

Ele estava incrivelmente bonito de calça preta e túnica azul-claro.

Ele sacudiu a cabeça.

— Ainda não fui liberado, mas estarei melhor na semana que vem. Só queria te dar isso e te ver em seu dia especial. Aliás, você está… linda.

Ele engoliu em seco, seu olhar foi para minhas pernas nuas.

Tá, eu já não aguentava, ele era fofo até demais. Tudo bem que ele havia dito que jamais queria me machucar, e mesmo gostando de mim, provavelmente nada aconteceria, mas eu queria me expor de qualquer jeito e ver no que dava.

— Quer ir ao baile comigo? — soltei. — Não será lá muito divertido porque vamos ter que tomar muito cuidado para a gente não se tocar, e vou entender se você quiser ir com outra garota, mas...

— Quero. — Ele sorriu, interrompendo meu discurso.

Eden deu um gritinho atrás de mim e eu não consegui conter o sorriso que surgiu em meus lábios. Era essa a sensação de ser normal? Para mim, parecia só uma fatiazinha do normal. Uma fatiazinha de torta, mas teria que ser suficiente com Ayden.

Ele deu um passo à frente, como se fosse me abraçar, mas pensou bem e apertou minha mão.

Abraço apertado.

— Até semana que vem — eu disse, com um sorriso bobo no rosto.

— Ou você pode passar lá em casa amanhã depois do trabalho. Com a Eden. Eu e o Ariyon vamos assar uns biscoitos. É uma tradição estranha que temos. Hayes também estará lá.

Olhei para Eden e ela concordou.

— Até amanhã, então — eu disse.

Então, com o buquê de rosas vermelhas na mão, eu e Eden entramos na escola.

— Ai. Minha. *Luz*! Foi de derreter o coração — disse Eden, dando saltinhos.

Dei uma risadinha; não conseguia me recuperar da euforia de ter convidado um cara bem gato para o baile. Foi *mesmo* de derreter o coração. Eu o vi ali com as flores e simplesmente pulei de cabeça. Depois de nossa conversa constrangedora na festa dele, quando ele tinha confessado seus sentimentos, mas ao mesmo tempo dito que não queria fazer nada a respeito, eu não sabia em que pé estávamos. Mas não importava, íamos ao baile juntos!

As três primeiras aulas do dia correram bem. Tive que trocar de roupa para o treinamento com armas, uma vez que não podia treinar de vestido, mas na hora do almoço eu já estava com a aparência e a sensação de uma aniversariante linda de novo. Não tive nenhuma aula com Ariyon porque ele tinha uma especialidade diferente da minha e fazia o curso de mestre curandeiro, mas admito que esperava vê-lo na hora do almoço. Depois de pegar meu almoço, comi no lugar de sempre, sentada na grama, procurando-o.

Fiquei de olho na mesa de Blair. Ela estava lá, mas Ariyon não.

Hum, vai ver ele teve que ficar até mais tarde na aula ou sei lá.

— Vou correr para a biblioteca antes da aula de história, quero ver se encontro um livro sobre linhagens da família real — eu disse a Eden. Ainda não havia lhe contado sobre a linhagem real dos Bane; queria descobrir mais sobre isso eu mesma.

Ela acenou com a cabeça e ficou ali, dando a Yanric as sobras de seu almoço diário e falando com entusiasmo que ele era um bom menino.

— *Quer que eu vá com você?* — perguntou Yanric enquanto mordiscava.

— *Não. Fique em alguma árvore por aí. Chamo, se precisar.*

Fiquei em pé, peguei as flores e a mochila e fui andando depressa até a biblioteca. Ao passar por um portão coberto de hera, ouvi um assobio. Parando, olhei ao redor.

— Psiu — fez a pessoa. Olhei mais de perto e vi que o portão estava entreaberto; pela fresta, avistei Ariyon. Ele estava sentado no chão, parece que com uma garrafa de bebida alcoólica na mão. Com um frio na barriga, entrei pelo portão aberto e fui até ele.

Ele levou a mão ao coração quando me aproximei.

— Pelo amor da Luz, você é a garota mais linda que eu já vi.

Suas palavras saíram meio arrastadas, e a apreensão se insinuou dentro de mim.

— Você está bêbado, Ariyon?

Ele olhou para a garrafa que tinha na mão e deu de ombros.

— Só um pouco. Mas passa rápido, ainda mais se eu me curar.

Eu não sabia o que estava rolando, então deixei a mochila e as flores no chão e me sentei ao lado dele de pernas cruzadas. Ele parecia precisar de um ombro amigo.

— Não é loucura que, se eu quiser curar minha própria embriaguez, acabe perdendo alguns dias de vida? — Ele caiu na gargalhada. A ruga em minha testa ficou ainda mais profunda.

Isso não era nada bom. Ele estava em algum lugar sombrio.

— Curar seu pai deve ter me custado anos — refletiu ele. E eu fui logo sentindo vontade de chorar. Ele falava da própria mortalidade como se não fosse nada, mas estava na cara que o assombrava. E com razão.

— Desculpa, eu não sabia. Se soubesse, nunca teria pedido — choraminguei.

Ele se voltou para mim e pousou um dedo em meus lábios. Perdi o ar. Ah, ele me tocava com tanta casualidade… Acaso ele tinha ideia de que cada vez que fazia isso era o momento mais emocionante de minha vida?

— Eu o teria curado mesmo assim — sussurrou ele. Engoli em seco quando ele tirou o dedo de meus lábios e voltou com as mãos para o colo. Ariyon olhou para as rosas caídas no concreto. — Meu irmão que te deu?

Fiz que sim. Ele deu uma risadinha e tomou um grande gole do conteúdo daquela garrafa âmbar.

— Sabia que ele não me deixa curá-lo? Por isso está demorando tanto para voltar, porque ele sabe quanto custa.

— É bem a cara do Ayden — eu disse, e Ariyon concordou com a cabeça.

— Tem horas que não consigo acreditar que somos irmãos. É como se ele tivesse absorvido toda a minha gentileza enquanto estávamos no útero.

Dei uma risadinha.

— Você é gentil. — Ariyon me lançou um olhar penetrante. — À sua maneira — acrescentei, e nós dois rimos.

Ai, Luz, essa risada profunda fez meu estômago dar uma cambalhota. Além do cabelo e de toda a sua personalidade, a risada de Ariyon era a única coisa diferente entre ele e o irmão gêmeo. A risada de Ayden era mais leve, mais superficial, de certa forma. Ele vivia rindo. A de Ariyon era como atravessar teias de aranha, áspera, profunda e quase imperceptível. Isso lhe dava uma qualidade sem igual. O sorriso de Ariyon, sua risada, seu olhar de aço… era como se houvesse magia neles e, quando os usava, tinham poder sobre mim.

— Posso te perguntar uma coisa, Ariyon? — Dei uma olhada nele e ele também me encarou, com seus longos cabelos loiros caindo até o queixo. Senti vontade de passar a mão neles, mas me contive. Ele fez que sim. — Por que você simplesmente não para de curar? Viva uma vida longa e esqueça esse grande dom que você tem. Pode ser incrível, mas não às custas de sua vida.

Ele me olhou com uma expressão de repugnância, como se eu o tivesse mandado beber veneno.

— Mas às custas dos outros? Posso salvar centenas de pessoas durante minha vida, curar milhares, aliviar a dor de inúmeras. Por que minha vida vale mais que a dos outros? Não vale.

Percebi que Ayden demonstrava abertamente seus atos nobres, mas os de Ariyon ficavam escondidos, ainda que de uma forma muito mais grandiosa.

— É admirável, mas… — Eu não sabia mais o que dizer. Pensar que ele morreria cedo era horrível, ainda mais porque meu pai tinha um papel nisso, e eu também… cada cura que ele me proporcionou teve um custo. Pensar nisso me fazia mal.

Ariyon suspirou.

— Você não entende. Quando alguém está com dor, Fallon, eu consigo *sentir.* — Ele se aproximou e bateu o punho no peito. — Quando minha tia segurou seu braço, eu *senti* sua agonia e quis matá-la naquele momento — rosnou.

Ofeguei e ele se aproximou ainda mais.

— E quando você disse que só o que queria era ser normal, ser amada, beijada… eu senti isso também, lá no meu coração, como um convite.

Ele se inclinou para frente e roçou os lábios em meu rosto, me causando uma vertigem inebriante.

Perdi o ar. O que eu estava fazendo? Eu havia acabado de convidar Ayden para o baile e Ariyon estava bêbado, beijando meu rosto no pátio, sussurrando coisas doces em meu ouvido. Ele ia ao baile com Blair. Aquilo tudo estava errado.

— Acabei de convidar Ayden para o Baile das Belas de Inverno! — soltei, e Ariyon recuou como se eu lhe houvesse dado um tapa.

Ele se recostou, tomou um longo gole direto da garrafa e concordou devagar.

— Acho que é melhor assim.

Melhor assim? O que estava acontecendo? O silêncio caiu sobre nós por uma eternidade, até que Ariyon se levantou.

— Quer ver meu estúdio de arte? — perguntou, apontando para o prédio no meio do pátio.

Ele era artista? Eu não tinha a menor ideia. Ariyon tocava guitarra, cantava e fazia arte? Percebi que não o conhecia muito bem. Eu ainda tinha alguns minutos antes de começar a aula, por isso, concordei, peguei as flores e a mochila e me levantei.

Eu teria que ir à biblioteca outra hora. Seguindo Ariyon pelo edifício, observei que ele jogou a garrafa numa lata de lixo e suas palmas se iluminaram, ativando os remoinhos de magia, pelo visto curando sua própria embriaguez.

Ele se dirigiu a uma porta escondida entre a hera que subia pelo prédio de tijolos pretos e a abriu.

— Primeiro as damas — disse, já todo lúcido e sem a fala arrastada.

— Quantos dias de vida você acha que isso te custou?

— Deve ter sido uma semana — murmurou.

Quando entrei, fiquei em choque. O estúdio era um amplo espaço aberto com um pé-direito de uns três andares, e cada pedaço de parede estava coberto com uma pintura. Flores, animais, amigos, a escola, a rainha, eu...

Fui até uma pintura de mim, de olhos arregalados ao lado do corpo sem vida de meu pai, em nossa cabana em Isariah.

— Você pintou a cura? — perguntei, espantada.

Não sei o que eu imaginava encontrar quando Ariyon tinha me chamado para ver seu estúdio de arte, mas com certeza não era aquilo. Ele fez que sim.

— Também pintei aquele filho da mãe — disse ele, apontando para outro quadro.

Sorri ao ver a imagem de Yanric. Naquela pintura, seu rabo estava em chamas.

— Ele fez cocô na minha guitarra — confessou Ariyon, e eu não pude conter o riso.

Havia uma pintura de Eden: o ruivo vibrante de seus cabelos estava realçado, e ela olhava com os olhos brilhantes para Hayes, do outro lado do pátio. Outra pintura de Blair com uma coroa na cabeça e o nariz empinado. Outra minha, olhando meio triste para minha mão nua enquanto uma lágrima rolava pela minha face. Eram assustadoramente lindas.

— São incríveis, Ariyon. Você vê o mundo... de um jeito que eu não vejo — confessei. Era incrível; eu não tinha a menor ideia de que ele escondia aquele talento.

— Obrigado — disse ele, acanhado.

Fui até a parede do fundo. Estava coberta de cima a baixo com risquinhos brancos sobre os tijolos pretos carbonizados. Centenas de marcas haviam sido riscadas.

— O que é isso? — perguntei.

Ariyon pegou um pincel fino e o mergulhou na tinta branca. Aproximando-se, riscou cinco palitinhos.

— Quantos dias ou semanas eu consumi com as curas. É uma estimativa, claro. Curar a embriaguez deve ter me custado uns cinco dias.

Meu coração ficou apertado quando me dei conta de que ele estava contando seu tempo de vida. A dor me consumia só de pensar no que ele havia perdido pelos outros. Pelo meu pai, por mim.

— Você não deveria... contar assim, ou ficar olhando para isso com tanta... frieza. É deprimente.

Uma lágrima solitária rolou pela minha face.

— Por que não? Não tenho medo da morte. Quando minha magia de curandeiro especialista se apresentou, aos cinco anos de idade, eu já sabia o que me esperava.

Voltei o olhar para ele; Ariyon enxugou a lágrima de meu rosto com a mão nua, e eu sacudi a cabeça.

— Você me toca de um jeito tão casual, já se deu conta disso? — Dei risada. — Meu pai tem medo de chegar a menos de um passo de mim e você simplesmente...

Seus olhos cinza se tornaram azuis naquele momento.

— Ah, não tem nada de casual, Fallon, pode ter certeza.

Lambi os lábios e engoli em seco, e bem nessa hora o sinal tocou. Eu precisava sair dali.

— Está na minha hora. Seu estúdio é incrível.

Ele se abaixou para pegar um pequeno objeto retangular embrulhado em papel pardo.

— Estas vão durar para sempre. Feliz aniversário, Fallon.

Vão durar para sempre? Ele estava me dando um presente?

Peguei o presente e o coloquei na mochila, fazendo malabarismos com as rosas, e saí correndo do estúdio dele.

Dizer que minha cabeça estava confusa era pouco. Eu gostava muito mais de Ariyon quando ele parecia me odiar. Porque aquele novo Ariyon era muito mais complicado.

***

Naquela noite, depois do jantar, quando eu estava sozinha no quarto e Yanric estava caçando, peguei o presente que Ariyon me havia dado. Desembrulhei-o e sorri ao ver as rosas vermelhas, quase idênticas às que seu irmão me havia dado e que, naquele momento, estavam num vaso com água em minha mesa de cabeceira.

Estas vão durar para sempre. Agora fazia sentido.

Rosas pintadas nunca morreriam.

Mal dormi naquela noite.

15

No dia seguinte, depois do trabalho, eu e Eden fomos à casa de Ayden e Ariyon para aquela tal de tarde dos biscoitos. Ao chegar ao jardim da frente, lembrei o que havia acontecido no pátio apenas uma semana antes, na noite em que as criaturas da noite atacaram. Respirei fundo e puxei as luvas até os cotovelos. Eden bateu na porta e esperamos até Ayden abrir.

— Foi mal, o mordomo já foi embora — disse ele, ofegante e mancando, apoiado em sua muleta.

— E você mesmo teve que abrir a própria porta? Que tragédia — ironizou Eden.

Sorri. Até Ayden sorriu diante da provocação de Eden.

— E é capaz de eu ter que lavar a louça depois de fazermos os biscoitos, já que a empregada está de licença maternidade. Isso *sim* será trágico — acrescentou Ayden.

Sacudi a cabeça. Pelo menos eles sabiam como eram privilegiados.

Entramos, e eu me deliciei com aquele espaço luxuoso. Não era a primeira vez, já tínhamos visitado Ayden naquela sala, mas os luxuosos sofás creme e os azulejos ricos em detalhes dourados ainda me impressionavam.

— Você e Ariyon moram aqui sozinhos? — perguntei enquanto o seguíamos para a cozinha, de onde vinha o som de uma voz.

— Moramos. Nossa babá do palácio, Ilana, que criou a gente, se aposentou quando completamos dezoito anos, ano passado.

Nossa, aquela casa enorme só para eles! Eu não conseguia nem imaginar aquilo. Também não conseguia imaginar ser criada por uma "babá do palácio" e, de alguma forma, isso parecia ser culpa minha, já que foi Marissa quem os havia deixado órfãos.

— Teve um bom aniversário? — perguntou Ayden, diminuindo o passo para poder ficar a meu lado. Eden apertou ainda mais o passo na direção da cozinha. Fiz que sim.

— Meu pai fez sua famosa sopa de pão de fermentação natural.

Ayden sorriu e meu estômago deu uma cambalhota.

— Deve ser ótima.

— E esse lance dos biscoitos? Vamos comemorar alguma coisa?

Ayden parou, meio constrangido.

— Bem, já vou avisando: pode ser que seja meio estranho para você... — Fiquei paralisada, já me preparando para algo terrível. — Ontem foi seu aniversário. Do dia em que seu pai te encontrou nos portões de Isariah, né?

Eu lhe havia contado a história. Fiz que sim.

— Então, no dia seguinte a seu nascimento, Marissa Bane... matou nossos pais. Nesta data, a gente faz a receita de biscoitos da minha mãe, em homenagem a eles.

Meu corpo inteiro foi tomado de pavor por um momento.

Eles haviam me convidado para a celebração em memória aos pais deles?

— Eu... não deveria estar aqui.

Era por isso que Ariyon estava bebendo no dia anterior? Porque era o dia em que ele havia ficado órfão.

Ayden segurou meus ombros cobertos.

— Por que não consegue ver em si mesma o que eu vejo em você?

Fiquei sem ar e encontrei seu olhar de aço.

— Você *não* é a sua mãe e não é responsável pelo que ela fez. Eu e Ariyon não temos nada contra você. Então simplesmente... largue disso.

Largar disso. Falar era mais fácil que fazer, ainda mais sabendo que ela ainda estava viva. Eu não queria nem pensar nisso, daí guardei esses pensamentos no fundo de meu ser — um problema para a Fallon do futuro resolver.

Então, naquela proximidade, ele baixou o olhar para meus lábios. Suspirei.

Ah, que vontade de beijá-lo! Só para ver se me causaria dor ou se eu sentiria prazer como quando Ariyon me tocava. Assim, ficaria claro com quem eu deveria estar. Ayden me queria, era gentil, e se pudéssemos nos tocar, eu tinha certeza de que o escolheria.

Mas mesmo pensando assim, eu não sabia se era verdade. Havia algo mais profundo em Ariyon que eu não conseguia explicar, algo que fazia todas as palavras doces de Ayden parecerem insignificantes em comparação. Eu me odiei naquele momento, pensando assim sobre os dois irmãos. De qualquer forma, era inútil, porque Ariyon claramente havia escolhido Blair. Aquele flerte comigo, ou fosse lá o que havia acontecido no dia anterior em seu estúdio de arte, era porque ele estava bêbado e deprimido.

Encarei os lábios de Ayden; ele os lambeu e apertou meus ombros com força.

— Você não faz ideia de quanto quero te beijar — admitiu, e meus joelhos fraquejaram.

Molhei os lábios também.

— Vai ver você pode. Vai ver o que Ariyon tem também esteja em você.

Ele fez que sim.

— Pode ser que sim. — Então, soltou meus ombros com um olhar de decepção. — Ou pode ser que não.

— Mano, está queimando! — Era a voz de Ariyon, em pânico na cozinha. Eden caiu na gargalhada. O cheiro de queimado e a fumaça preencheram o ambiente. Ayden foi mancando depressa até a cozinha.

A cozinha deles não era nada parecida com a minha. Tinha longas bancadas de pedra branca e armários também brancos, além de um fogão e forno a gás. Ariyon estava debruçado na frente do forno, abanando-o com uma assadeira de metal, enquanto Eden, com luvas, tentava retirar os círculos enegrecidos da forma. Ayden foi até a janela para abri-la. Eu tossia, tentando evitar que a fumaça entrasse em meus pulmões.

Ariyon olhou para mim, exasperado, mostrando os biscoitos queimados.

— É o primeiro ano que fazemos isto sem a Ilana. Você sabe cozinhar?

— Isso não é bem cozinhar, mas sei, sim.

Afinal, eu era filha de meu pai, e ele era ótimo na cozinha.

— Você tem a receita? — perguntei, enquanto a fumaça se dissipava.

Ariyon jogou os biscoitos no lixo e me entregou um pedaço delicado de papel, dentro de uma capa protetora transparente. O papel estava rasgado no canto e coberto de impressões digitais e manchas, e em uma linda letra cursiva, estava anotada a receita.

Famosos biscoitos da Rune
3 xícaras de aveia
1 xícara de farinha peneirada
1 xícara de manteiga em temperatura ambiente
2 ovos
1 xícara de leite
1 xícara de açúcar mascavo
Meia xícara de açúcar branco
1 pitada de sal
3/4 xícara de nozes
2 xícaras de raspas de chocolate
1 colher (chá) de fermento em pó
1/2 colher (chá) de pasta de baunilha
**Uma pitada de amor incondicional*
Asse em fogo médio por 11 minutos.

Senti um nó na garganta ao ler o último ingrediente, mas me contive.

— A tigela? — perguntei, e Ariyon me entregou uma de vidro.

O balcão estava cheio de ingredientes. Tirei as luvas e as deixei num canto, sabendo que ninguém ali me tocaria por acidente.

Então, me concentrei no trabalho, medindo e juntando os ingredientes.

— O forno está muito alto, ponha no médio — disse a Ariyon.

Nesse momento, alguém bateu na porta.

— É o Hayes — disse Ayden. — Vamos, Eden.

Ayden e Eden saíram da cozinha e ficamos só eu e Ariyon.

— Ovos — pedi.

Ele apareceu com os ovos. Em vez de deixá-los no balcão como Ayden tinha feito, para que eu os pegasse, ele estendeu a mão e ficou esperando que eu colocasse a minha, nua, embaixo da dele. O simples ato de os ovos caírem na palma de minha mão e seus dedos roçarem os meus era diferente de tudo o que eu havia experimentado na vida.

— Leite — instruí, e ele estava lá, parado a meu lado, roçando meu cotovelo com seu braço.

Nenhum dos medos que eu havia vivido minha vida inteira estava presente com Ariyon. Uma mecha de cabelo podia se soltar e tocá-lo, ele podia esbarrar em meu cotovelo. Com ele, eu me sentia livre, entendia como devia se sentir uma pessoa normal.

— Estou pronto para os famosos biscoitos da mamãe Rune! — gritou Hayes ao entrar na cozinha. Ariyon se afastou de mim e abraçou seu melhor amigo.

Continuei meu trabalho, juntando e mexendo os ingredientes. Inclusive, eu havia dito mentalmente aos biscoitos que os amava, para acrescentar aquele toque de carinho. Eu me senti meio boba, mas não queria que a receita ficasse incompleta.

— *É melhor guardar um desses para mim* — disse Yanric. Levantei a cabeça e o vi no parapeito da janela.

— *Fora daqui. Mais tarde a gente se fala* — disse a ele, baixando a cabeça de novo e começando a colocar a massa dos biscoitos na assadeira, com cinco centímetros de distância entre cada um, como meu pai me havia ensinado.

— *Depois do que aconteceu na última festa, de jeito nenhum. Vou ficar aqui a noite toda* — protestou Yanric.

— *Tudo bem, mas fique aí fora, por favor.*

— *Tem vergonha de seu pequeno familiar das trevas quando está com os príncipes da luz?* — provocou ele.

Peguei uma faca de cozinha que estava ali perto e lancei um olhar mortal para Yanric, apontando-a para ele.

Ele saiu voando, não era bobo. Sorri. Tínhamos uma relação de amor e ódio que funcionava para nós.

— Prontos para irem ao forno! — anunciei, largando a faca e pegando a assadeira.

Ariyon abriu o forno e eu lhe entreguei a assadeira. Nossos dedos se tocaram quando coloquei a forma em suas mãos, e eu senti o calor do olhar de Ayden sobre mim.

Ariyon estava fazendo de propósito.

Corando, fui lavar as mãos e coloquei as luvas de novo.

Houve outra batida na porta.

— É a comida — disse Ayden, e foi mancando de novo para buscá-la.

— Eu vou — eu disse —, você precisa descansar.

— Eu pego — disse Ariyon, me contornando e passando por mim.

Havia certa tensão no ar; ou pode ser que eu estivesse imaginando. Ariyon e Ayden pareciam estar trocando olhares bastante nervosos.

Momentos depois, estávamos todos sentados à mesa de jantar, com uma tigela gigante de macarrão com almôndegas e uma salada de alface--selvagem no centro.

— Vocês não cozinham? — perguntei a Ayden enquanto me servia de macarrão.

Ariyon riu.

— Ilana tentou nos ensinar quando tínhamos dezesseis anos, para nos preparar para sua partida. Ele quase nos matou envenenados com frango cru.

Ayden sorriu para o irmão.

— É verdade, sou péssimo cozinheiro. E gosto de apoiar os restaurantes locais.

Todos rimos. Foi uma resposta muito diplomática. A comida estava deliciosa. E 11 minutos depois, eu me levantei para tirar os biscoitos do forno. Deixei a assadeira no balcão e desliguei o forno, e então, senti alguém atrás de mim.

— O cheiro é igual aos dela. — A voz de Ariyon estava profunda e carregada de emoção. Eu me voltei e percebi que ele me olhava com um olhar que eu não conseguia interpretar. Os biscoitos, a receita da mãe dele… Eu me sentia péssima, tendo ou não esse direito. Me aproximei dele e engoli em seco.

— Acho que preciso dizer que… sinto muito pelo que minha mãe biológica fez com seus pais.

Ele me lançou um olhar interrogativo. Com um garfo, tirou um biscoito da assadeira, quase o quebrando.

— Você não tem que assumir a responsabilidade pelas ações dela, Fallon. Como vive dizendo, você não é uma Bane de verdade.

Seu comentário foi inocente, mas me preocupei mesmo assim. Sim, eu *era* uma Bane, por mais que tentasse fazer com que as pessoas me chamassem pelo sobrenome de meu pai ou me tratassem de maneira diferente.

Eu tinha um familiar e carregava a magia da Casa de Cinzas e Sombras.

Mas antes que eu pudesse dizer mais alguma coisa, ele enfiou metade do biscoito na boca e gemeu, revirando os olhos.

— Ayden, vem cá! — chamou, de boca cheia.

Ayden entrou correndo, achando que havia algo errado. Então, Ariyon enfiou a outra metade do biscoito na boca do irmão. Ele mastigou uns dois segundos e gemeu.

— Que delícia. É igualzinho ao da mamãe!

Sorri. Empolgado, Ayden me pegou no colo, dizendo:

— Você é incrível...

Gritei quando senti a dor percorrer meu corpo. Ele me largou na hora e eu caí no chão, com as pernas dobradas.

— Fallon! — gritou Ayden, enquanto meu corpo tremia. — Desculpa, eu me empolguei e esqueci.

A lateral de seu braço roçou o meu. O suor começou a brotar sobre minha pele.

— Estou bem. — Consegui até dar um sorrisinho, mas logo senti náusea por causa da maldição ativada.

Olhei nos olhos de Ayden e vi minha própria tristeza refletida ali. Ele não podia me tocar como Ariyon, e o futuro que poderíamos ter juntos morreu ali, naquele momento. Falando no gêmeo mais rabugento, ele estava a meus pés, já aquecendo suas mãos curadoras.

— Não — rosnei para ele, tremendo de agonia.

Ele franziu a testa.

— Como assim? Você está com dor, eu *sinto*.

Segurei suas mãos e as afastei de mim.

— Ariyon Madden, eu não serei a razão de você perder dias de vida. — Depois de ter visto aquela parede onde ele contava os dias de vida que havia doado, eu nunca mais aceitaria cura dele. Ele olhava para mim com raiva enquanto meu corpo sofria outro espasmo.

— O que eu posso fazer? — disse Ayden, choramingando ali perto de mim, com a culpa estampada no rosto.

Eu queria morrer de vergonha naquele momento; havia estragado uma noite perfeita. Dei uma risadinha nervosa.

— Isso acontece o tempo todo, pessoal. — Tentei minimizar a importância. — Vou ficar bem quando chegar em casa e tomar um banho de água fria. Acho que está na minha hora.

O suor escorria pela minha testa e senti que ia desmaiar; mas não queria que Ayden soubesse o quanto havia me machucado. Eden e Hayes estavam espiando atrás dele, e eu notei a preocupação no rosto de minha melhor amiga. *Do nada*, Yanric apareceu como uma sombra negra e se materializou diante de mim.

— *Quem eu tenho que matar?* — rosnou, olhando para todo mundo.

Meu corpo estremeceu de novo.

— *Ninguém, foi um acidente.*

— Vou pegar a Ember e dar uma carona para Fallon — disse Ariyon ao irmão.

Ember era sua égua. Fiquei grata pela carona, porque não sabia se conseguiria andar naquele momento. Ayden apenas concordou, abraçando o próprio peito enquanto me via levantar com as pernas trêmulas.

— Desculpa ter estragado a noite dos biscoitos de vocês — disse eu.

Ayden estava arrasado vendo meu estado.

— Nada disso. Ficaram iguais aos de minha mãe. A noite dos biscoitos *só* aconteceu por sua causa. — Ele deu um sorriso forçado.

Retribuí o sorriso, tentando disfarçar a dor com todas as habilidades de atuação que possuía.

— Eu também vou — disse Eden, mas eu recusei, dando outro sorriso falso.

— De jeito nenhum. Divirta-se e me liga depois, vou ficar acordada até tarde — menti.

Tentei não andar encolhida até a porta, e acenei por cima do ombro. Yanric me sobrevoava.

— *Foi muito ruim? Consegue andar?* — Yanric sabia. Ele sentia.

— *Consigo chegar até a porta* — disse a ele, e não era mentira. Mas mais além, já não tinha certeza.

Abri a porta, saí e a fechei assim que Ariyon chegou montado em Ember. Um choque de dor me sacudiu e caí de joelhos. Minhas costas queimavam como se eu estivesse pegando fogo.

— Chega, isso é ridículo! — rosnou Ariyon, e saltou do cavalo, com as mãos já brilhando de magia de cura.

Quando chegou bem pertinho de mim, eu me levantei e apontei o dedo para ele.

— Você *não* tem meu consentimento para me curar, Ariyon Madden. Eu vou sobreviver. É só dor.

Ele levou a mão ao peito como se precisasse massagear o coração e me fitou com um olhar de absoluta agonia.

— Por quê? — sussurrou, se aproximando devagar de mim. — Por que não posso tirar sua dor? Foi para isso que eu nasci. A Luz me fez assim.

Acenei com a cabeça.

— E a Luz me fez assim também; como você disse, a maldição é parte de mim.

Ele franziu a testa e sacudiu a cabeça.

— A Luz te fez perfeita, você foi amaldiçoada depois. É diferente.

A Luz te fez perfeita.

Acho que Ariyon não tinha noção de que algumas coisas que dizia eram tão doces que faziam meu coração doer. Dei de ombros, sem me importar com a semântica.

— Se quiser me ajudar, me leve até a BoticAvis a caminho de casa. Ela tem uma tintura que vai aliviar meu desconforto.

Estremeci quando outra onda de agonia me percorreu. Ariyon me abraçou e me aconchegou em seu peito.

Meu corpo inteiro estava aninhado no dele. Em geral, depois que a maldição era ativada daquele jeito, qualquer toque acabaria comigo; mas com ele nada doía. Nunca. Era como se ele fosse a cura para tudo o que me afligia. Ele me pegou no colo e me colocou delicadamente em cima da égua; a seguir, montou atrás de mim e esticou os braços em volta de meu corpo para segurar as rédeas. Senti outro espasmo e bati contra seu corpo. Partimos, cavalgando a toda velocidade pela cidade na escuridão da noite. As pessoas nos olhavam com curiosidade enquanto passávamos.

A loja de Avis estava fechada quando chegamos, mas Ariyon bateu forte na porta, como um guarda, e ela veio abrir de camisola. Fiquei encostada na parede de pedra ao lado dele, apertando os braços em chamas contra o peito. Ariyon não sabia que aquela era sua tia. Meia tia, se é que isso existia. Mas era um segredo que eu levaria para o túmulo; não contaria nem mesmo a Eden ou a meu pai. Algumas coisas eram sérias demais para serem compartilhadas mesmo com os amigos mais íntimos.

Eu estava desfalecendo, perdendo muita energia e sentindo necessidade de dormir, mas não conseguia conter as ondas de dor, que vinham uma atrás da outra. Quando Avis me viu, arregalou os olhos e escancarou a porta.

— O que houve! — gritou para Ariyon, como se fosse culpa dele.

— Meu irmão tocou nela sem querer. Você sabe da maldição dela? — perguntou ele.

Que eu saiba, eles não se conheciam.

Ela fez que sim e olhou para ele, confusa.

— Por que você não a cura?

— Ela não deixa — rosnou.

— Ai, Luz — sussurrou ela, recuando para nos deixar entrar.

Entrei cambaleando, sentindo minhas pernas fraquejarem.

— Uma tintura para dor e para dormir ajudaria. Eu posso trabalhar para pagar — ofereci.

— Eu pago — disse Ariyon na hora, tirando um monte de moedas do bolso. Avis correu para a estante do fundo e começou a pegar frasquinhos de vidro azul. Olhei para Ariyon.

— Eu pago minhas próprias despesas — avisei.

Ele ficou exasperado.

— A culpa foi do meu irmão, Fallon, e eu sei que ele ia querer que você tomasse o remédio e que pagaria pelo transtorno que causou.

— Não conta para ele que viemos aqui. Quero que ele pense que não foi nada grave — implorei, e outra onda de dor veio. Ou estavam ficando mais fortes, ou eu estava ficando mais fraca. Havia sido um incidente pior do que eu pensava; talvez Ayden houvesse tocado em meu cabelo quando me abraçou também.

— Beba! — Avis atravessou correndo o salão, já com a tampa aberta. — Só um gole, querida, é forte.

Peguei o vidrinho com cuidado, com a mão enluvada, e o levei aos lábios. Notas amargas de laranja, cravo e algo mais percorreram minha língua e eu engoli e estremeci. Devolvi o vidrinho. Ela o tampou e o entregou a Ariyon.

— Isso vai aliviar a dor dela e deixá-la sonolenta também. Preciso levá-la para casa?

Ariyon sacudiu a cabeça.

— Eu levo em segurança, você tem a minha palavra. — Ele fez uma leve reverência em sinal de respeito. Avis acenou com a cabeça.

— Tudo bem. Me avise se precisar de mais — ela me disse, mas eu já sentia meus membros ficando dormentes, eu estava cambaleante.

— Caramba, isso é bom mesmo — murmurei.

Ariyon entregou um montinho de moedas a Avis.

— É uma doação pelos seus nobres feitos, para ser usada como achar melhor — disse ele, dando uma piscadela para Avis, que sorriu.

— Você pagou meu remédio? — eu disse com a voz meio arrastada quando Ariyon pousou a mão em minhas costas e foi me conduzindo para fora, onde Ember nos esperava.

Enquanto Ariyon me colocava na égua, Avis o chamou:

— Seja um cavalheiro, Ariyon Madden, eu conheço sua tia muito bem — ameaçou.

— Sim, senhora — disse ele, sério, e se sentou atrás de mim, me apoiando em seu peito.

Ri da ameaça de Avis a Ariyon. Como se ele fosse querer fazer alguma coisa comigo. Ele ia ao baile com Blair, e eu, com Ayden. Bem, isso antes dessa noite. Quem saberia o que estava acontecendo agora. Talvez Ayden nunca mais quisesse falar comigo.

Fomos cavalgando, devagar e sempre; o *ploc-ploc* dos cascos dos cavalos me fazia relaxar ali, recostada no ombro de Ariyon, olhando seu maxilar forte.

— Eu nunca fui beijada — soltei, e me arrependei na hora. Eu havia tomado soro da verdade? Parecia a magia da rainha, mas também tinha o efeito milagroso de anestesiar todo o meu corpo a ponto de eu sentir como se estivesse flutuando.

— Imaginei. — Ariyon sorriu e olhou para mim como se houvesse gostado de minha confissão.

Fiz careta, depois e um beicinho dramático e franzi a testa.

— Não é justo que o irmão que não me quer seja o único que pode me tocar.

Senti Ariyon enrijecer. Ele baixou a cabeça para me olhar, o que aproximou nossos lábios perigosamente.

— Você acha que eu não te quero? — Havia dor em seus olhos; eu estava começando a sentir o sono me puxar para a inconsciência.

— Meu destino são as trevas. Ninguém deveria me querer — murmurei, aninhada em seu peito, com a cabeça pendendo.

— Ei! — disse ele, alto. Minhas pálpebras se abriram e levantei o queixo para olhar para ele. Ele me fitava furioso. — Você é desejável demais, Fallon. Isso me assusta.

Meu coração parecia que ia pular para fora do peito, mas meu peito também estava dormente, de modo que só o que pude fazer foi engolir em seco.

— E se eu sucumbir às trevas? — murmurei, com a voz embargada.

Ele me encarou, os olhos firmes.

— Então, eu mergulho nas trevas e trago você de volta à Luz.

E, com essas palavras, o sono me envolveu como um abraço proibido.

16

Pela manhã, acordei com a pele queimando um pouco e Yanric empoleirado em meu peito, pertinho de meu rosto.

— *Seu pai está morrendo de preocupação.*

Como vim parar na cama? — *gemi.*

Eu tinha poucas lembranças do que aconteceu depois que eu tinha bebido aquela tintura de Avis.

— *Ariyon trouxe você de volta ontem e te colocou na cama. Depois, ele esperou na sala até seu pai chegar do trabalho e explicou tudo.*

Pela Luz! Que vergonha.

Eu me sentei e Yanric pulou de meu peito. Depois de me arrumar, fui até a cozinha e vi o frasco de tintura no balcão e meu pai cozinhando.

— Oi, pai.

Ele se voltou; a preocupação estava estampada em todo o seu rosto.

— Está tudo bem? Tentei ver como estava, mas você estava apagada. Ariyon disse que foi a tintura.

Acenei com a cabeça.

— Estou bem. Foi um acidente; eu me senti ridícula. Estraguei uma noite muito divertida com os amigos. Mas a tintura me salvou.

Ele soltou um suspiro dramático, com as sobrancelhas ainda franzidas de preocupação.

— Você tem sorte de trabalhar para essa mulher tão gentil. Precisamos de uma botica na Zona Oeste. Vou agradecer depois.

— Ela é a pessoa mais legal que eu conheço — concordei.

Meu pai colocou frutas frescas e cereal quente na minha frente e me olhou nos olhos.

— Tem certeza de que pode ir à escola hoje? Não faz mal se perder aula.

Eu queria era não ter que ver Ariyon, Eden e Hayes depois da noite passada, mas estava me sentindo bem. Graças à Luz, Ayden ainda não havia voltado à escola, porque eu não queria encará-lo ainda. Não sei o que era aquilo que estávamos construindo, mas com certeza havia desmoronado na noite anterior quando descobrimos que ele não podia me tocar. Eu não tinha a menor ideia de em que pé estávamos.

— Estou bem, fica tranquilo.

Ele se sentou a meu lado e começou a tomar café da manhã, me olhando com curiosidade.

— Quando cheguei em casa, Ariyon me explicou tudo. Entramos para ver como você estava, ele casualmente afastou uma mecha de cabelo de seu rosto e eu quase dei um soco nele. Esqueci que ele pode te tocar.

Abri um sorriso triste.

— É… é uma loucura, né?

— Fiquei com inveja — disse papai. — Ele pode te abraçar e eu não.

Apertei sua mão com força.

— A intenção é o que importa.

Ele concordou, mesmo sabendo que não era bem verdade. Um abraço apertado de meu pai seria incrível, mas nunca aconteceria, aí não fazia sentido pensar nisso. Eden passou para ver como eu estava; terminamos o café da manhã juntas e fomos para a escola.

Durante a caminhada, pedi que ela fosse sincera comigo.

— Foi muito constrangedor depois que eu fui embora? — perguntei.

Ela estremeceu.

— Você fingiu muito bem que não estava gravemente ferida, mas como Ariyon passou duas horas fora, imaginamos que ele estava esperando seu pai voltar para explicar as coisas. Ayden ficou dizendo que era um idiota, que não pensou direito. Ele está bem preocupado.

Dava para imaginar.

— Vou ter que falar com ele e dizer que está tudo bem. Acontece.

Eu realmente não queria que ele cancelasse o baile por causa disso. Eu gostava dele, gostava de verdade. Mas também sabia que estávamos em terreno instável depois da noite passada, que aquilo devia ter matado algo antes mesmo de nascer.

Ela concordou.

— Está triste porque ele não pode te tocar como Ariyon?

Suspirei.

— Sim e não.

— Não? — Ela estranhou.

Por algum motivo bobo, eu gostava que Ariyon fosse o único que podia me tocar. Isso tornava tudo especial. Mas eu sentia que estava traindo Ayden pensando assim, mesmo ainda não estando juntos. Estávamos naquela fase inicial e frágil. Eu o havia convidado para ir ao baile e ele aceitou. Ele tinha me convidado para fazer biscoitos e jantar, eu aceitei. E então, tudo explodiu e eu fiquei me contraindo no chão por causa de um toque. Havia sido deprimente.

— Sei lá. É muita coisa para processar — admiti. — Mais importante, você convidou Hayes para ir ao baile ontem à noite?

Ela sorriu.

— Convidei.

Parei de andar e a encarei.

— E aí?

— Ele aceitou! — admitiu ela, e nós duas começamos a pular e gritar.

Fomos saltitando o resto do caminho até a escola, sorrindo de orelha a orelha; só paramos quando vi Ariyon na frente do portão. Ele tinha alguma coisinha na palma da mão e me fitava com intensidade.

— Vejo você na aula. — Eden deu uma piscadinha.

Acenei com a cabeça e fui até Ariyon.

— Oi. — Era tão constrangedor que eu queria morrer, mas sabia que ele talvez quisesse falar sobre a noite passada. E estava grata por não ser Ayden.

— Está tudo bem? — perguntou.

Confirmei com a cabeça.

— Obrigada por me levar para casa.

— É do Ayden. — Ele me entregou algo embrulhado num guardanapo branco.

Abri o guardanapo, vi o biscoito e sorri. Então, ele me entregou um bilhete dobrado.

— Até mais — disse ele quando peguei o bilhete, e foi embora depressa.

Tá. Eu estava me acostumando com as repentinas mudanças de humor de Ariyon. Quente. Frio. Quente. Frio.

Abri o bilhete e li a letra elegante de Ayden.

Fallon,

Fiquei me revirando na cama a noite toda, sofrendo por ter te machucado. Desculpa, juro que isso nunca mais vai acontecer. Os biscoitos estavam incríveis, guardei um para você. Foi a pitada de amor que os deixou mais doces. Espero que você ainda queira ir ao baile comigo.

Ayden

Meu coração quase explodiu de alegria por ele ainda querer ir ao baile comigo. Com um sorriso enorme, dei uma mordida no biscoito, saboreando o chocolate e as nozes e pensando no bilhete. No papel, Ayden era o cara ideal. Doce, atencioso, protetor. Quem não gostaria de alguém assim?

Então, dei uma olhada no pátio assim que Ariyon se encostava na parede de tijolos pretos e sorria para Blair. Ayden era ótimo, mas por quanto tempo ficaria bem sem um relacionamento físico? Nunca nos beijaríamos, nunca teríamos filhos, nunca nos abraçaríamos. Não tinha como durar.

Mas nada disso poderia acontecer com Ariyon também. Eu não era Blair Crawford, uma nobre de família excepcional com quem ele poderia se casar e assumir o trono. Até na pintura que havia feito dela a tinha retratado com uma coroa de rainha na cabeça. Ele com certeza a via dessa forma.

Os dois Madden partiriam meu coração e eu sabia disso; só o que podia fazer era me preparar para o impacto e aproveitar os dias que tinha.

***

— Isso, Fallon! — gritou o mestre Clarke, triunfante, enquanto eu fazia um pedaço de papel voar pela sala com a força de minha vontade.

Sorri, satisfeita com o desenvolvimento de minha magia. Fazia um mês desde o incidente com Ayden e ele havia voltado às aulas, todo gentil. Ariyon e Blair estavam namorando sério e podiam ser encontrados se pegando em cada esquina daquela maldita escola. Tentei fingir que isso não me incomodava. Ele nunca tinha me prometido nada, mas desde que me entregou aquele bilhete e o biscoito do irmão, havia mudado. Tinha me excluído de novo. Nunca estava por perto, vivia com Blair ou simplesmente me ignorava.

Que seja. Eu tinha coisas mais importantes com que me preocupar. Como o Baile das Belas de Inverno e a prova trimestral.

— Pode me explicar mais uma vez sobre a parte prática das provas trimestrais? — perguntei ao mestre Clarke, nervosa.

Ele deu uma risadinha.

— As provas trimestrais são no mesmo dia do baile da escola. Vocês receberão algumas tarefas para que possamos avaliar suas habilidades, e a rainha estará de olho para poder recrutar alunos para seu Exército Real.

— Mas ela me odeia, aí nem vai me recrutar, né?

Ele riu de minha ousadia.

— Provavelmente, não.

Que alívio. Diminuía um pouco a pressão.

— Se ela gostar do que vir, convidará o aluno para fazer parte da Brigada Júnior ano que vem. É um grupo de treinamento aqui na escola que prepara os alunos para servir no exército depois de formados.

Até que parecia legal, mas eu sabia que não estava naquela escola para tentar ser um membro ativo da sociedade da Cidade Dourada. Eles só estavam tentando me impedir de sucumbir às trevas.

— Ayden é dessa brigada? — Eu o havia visto treinando no campo, com armadura e uma espada flamejante. Ele fez que sim.

— Ele está numa versão mais avançada dessa brigada.

Terminamos nossa aula eletiva, que consistia em nós dois arremessando coisas pela sala com o poder da mente, e fui para a aula eletiva em grupo com a mestra Knight.

Assim que saí ao ar fresco do pátio, Yanric deu um voo rasante bem diante de meu rosto, me forçando a parar.

— Eden pediu para você encontrá-la na biblioteca. A disciplina eletiva com a mestra Knight foi cancelada porque ela precisa ajudar a preparar o campo para a prova prática. — Ele pousou em meu ombro e fomos para a biblioteca.

Pouco antes de eu entrar, ele voou e pousou num salgueiro. Entrei e acenei para a bibliotecária, a senhora Silvers, ao passar.

Demorei um pouco para encontrar Eden. Minha melhor amiga estava encolhida num canto, folheando depressa um livro velho e empoeirado com capa de couro preta.

— Que foi? — Me sentei de pernas cruzadas ao lado dela.

Ela me fitou com os olhos arregalados, depois deu uma olhada de um lado para o outro, para ver se não havia ninguém escutando.

— Você não me disse que era da realeza! — ela meio que gritou sussurrando.

Estremeci.

— E nem sou. Ninguém leva a linhagem da família Bane a sério.

— Então você sabia? — Ela fez cara feia.

Confirmei com a cabeça.

— Desculpa. Avis me contou. Para ser sincera, fiquei apavorada.

Dei uma espiada na capa do livro que ela estava lendo: *Linhagens Reais das Três Casas*.

— É para meu trabalho trimestral. Eu ia falar sobre os pais fundadores da Casa de Guerra e Ossos.

Me inclinei e vi seu dedo sobre uma árvore genealógica.

Dizia *Família Bane* em um dos nove galhos.

— Fallon. — Ela baixou a voz. — Você tem uma mansão.

Torci o nariz.

— Uma o quê?

Ela pegou minha mão enluvada.

— Fallon, sua família tem residência permanente na Zona Leste. A mansão da família Bane.

Uma casa? Fiquei em choque.

— E por que não colocaram a gente lá? Ou Marissa, no caso… O mestre Clarke não disse que ela foi criada na Zona Oeste, por pais adotivos?

— Porque, pelo visto, dizem as más línguas que a casa é mal-assombrada e está uma zona. — Ela apontou para um parágrafo do livro.

Santa Luz.

Eu tinha uma casa. Não estava pensando em morar lá, mas gostei de saber que ela existia. Talvez eu pudesse dar uma olhada. Se as coisas ficassem ruins na Zona Oeste e não fôssemos mais bem-vindos na casa que Mable alugava para nós, era bom saber que eu tinha opções.

— Eles deveriam ter me contado.

— Deveriam mesmo — concordou ela. — Tenho o endereço, se quiser ver. Fica lá no alto das colinas, a gente precisaria de cavalos emprestados.

Fiquei pensando. O baile estava chegando, bem como as provas trimestrais, e as coisas estavam indo muito bem com meu pai no trabalho e eu trabalhando na botica. Eu não queria estragar nada.

— Pode ser… Guarde o endereço, caso eu queira dar uma olhada. — Ela assentiu. — Diz mais alguma coisa interessante aí?

— Não — disse ela rápido demais, e fechou o livro.

Revirei os olhos.

— Pode me contar.

— Não. — Ela sacudiu a cabeça depressa.

— Qual é, Eden, eu já ouvi de tudo!

Arranquei o livro da mão dela e comecei a folheá-lo aleatoriamente.

— Tudo bem, vou mostrar.

Ela pegou o livro de minha mão, abriu-o no final e o entregou a mim de novo.

Quando um membro da Casa de Cinzas e Sombras começa a ser dominado pelas trevas, tende a apresentar os seguintes sintomas:

- Desapego emocional de coisas e pessoas que antes eram apreciadas;
- Dúvidas sobre si mesmo e sensação de inutilidade;
- Incêndios com base em emoções, principalmente raiva;
- Exibição descontrolada de poderes;
- Sonhos de natureza tenebrosa;
- Ouvir vozes.

Fechei o livro com força depois de ver as palavras "ouvir vozes". Havia mais alguns itens, mas estava com medo demais de lê-los.

— Bobagem, eu mesma já senti a maioria deles — disse Eden, tentando minimizar a questão.

Meu coração martelava no peito enquanto eu pensava na possibilidade de aos poucos perder o controle de mim mesma. Não apenas de meus poderes, mas também dos sonhos, dos pensamentos. Era aterrorizante.

Luz, me ajude, rezei, fechando os olhos e baixando a cabeça. Eden apertou minha mão. Abraço apertado.

Abri os olhos e lhe entreguei o livro, já mais calma. Naquele momento, lembrei do que Avis havia dito à rainha Solana.

— Eu não vou sucumbir às trevas. *Nunca* — declarei de repente, e Eden acenou com a cabeça, me encorajando. Se eu ficasse repetindo e acreditasse nisso, acabaria sendo verdade.

— É isso aí.

Uns vinte minutos depois, decidi entrar mais cedo na BoticAvis. Dei tchau a Eden e estava atravessando o *campus* quando tive uma sensação estranha. Senti um pavor que não podia explicar; por isso, simplesmente parei e fiquei paralisada.

Então, a voz de Yanric ecoou em minha cabeça:

— *Seu pai se machucou no trabalho!* — disse ele. — *Mable o trouxe para a clínica, mas não há leitos disponíveis e ele perdeu muit o sangue. Está com muita dor.*

Entrei em pânico ao ouvir suas palavras. Meu primeiro pensamento foi procurar Ariyon, mas depois de ver aquela parede com todo o tempo que ele havia perdido da própria vida para salvar os outros… não consegui me obrigar a procurá-lo. Se meu pai soubesse do que Ariyon teria que abrir mão para curá-lo, jamais permitiria.

— *Ele vai ficar bem?* — perguntei, já correndo para os estábulos da escola e torcendo para que Ariyon não se importasse se eu pegasse Ember emprestada. Porque eu não conseguiria chegar à BoticAvis e depois à clínica na Zona Oeste em tempo hábil sem um cavalo.

— *Ele vai sobreviver, mas vai precisar de ajuda para recuperar todo o sangue que perdeu* — afirmou Yanric. *E algo para anestesiar a dor e evitar que o corte infeccione. Uma máquina caiu na perna dele.*

Ó, Luz!

Apertei o passo, rezando para que tudo ficasse bem.

Aguenta firme, pai, estou indo.

Entrei no estábulo, assustando a pessoa que cuidava dos cavalos.

— Preciso de Ember. Ariyon Madden me emprestou, é uma emergência — menti.

O homem franziu a testa.

— Ninguém monta na Ember além do príncipe ou o irmão dele.

Muito bem, eu teria que tomar algumas liberdades ali.

— Sou namorada do Ayden, tenho certeza de que você já nos viu juntos. E se não me der a Ember agora, garanto que estará desempregado amanhã mesmo.

Ele empalideceu ao me ouvir; depois de um instante, finalmente selou a égua. Desperdicei segundos preciosos até finalmente conseguir montá-la, acariciando seu pelo com a mão enluvada.

— Boa menina. — Cutuquei-a com os calcanhares e ela saiu correndo pelas portas do estábulo na direção da BoticAvis.

Acho que aquela mulher não sabia onde estava se metendo quando tinha me contratado, mas eu esperava que ela não me negasse ajuda agora.

***

Cheguei lá em tempo recorde e irrompi pela porta da loja, assustando Avis. Fiquei feliz ao ver que ela estava sozinha.

— A perna de meu pai foi esmagada por uma máquina no trabalho. Ele está na clínica da Zona Oeste, mas perdeu sangue demais e está com dor. Não há leitos para ele — fui falando às pressas, muito grata por Yanric ter cuidado dele.

Ela arregalou os olhos e saiu em disparada pelo salão, colocando tinturas e pomadas numa cesta.

— Juro que vou pagar tudo. Não quero que pense que estou me aproveitando de você.

Eu já estava começando a perder a conta de quantas vezes havia feito aquilo com a pobre mulher. Teriam sido três ou quatro?

Ela parou e me olhou como se estivesse ofendida.

— Fallon, eu consigo ver a energia de sua alma. Você jamais se aproveitaria de mim.

Fiquei aliviada por ela não estar chateada comigo; então, percebi que ela havia colocado mais de 50 vidros na cesta.

— Nossa, é coisa demais — falei.

Ela foi até a porta e virou a placa para fechado.

— E pode não ser suficiente. Está na hora de a Zona Oeste ganhar uma botica, pelo menos por hoje. Vamos ajudar o máximo de pessoas que pudermos na clínica.

Senti meu coração ficar apertado diante de sua generosidade. Avis era mesmo uma pessoa incrível.

Corremos para fora e montamos em Ember, Avis atrás de mim. Ela teve o cuidado de não tocar em nenhuma parte de minha pele e manter alguns centímetros de distância. Aticei a égua com os calcanhares e atravessamos a cidade, saímos pelo portão da Zona Leste, chegamos à estrada principal que dividia a cidade e entramos pelo portão da Zona Oeste. Guiei a égua até a pequena clínica; fiquei consternada ao ver a fila formada à porta. Aquele prédio de tijolos era menor que o refeitório da escola e estava lotado. Yanric desceu do alto do prédio, enquanto Avis me entregava três tinturas, e eu saí correndo como uma flecha, entrando com Yanric me sobrevoando.

Ao abrir as portas da clínica, fui atacada por um cheiro insuportável de doença, vômito, suor e outras coisas ruins. Havia uma fila de pessoas sentadas no corredor, encostadas na parede, esperando sua vez. Seguravam braços quebrados e feridas sangrentas. Finalmente cheguei a meu pai e fiquei aliviada ao ver que Mable estava com ele.

Quando olhei para a perna dele, fiquei tonta. A calça estava rasgada à altura da coxa e havia um pedaço de carne solto, com uma quantidade considerável de sangue encharcando tudo. Quando Mable me viu, cobriu depressa o ferimento com um pano ensanguentado que já devia ter na mão. Meu pai estava pálido como cera. Minhas mãos tremiam enquanto eu tentava lhe mostrar os frascos que Avis tinha me dado.

— Pai, eu trouxe tinturas. — Eu as segurei.

Mable me olhou com cautela.

— Ele precisa de pontos.

A mulher ao lado dele gemeu e olhou para mim. Notei que seu rosto estava vermelho de febre.

— Você tem uma tintura para infecção e febre? — ela me perguntou.

Eu não queria lhe dar as costas, mas estava ali por causa de meu pai.

— Sou costureira, posso dar pontos. — Ela apontou para meu pai e olhou as tinturas em minhas mãos com inveja.

Dei uma olhada em meu pai, esperando um sinal, mas ele estava ali, mordendo o lábio, olhando para frente como se tentasse se manter forte.

Talvez eu devesse ter chamado Ariyon. Não. Não valia a pena tirar tempo de vida dele.

— Você costura tecido, não pele — eu disse à mulher.

Ela deu de ombros.

— Gente não é tão diferente assim. Já fiz isso antes.

Era verdade. Em Isariah, quando alguém precisava de pontos, era a costureira quem os dava.

Entreguei a tintura para dor a Mable.

— Dê um golinho para aliviar a dor dele.

— Um golão, para deixá-lo inconsciente para o procedimento — disse Avis atrás de mim.

Certo.

— Um golão — confirmei para Mable.

Enquanto Mable lhe dava a tintura, peguei o outro frasco que Avis havia me dado. *Xô Infecção.*

— Tome um gole — eu disse à mulher. — É para a infecção.

Ela pegou o vidrinho com as mãos trêmulas e deu um gole.

— Obrigada, querida — disse, devolvendo a tintura.

Avis se ajoelhou ao lado da mulher que havia dito que ia dar os pontos em meu pai; ficou olhando para ela como se estivesse examinando sua energia.

— Você também está com dor de cabeça, não é? — perguntou.

A mulher confirmou.

— Como se um cavalo estivesse sentado nela.

Avis levou a mão à cesta de tinturas, pegou uma e a entregou à mulher.

— Um golinho. É forte.

A mulher tomou um gole e tentou devolver o vidro, mas Avis sacudiu a cabeça.

— Dê os pontos nele e fique com a tintura.

Ela ficou aliviada, soltou um suspiro profundo.

— Já está funcionando! — exclamou ela, chocada.

Olhando para meu pai, a mulher franziu a testa.

— Acho melhor não o tirar do lugar. Vou fazer aqui mesmo. Só preciso de meu kit médico. Dou pontos de vez em quando aqui quando a clínica está cheia. Está em minha oficina, em cima da mesa. Bolsa azul.

— Sei onde fica sua oficina, Belinda, eu vou lá. — Mable olhou para mim e eu concordei. Meu pai estava curvado, revirando os olhos e tentando manter as pálpebras abertas. Mable saiu correndo e eu me sentei ao lado de meu pai, deixando-o se apoiar em mim.

— Descanse um pouco, se puder. Vai ficar tudo bem — eu disse a ele.

Avis se ajoelhou e o fitou, pelo visto analisando sua energia.

— Ele vai ficar bem, Fallon. A força vital dele é grande — ela disse, e eu quase chorei de alívio. — Você se importa se eu ajudar os outros? — perguntou, olhando para a fila de mais de 50 pessoas à porta.

— Claro que não — respondi. — Obrigada.

Fiquei com meu pai, mais aliviada quando ouvi que ele começava a roncar profundamente. Fiquei vendo Avis percorrendo a fila, conversando com as pessoas e lhes dando remédios gratuitamente.

Uma a uma, as pessoas foram saindo da fila, mancando, com a tintura na mão, pois não precisavam mais de ajuda da clínica. Uma ideia nasceu em minha cabeça... teria que discutir o assunto com Avis mais tarde, pois naquele momento, meu pai precisava de mim.

A costureira, Belinda, se aproximou; já dava para ver que ela estava bem melhor. Seu rosto estava menos vermelho e sua pele não suava mais. Ela colocou as pernas embaixo da de meu pai, apoiando-a em seu colo. Papai não se mexeu; fiquei grata por ver que ele ainda dormia.

Graças à Luz!

Mable voltou um instante depois e Belinda começou a trabalhar. Eu não quis olhar, não gostava desse tipo de coisa. Olhava só para o rosto de meu pai. Ele gemeu um pouco; suas pálpebras tremiam enquanto ele lutava contra a sonolência provocada pela tintura. Um minuto depois, Belinda disse:

— Pronto, vai cicatrizar bem.

Olhei o trabalho dela, impressionada ao ver a ferida perfeitamente costurada com linha azul grossa. A calça dele estava encharcada de sangue e do álcool que Belinda tinha usado para esterilizar a ferida.

— Agora, como vamos levá-lo para casa? — disse Mable, roendo a unha.

Todas nós demos uma risadinha.

— Tenho um carrinho de mão, posso emprestar — disse Belinda.

— Eu vim a cavalo — ofereci.

Belinda concordou.

— É uma opção melhor.

Esperamos uma hora até meu pai ficar alerta o suficiente para se levantar e montar em Ember. Ficou tombando em cima de Mable e de mim algumas vezes, mas com a ajuda de Mable, conseguimos fazê-lo abraçar o pescoço da égua, curvado para frente, e o levamos para casa.

Depois de me certificar de que ele estava seguro na cama, agradeci à Mable por tudo. Yanric havia ficado na clínica com Avis, ajudando-a a distribuir as tinturas.

— Minha querida, lamento que isso tenha acontecido. Eu me sinto meio responsável. Pedi para o seu pai me ajudar a retirar a grelha para eu poder limpar atrás. Havia uma mancha de óleo no chão e eu escorreguei… Ele puxou o fogão para si para evitar que caísse em mim.

Ela torcia as mãos, nervosa. Apertei-as com a minha enluvada.

— Está tudo bem, ele vai ficar bem — assegurei.

Ela engoliu em seco e acenou com a cabeça.

— Volto à noite com o jantar para vocês, está bem?

— Obrigada.

Ela hesitou, como se não quisesse deixá-lo.

— Ele é um homem bom — disse, triste. — Me avise se precisar de alguma coisa. Posso até dormir no sofá, se precisar de ajuda à noite.

Fiquei com o coração apertado diante de tanta gentileza, mas também tive a impressão de que ela talvez gostasse de meu pai mais do que apenas como amigo. Talvez meu empenho e de Eden de juntá-los estivesse dando certo.

— Seria ótimo — incentivei. — Eden também pode dormir aqui.

Ela ficou satisfeita.

— Maravilhoso. Jantaremos todos aqui, então.

Depois que ela saiu, me sentei no sofá e esfreguei o rosto.

Nossa, que dia.

Por mais que quisesse ficar sentada ali relaxando e feliz pelo fato de que meu pai ficaria bem, eu sabia que tinha que devolver Ember antes que Ariyon…

Bateram à porta. Atravessei a sala depressa, abri a porta e dei de cara com o próprio príncipe.

— Oi… — eu disse. — O que está fazendo aqui?

Ele revirou os olhos e cruzou os braços.

— Você roubou minha égua. — Ele apontou para Ember, que estava comendo maçã com aveia bem perto de minha porta.

Ele andava evitando a mim e a Eden, passando o tempo todo com Blair, e isso me irritava de verdade, não sabia nem por quê.

— Que surpresa você ter percebido que eu havia pegado a Ember, já que anda com a língua enfiada na garganta de Blair o tempo todo — retruquei.

— Está com ciúmes? — Ele sorriu.

— Inveja, já que não posso dar um beijo de língua no seu irmão — respondi, surpresa ao notar tanta raiva na voz.

Seu corpo inteiro ficou tenso e ele se aproximou de mim.

— *Eu* vi você primeiro — rebateu.

— Como assim? — retruquei.

Ele sacudiu a cabeça.

— Nada. Está tudo bem? Sei que você não pegaria a Ember se não fosse uma emergência.

Mudança de assunto. Ótimo.

Fiz que sim.

— Está, meu pai sofreu um acidente no trabalho. Precisou de tinturas e pontos. Ele vai ficar bem.

Ariyon franziu a testa.

— Ele precisa de cura? — perguntou, olhando para dentro de casa, provavelmente procurando meu pai.

Pousei a mão em seu peito e o empurrei do primeiro degrau.

— Não precisa, não. Eu preferiria que você vivesse mais e deixasse os outros sofrerem, às vezes.

Ele ficou olhando para meus lábios; engoliu em seco. O silêncio se estendeu entre nós.

— Que foi? — perguntei, sabendo que ele estava pensando em algo.

Por fim, ele sacudiu a cabeça e olhou para mim com uma tristeza para a qual eu não estava preparada.

— Nada.

Então, ele montou em Ember e partiu na direção do sol poente.

O que o havia deixado tão triste? Eu estava tão confusa que fiquei ali parada uns dez minutos, observando Ember e ele desaparecerem no horizonte.

Eu vi você primeiro.

O que isso significava?

Finalmente, entrei em casa e fui para o quarto.

As flores de Ayden já haviam morrido fazia muito tempo, mas as de Ariyon continuavam lá. Imortalizadas em vermelho e verde, óleo sobre tela. Penduradas na parede como um lembrete constante de que talvez toda aquela coisa das flores fosse uma metáfora. O que eu tinha com Ayden acabaria morrendo; ele não ficaria com uma mulher que não pudesse beijar nem tocar. Mas com Ariyon eu poderia ficar para sempre… se ao menos ele quisesse. O artista torturado estava tão fascinado com a própria morte iminente que eu não sabia se ele sabia o que queria. Mas sabia que eu não era o tipo de pessoa capaz de amar duas pessoas ao mesmo tempo; e para ser sincera, sentia algo por Ariyon desde o início. Então, tinha que fazer algo a respeito. Porque havia pensado em beijá-lo quando ele olhou para meus lábios — coisa que não podia fazer com Ayden.

Suspirei. Dei uma olhada em meu pai, que dormia, e saí de casa, deixando a porta destrancada e um bilhete para Mable e Eden avisando que voltaria logo. Atravessei a cidade, mostrei minha identidade no portão da Zona Leste e fui até a casa de Ayden.

Ele merecia mais. Muito mais.

Bati na porta. Fiquei tensa quando se abriu e vi Ariyon. Ele franziu a testa. Havíamos acabado de nos ver, de modo que aquilo era terrivelmente constrangedor.

— Gostaria de falar com Ayden — eu disse formalmente.

— Ayden, Fallon está aqui — gritou Ariyon para trás, e abriu mais a porta para me deixar entrar.

Sacudi a cabeça.

— Vou ficar aqui fora.

Ariyon franziu a testa. Ayden correu para a porta com um sorriso enorme.

— A gente pode conversar no jardim? — perguntei.

Ele concordou e fechou a porta na cara preocupada de Ariyon. Pegou minha mão enluvada e apertou com força. Abraço apertado.

Uma lágrima escorreu pelo meu rosto, mas a enxuguei depressa. Não sabia se conseguiria. Como alguém termina com o cara mais legal que já conheceu?

Fomos até o banco do jardim e nos sentamos. Ayden se voltou para mim e, quando viu minhas lágrimas, ficou sem saber o que fazer.

— Está tudo bem?

Suspirei, encarando-o.

— Gosto *tanto* de você. Preciso que saiba disso.

— Não… — sussurrou ele, como se soubesse o que estava acontecendo e soltou minha mão.

— Ayden, não podemos nos beijar, não podemos ter filhos, não podemos nos abraçar. Não vai dar certo. Suas necessidades não serão satisfeitas, eu vou me sentir culpada e você vai ficar ressentido comigo…

— Jamais aconteceria — interrompeu ele, sem muita convicção, aparentemente sem acreditar muito nisso.

Dei risada.

— Somos jovens; você diz isso agora, mas não pode ser assim para sempre. — Mostrei minha mão enluvada para indicar a que me referia.

Ele ficou olhando para o jardim um minuto inteiro, sem dizer nada, enquanto eu ficava ali ao lado dele, também sem dizer uma palavra.

Por fim, ele se virou para me encarar e ao ver seus olhos de aço, que tendiam para o azul da cor do mar, senti um frio na barriga de nervoso.

— Será que a gente pode tentar, Fallon? Será que a gente pode tentar só para ver se consegue? Eu gosto *muito* de você.

Naquele momento, soube que devia isso a ele. Ariyon era um caso perdido, bebia na escola e beijava Blair a cada segundo que tinha. Uma hora me odiava, outra ficava olhando meus lábios. Era demais para mim; eu precisava de estabilidade. Precisava de alguém que tivesse certeza do que sentia por mim.

Precisava de Ayden.

— Tá bom, vamos tentar. — Sorri, e ele pegou minha mão. — Mas se ficar complicado ou se um dos dois não conseguir mais, tudo bem. — Eu sabia que um dia ele se cansaria e não ia querer mais apenas segurar minha mão por cima da luva.

Ayden apertou minha mão e me olhou.

— Se eu pudesse te beijar, Fallon Bane… você nunca mais tentaria terminar comigo.

Joguei a cabeça para trás e ri.

— Ah, você acha que um beijo seria garantia de sucesso?

Ele fez que sim.

— Você ficaria apaixonada por mim pelo resto da vida.

— Sabe, tecnicamente, não posso terminar com você se não for sua namorada — comentei. Nunca havíamos conversado sobre isso. Depois do incidente do biscoito, ele ficou com tanto medo de me machucar que parecia que éramos amigos que andavam de mãos dadas. Mas era tudo o que ele podia fazer comigo, eu estava bem confusa.

A expressão de choque no seu rosto me disse que eu havia dito algo errado.

— Você não é minha namorada?

Estremeci.

— Tipo, se você quiser... mas é que você nunca me pediu oficialmente em...

— Quer ser minha namorada? — perguntou ele de repente e eu sorri.

— Sim — respondi sem hesitar.

Onde eu estava com a cabeça? Havia ido até ali para terminar com Ayden porque sentia algo pelo irmão dele, e de repente, acabei de selar nosso relacionamento. Mas a realidade era que Ariyon era emocionalmente indisponível e uma criatura complexa demais para mim. E sentir algo por um cara que era o único no reino que podia me tocar era normal. Ainda mais por ele ter exatamente o mesmo rosto que meu namorado.

Namorado. Eu tinha um namorado. Santa Luz.

— Preciso voltar. Meu pai se machucou no trabalho hoje e...

— Ele está bem? — Ayden se sentou ereto, com a preocupação estampada no rosto.

Fiz que sim.

— Mas ele vai precisar de mim a noite toda. Mable vai lá para ajudar.

— Está bem. Boa noite, Fallon — disse ele, e se levantou, abrindo um sorriso largo.

— Boa noite. — Eu também me levantei.

Fui me afastando do banco e indo para a rua, incapaz de esconder o sorriso no rosto.

Fiquei com aquele sorriso no rosto durante todo o caminho para casa. Era bom ser desejada, algo que eu nunca havia sentido, e queria aproveitar enquanto durasse, pois sabia que um dia acabaria. Ayden merecia muito mais, mas eu lhe daria tudo o que pudesse durante o tempo que estivéssemos juntos.

17

O MÊS SEGUINTE PASSOU VOANDO ENTRE TUTORIA COM AYDEN, trabalho na botica e treinamento para aprimorar minha magia. O relacionamento entre mim e Ayden estava florescendo bem. Passávamos cada momento livre juntos, de mãos dadas e sorrindo, mas a vontade de fazer mais coisas fisicamente era uma força onipresente. Às vezes, ele ia me tocar, distraído, mas logo retraía a mão e ficava cabisbaixo. Ele vivia olhando para meus lábios e eu morria de vontade de beijá-lo, mas não havia nada que pudéssemos fazer. Daí tentava tirar isso da cabeça.

Era o dia das provas trimestrais e do Baile das Belas de Inverno. Meu pai havia se recuperado bem e já tinha voltado ao trabalho. Fazia um frio cortante, e eu havia acabado de receber uma carta de Sorrel dizendo que as maçãs do pomar já tinham sido colhidas e que eu estava perdendo a famosa cidra da Hipsie. Respondi que estávamos indo bem e lhe perguntei se ela podia vir nos visitar em breve e passar três dias ali.

— Estou tão nervosa que acho que vou vomitar — anunciou Eden quando me encontrou na porta da frente.

Estremeci.

— Não é *grande* coisa, é?

— Haha! — Ela riu na minha cara com sarcasmo; Yanric alçou voo. — Para você é fácil falar. Afinal, não pretende conseguir um posto no Exército Real da rainha!

— Verdade. — Sorri. — E o que acontece se formos muito mal hoje?

Eden parou de andar e me fitou com os olhos arregalados.

— Não vou entrar na brigada no ano que vem, o que significa que nunca serei levada em consideração para atuar no Exército Real da rainha e serei relegada a uma mísera segurança, andando pelas ruas da Zona

Leste no meio da noite para me assegurar de que não haja idosos perdidos! — disse de um fôlego só.

Não consegui conter o riso.

— Ah, isso não vai acontecer. Você é uma das pirólogas mais fortes que eles já viram. Você mesma me disse isso.

Ela engoliu em seco.

— Supondo que eu consiga mostrar isso.

A rainha Solana. Observando tudo. Não seria nada divertido para mim.

Chegamos à escola, Eden estava meio melancólica. Eu sabia que ela não se sentiria melhor enquanto não acabassem as provas. E sabia que eu era obrigada a frequentar aquela escola durante quatro anos, de modo que ir mal nas provas não era uma grande preocupação para mim. Eles me manteriam ali de qualquer maneira. Eu estava presa ali, de certa forma.

Quando chegamos à escola, o clima era de nervosismo e estresse entre os alunos dos primeiros anos. Os mais velhos também tinham suas avaliações específicas, mas as provas trimestrais do primeiro ano tinham mais peso. O resultado nelas nos colocava num caminho que, segundo me disseram, era bem difícil de mudar, a menos que fizéssemos progressos bem significativos no ano seguinte. O mestre Clarke e a mestra Knight conduziram todos os alunos do primeiro ano para o gigantesco campo de treinamento. Senti um frio na barriga quando vi que as arquibancadas estavam lotadas de famílias e curiosos.

Eu odiava multidões.

Bem no alto, nove metros acima do campo, havia sido construída uma cabine especial, à sombra, onde se sentava a rainha, sozinha. Uma alta escada de madeira, em espiral, levava a seu camarote solitário, à porta do qual estava postado um guarda, com uma flecha engatilhada no arco.

Acaso tinham medo de que um aluno machucasse a rainha?

Interessante.

Eden seguiu minha linha de visão.

— Esteja sempre pronto para um assassinato — disse Eden, enigmática, como se estivesse recitando uma lei da Guarda Real.

— Muito bem, estudantes de pirologia! — berrou a mestra Knight, erguendo os braços. — Temos a honra de ser os primeiros a testar e exibir nossos poderes para Sua Majestade, a rainha Solana.

A turma explodiu em aplausos; eu segui o movimento deles, sem saber qual era o protocolo. Olhei para cima e vi a rainha acenando para a turma com um meio-sorriso no rosto, e me lembrei do que tinha ouvido na loja de Avis. Era inacreditável que Avis fosse a meia-irmã secreta da rainha, e apesar de Avis ter me avisado que Solana não hesitaria em me machucar, não pude deixar de me sentir com pena dela.

Ela estava lá em cima, sozinha. Sem marido, sem filhos, cercada de um bando de pessoas forçadas a gostar dela. Era uma realidade triste, na verdade, que eu jamais desejaria para mim. Uma realidade que Ariyon enfrentaria um dia, ou Ayden, provavelmente, porque viveria mais.

Como se pensar neles houvesse invocado os príncipes, eles passaram com suas armaduras completas e pararam à base da torre onde a tia estava. Estavam majestosos usando o traje de batalha real dos guerreiros da Cidade Dourada.

Eu e Eden trocamos um olhar e sorrimos.

Pois é. Eles eram muito bonitos; era difícil negar. E pela expressão das garotas por ali, todas concordavam.

— Eden, você será a primeira — gritou a mestra Knight.

Eden ficou rígida a meu lado.

— Primeira? — sussurrou, e engoliu em seco.

— Você é capaz. Estabeleça um padrão alto para os outros — eu disse.

Ela acenou com a cabeça e foi para o centro do campo, onde a mestra Knight a aguardava. A professora sussurrou algo e Eden empalideceu, mas concordou com a cabeça.

Enquanto a mestra de pirologia se afastava, olhei ao redor. Achei que o Exército Real simularia um ataque a Eden ou algo assim, mas nada aconteceu. Só quando a mestra Knight saiu do campo foi que ouvi o som de um tiro de canhão.

Um disco rígido, semelhante a um prato, foi lançado de uma máquina em direção ao rosto de Eden.

Os calouros ali reunidos ficaram boquiabertos — inclusive eu —, mas Eden estava determinada. A mestra Knight devia tê-la avisado.

Ela estendeu a mão e disparou uma rajada de fogo, incinerando o disco antes que a atingisse. Explodimos em aplausos; mas a alegria durou pouco, pois outro canhão disparou, desta vez atrás de Eden.

Olhei para a floresta que ficava depois do campo e percebi que as máquinas de projéteis estavam espalhadas por toda parte.

Sem perder o ritmo, minha melhor amiga girou e usou a palma da mão direita para abater o disco de papelão, que pegou fogo e caiu na grama. Aplaudimos de novo.

Olhei para a rainha e vi que ela observava Eden com interesse, anotando algumas coisas num pedaço de papel. Eu torcia para que isso significasse que minha amiga entraria na Brigada Real no ano seguinte.

Tiro após tiro eram disparados pelos canhões e Eden queimava um por um, e às vezes dois de cada vez. Ela era fera. Eu não sabia se todos nós passaríamos por um teste tão intenso ou se os projéteis eram mais rápidos para Eden, visto que ela era a mais avançada naquela habilidade. Eu com certeza não me sairia tão bem.

Quando a mestra Knight apitou, Eden já estava suando e grossos flocos de cinza cobriam seus cabelos. Todo mundo aplaudiu bastante quando ela saiu do campo, olhou para a rainha e curvou a cabeça.

— Muito bem — disse a mestra Knight, sorrindo para Eden. Devia ser sua aluna favorita. Meu coração estava explodindo de alegria pela minha amiga.

— Você arrasou! — eu disse a Eden quando ela se aproximou de mim.

Ela concordou, com os olhos arregalados.

— Foi incrível!

Dei risada, e então fiquei observando enquanto Blair era chamada. Os projéteis iam rápidos e fortes em sua direção também, e o medo começou a tomar conta de mim. Seria assim com todo mundo? Blair não era tão habilidosa em pirologia, por isso errou meia dúzia, mas todos a aplaudiram mesmo assim, e a rainha exibiu um sorriso satisfeito. Olhei para Ariyon e vi que ele estava com cara de tédio. Hum, fascinante, pensei que ele se interessasse mais pela namorada.

O próximo aluno foi chamado, depois o seguinte, até que chegou minha vez.

— Fallon Bane! — berrou a mestra Knight secamente.

Fui a última.

Eu não sabia o que era pior: ser chamada primeiro e não ter ideia do que esperar ou ser a última e ter meu desempenho comparado com o de todos os alunos anteriores.

— *Boa sorte* — disse Yanric de algum lugar entre as árvores. Um leve sorriso se formou em meus lábios.

— *Obrigada.*

Tirei as luvas e, nervosa, fui até o meio do campo, sob os aplausos de Eden e Ayden. Era bem deprimente ouvir só duas pessoas me aplaudindo entre as centenas presentes, mas tirei isso da cabeça e foquei no lado positivo: eu tinha dois amigos, e isso era melhor que zero.

Me posicionei no campo, observando com paranoia os vários canhões. Qual deles dispararia?

Boom.

O som ecoou a minha direita. Invoquei minha magia, estendi o braço direito e lancei um arco de fogo roxo contra o disco, incinerando-o. A multidão fez ó, não devia estar acostumada a ver as chamas do fogo eterno. Então, outro canhão disparou a minha esquerda. Girei e lancei outro jato de fogo; ele atingiu o disco, que explodiu em chamas.

Eden e Ayden gritaram, e eu até ouvi o crocito de um pássaro familiar. Abri um sorriso e me preparei para a próxima.

Mas nada aconteceu.

Esperei, olhando para a mestra Knight, do outro lado do campo, que também parecia estar meio perplexa. E então, ouvi.

Boom.

Olhei ao redor às pressas, tentando ver o disco; franzi a testa ao perceber que ele não se aproximava de mim. Além disso, não parecia ser de papelão, como os outros. Aquele prato tinha um brilho metálico.

Senti o medo bem fundo nas entranhas quando o disco se chocou contra uma das vigas da torre da rainha. Um grande estrondo cortou o ar e, a seguir, a metade inferior da viga se partiu, desabando.

Gritos de alarme ecoaram por todo o campo, e fui tomada pelo choque. A torre rangeu e balançou. Vários guardas reais correram para as bordas do campo, sacando espadas, arcos e flechas e apontando para a floresta atrás de mim. Mas não houve tempo para processar o que estava acontecendo. Outro canhão disparou. O disco prateado cintilante foi arremessado e cortava habilmente o ar na direção da torre da rainha, quebrando o outro mastro ao meio.

Foi quando a torre inteira começou a tombar para frente. Meu coração batia na garganta.

O que está acontecendo?

Foi naquele momento que registrei o que estava acontecendo.

Era uma tentativa de assassinato contra a rainha.

— Desliguem os canhões! — gritou alguém.

O único guarda que estava postado à porta da área reservada da rainha apontou seu arco para a floresta, mas foi em vão.

Foi tudo muito rápido. Olhei para a rainha e vi o medo em seus olhos enquanto a torre se inclinava para frente e Solana caía como água sendo despejada de um copo.

Sem pensar, corri para frente, jogando os braços para cima e gritando, liberando uma magia desconhecida das palmas das mãos. A rainha foi envolvida por um campo de força telecinético e sua velocidade de queda diminuiu, como acontecia com os pedaços de papel com que eu praticava nas aulas. Meu cérebro parecia estar sendo comprimido por um torno; eu lutava para me concentrar. Pessoas gritavam, guardas corriam para frente, era o caos. Mas consegui levar a rainha Solana devagar até o chão logo após a torre de madeira desabar, infelizmente levando o guarda à morte.

A torre se estilhaçou em mil pedaços ao lado da rainha e ela estava ali, sentada no campo, com o peito arfando e olhando para mim em choque.

Fiquei ali parada e, por fim, baixei as mãos. Elas tremiam devido à adrenalina que corria pelo meu corpo.

Naquele momento, a Guarda Real correu para o campo — incluindo Ayden e Ariyon —, e antes que eu me desse conta, a rainha já estava sendo levada embora e os boatos sobre a tentativa de assassinato se espalhavam pelo campo.

— Você está bem? — perguntou Ayden, enquanto sua tia era levada às pressas dali.

Engoli em seco e confirmei com a cabeça.

Pela Luz, o foi isso?!

— Depois a gente se fala — disse ele, e saiu correndo do campo, convencido por dois guardas reais a se proteger também.

Outro destacamento de guardas correu para a floresta, pelo visto para encontrar quem havia carregado os canhões com os discos de metal.

Alguém apareceu a meu lado e me estendeu minhas luvas. Peguei--as com cuidado e ergui os olhos, vendo o mestre Clarke me olhando com orgulho.

— Sua magia não é movida pela raiva como a de sua mãe, e sim pelo desejo de proteger.

Engoli em seco, ainda processando o que havia acabado de acontecer.

— Eu… não faço ideia de como fiz aquilo — confessei.

Ele acenou com a cabeça.

— Às vezes, só precisamos nos abrir e permitir que a magia faça o que é preciso.

— Mas eu tenho que aprender a controlar minha magia para que ela não me controle — recordei.

Ele me lançou um olhar curioso.

— Você parecia estar no controle agora há pouco. Sabia o que queria fazer, só não sabia exatamente como. Seu desejo, somado à inteligência de sua magia, salvou a vida da rainha.

Eu salvei a rainha.

Santa Luz, aquilo havia sido um grande feito.

O mestre Clarke olhou para as árvores, como se tentasse avaliar uma ameaça desconhecida.

— É melhor entrarmos para deixar a Guarda Real investigar.

— Ah, claro.

Um assassino ainda devia estar naquela floresta.

Durante todo o trajeto até onde Eden me esperava ansiosamente, eu não conseguia parar de olhar para as próprias mãos e, pela primeira vez, temer um pouco o que era capaz de fazer. Mas tive que tirar tudo isso da cabeça, porque o Baile das Belas era naquela noite e eu estava mais animada do que nunca.

Meu primeiro baile. Meu primeiro namorado de verdade. Meu primeiro encontro.

18

Avis havia chegado. Eu estava usando o vestido de cetim coral que caiu como uma luva em mim. O corselete tinha uma sobreposição de renda da mesma cor, com um padrão floral, e a saia abraçava meus quadris e coxas e se abria à altura dos joelhos. As luvas iam até os cotovelos, e a melhor parte era um bolero de cetim com capuz, azul-petróleo claro, que contrastava com o coral. Chegava até os cotovelos, logo acima das luvas. Com um coque no cabelo e o capuz na cabeça, seria preciso que alguém me tocasse de propósito para me fazer mal. Eu me sentia invencível. O drama da tentativa de assassinato da rainha naquele dia havia diminuído e todos estavam prontos para ir ao baile e se divertir. O restante das provas trimestrais havia sido adiado para a semana seguinte, aguardando a investigação.

— Ah, querida — disse meu pai, parado à porta. — Você está linda.

Sorri, porque me sentia bonita de verdade. Em Isariah, nunca comprávamos itens frívolos. Tudo era prático. Roupas eram para o trabalho e para o dia a dia. Tirando a roupa do casamento, nada era feito sob medida e, mesmo assim, os vestidos de noiva passavam de geração em geração. Ao me ver protegida de minha maldição e bem-vestida, eu me senti bonita… não, *linda*, pela primeira vez em muito tempo. Durante toda a minha vida, eu só quis ser normal, e desde que tinha me mudado para a Cidade Dourada, comecei a me sentir como as outras jovens da minha idade talvez se sentissem. Eden me emprestou maquiagem, e eu passei um delineador grosso ao redor dos olhos e um brilho labial transparente.

Alguém bateu na porta de casa.

— Ayden chegou cedo! — eu disse, e corri para calçar as luvas.

— Vou fazer sala para ele — disse meu pai.

Minha janela se abriu de repente e Yanric entrou voando, desta vez não em forma de sombras e atravessando a parede, como costumava fazer.

— *Não é o Ayden, é Eden, e ela está chorando* — disse Yanric.

Ai, não. Senti um frio na barriga enquanto terminava de colocar as luvas e corria para a sala, onde meu pai estava olhando para Eden, que soluçava.

Ele olhou para mim, em pânico.

— Ela não quer me dizer o que aconteceu.

— Vamos para o meu quarto, Eden?

Ela estava linda com seu vestido verde-esmeralda e seu cabelo ruivo cacheado e impecável.

Ela olhou para mim com a maquiagem toda borrada.

— Ah, Fallon, você está incrível. — E então, começou a chorar ainda mais.

Olhei para meu pai, arregalando os olhos, e ele entendeu a indireta e saiu da sala, indo para seu quarto.

— O que foi? — perguntei.

Eden se jogou no sofá e esfregou o rosto.

— *E quem eu preciso matar?* — disse Yanric, pousando no ombro dela e acariciando seu pescoço. Ela acariciou as penas de Yanric, respirando fundo.

— Hayes cancelou de última hora. Disse que tem que ir ao baile com Blair porque o pai dele o obrigou.

— O quê? Maldito! — ofeguei.

Yanric saiu voando e eu gritei, mandando-o parar, mas ele já havia se transformado em fumaça preta e atravessado a parede.

— *Não o mate!* — ordenei.

— *Só vou arrancar os olhos dele* — disse Yanric.

— *Não!*

— *Um olho.*

— *Nenhum olho* — rosnei.

— *Tudo bem, mas vou cagar na cabeça dele.*

Concordei, mais tranquila.

— *Tudo bem, isso eu permito.*

Eden olhou para mim com lágrimas nos olhos.

— Hayes disse que Ariyon terminou com a Blair e que ela o convidou para ir ao baile, e que ele tem que obedecer ao pai, já que ela é da realeza. Se ele recusasse, pegaria mal para o pai dele.

— Que babaca! — Dei um soco no sofá, mas também não pude evitar um friozinho na barriga ao saber que Ariyon havia terminado com Blair.

Barriga idiota.

Por que ele havia feito aquilo? Eu achava que ele gostava dela.

— Que se dane o Hayes, o pai dele e a mentalidade elitista deles. Você vai com o Ayden — declarei.

— Como é? — Eden enxugou o rosto e ficou olhando para mim, confusa. — Eu não vou com seu namorado.

— Ele não vai ligar. E Ayden é um príncipe. Dance com ele bem na frente de Hayes para que ele se arrependa de ter te dado bolo.

Ela sorriu, e suas lágrimas secaram na hora.

— Yanric queria arrancar os olhos dele?

Fiz que sim.

— Mas eu não deixei. Disse que só podia cagar na cabeça dele.

Caímos na gargalhada. Então, Eden segurou minhas mãos enluvadas.

— Sua proposta é muito fofa, mas o Ayden é seu par e eu vou ficar bem…

Ela engoliu em seco e as lágrimas voltaram a marejar seus olhos, deixando evidente que ela não estava nada bem.

— Tudo bem, vamos nós duas com Ayden. A gente pode revezar para dançar — corrigi, sabendo que era a única opção que ela aceitaria. Afinal, ela era minha melhor amiga e nunca me deixaria ir a um baile sozinha.

Ela sorriu, acanhada.

— Acha que ele aceitaria?

— Ir com duas mulheres lindas ao baile? Está maluca?! Ele será invejado por todo mundo.

Bateram na porta e Eden arregalou os olhos, em pânico.

— Meu rosto deve estar horrível.

— Vá dar um jeito nisso lá no meu quarto, eu falo com ele.

Ela correu para o quarto e eu me levantei para abrir a porta.

— Caramba — disse Ayden, me olhando da cabeça aos pés com a mão no coração.

— Posso dizer o mesmo para você. — Sorri, admirando seu terno prateado e o cabelo penteado para trás.

Ayden era tão parecido com Ariyon que às vezes era difícil olhar para ele, porque confundia meus sentimentos.

— Sabe — baixei a voz e me aproximei dele —, Hayes abandonou a Eden para ir ao baile com a Blair. Ela está lá no meu quarto se arrumando. Você aceitaria levar nós duas? — perguntei, fazendo uma careta e rezando para que ele aceitasse.

Ele sorriu.

— Precisa perguntar? Eu adoraria, e eu fiquei sabendo de tudo antes de vir para cá. Está uma confusão.

— Ariyon achou ruim que Hayes fosse ao baile com a Blair? — perguntei, franzindo a testa.

Ayden sacudiu a cabeça.

— Ariyon nunca gostou da Blair.

— Sério? Porque a língua dele na garganta dela dizia o contrário — zombei.

Ayden engoliu em seco, ficando sério.

— Ariyon sabe que vai morrer jovem, Fallon, e não quer arrastar ninguém ao fundo do poço. É por isso que ele só quer saber de coisas... superficiais e casuais; ele gosta de se divertir. Mas garanto que meu irmão é tudo menos superficial... quando ele gosta, gosta pra valer. Ele só não quer deixar nenhuma mulher viúva antes dos trinta anos.

Fiquei sem ar ao ouvir a avaliação que Ayden fez do irmão gêmeo. Naquele momento, a bebedeira no *campus*, os amassos em público com Blair, tudo fez sentido. Eu também quebraria regras e faria loucuras se o relógio estivesse contra mim. Com certeza viveria a vida louca ao máximo. Mas ouvir Ayden dizer que Ariyon não queria deixar nenhuma mulher viúva partiu meu coração. Acaso Ariyon não se permitia ter sentimentos profundos por ninguém porque sabia que não viveria o suficiente para cuidar da pessoa e ter filhos com ela? Nesse sentido, éramos iguais. Casamento, filhos... não estava nos planos de nenhum dos dois... Bem, acho que poderia estar nos meus, mas só com ele.

Sacudi a cabeça para clarear os pensamentos.

O piso de madeira rangeu e Eden apareceu atrás de nós.

— Duas acompanhantes? Sou ou não sou o cara mais sortudo do reino? — disse Ayden, avaliando Eden.

Ela sorriu.

— Cala a boca, não precisa ter pena de mim.

— Você é a acompanhante forçada mais linda que eu já tive — brincou Ayden.

Isso a fez rir enquanto ela ia até ele e lhe dava um soco no braço.

Senti algo entre eles, uma conexão; ou seriam apenas suas brincadeiras habituais?

Eden e Ayden sempre foram amigos, mas se verem vestidos daquele jeito deve ter mudado algo entre eles, porque estavam perdidos no olhar um do outro, enquanto eu apenas observava sem um pingo de ciúme. Procurei em meu coração qualquer ressentimento ou tristeza, mas não havia.

Por que não? Não deveria haver? Afinal, ele era meu namorado. Havia apenas... uma razão. Será que eu e Ayden chegamos a um ponto do relacionamento em que não podíamos mais ir adiante e tudo estava começando a ruir? Esse pensamento me deixou triste, mas só porque eu não queria perder a amizade dele.

— Traga-as para casa às dez, filho. — Era a voz profunda de meu pai, mais profunda e autoritária que o habitual, vinda da sala e nos assustou.

— Sim, senhor — disse Ayden, concordando com a cabeça.

Então, deu o braço a mim primeiro e depois a Eden.

Fomos de braços dados pela rua, chegamos à rua principal que dividia os dois lados e finalmente entramos na Zona Leste. Fiquei impressionada ao ver centenas de estudantes com suas melhores roupas, a cavalo e dentro de carruagens, todos a caminho do evento.

O baile não seria realizado na escola, mas sim numa mansão à beira do lago, de propriedade da rainha, que ficava em frente ao *campus* e aninhada ao parque. Pelo visto, ela alugava o local para eventos escolares, como bailes, formaturas e coisas do tipo.

— Então o Ariyon vai ao baile sozinho? — perguntei.

Ayden sacudiu a cabeça.

— Vai ficar em casa. Ele não gosta de bailes mesmo.

Que surpresa. Devia estar bebendo e compondo, ou pintando. Por que eu achava isso tão atraente? Eu não deveria gostar dos *bad boys*, afinal, eram chamados assim por um motivo, para que ficássemos longe deles. Mas o fascínio que exerciam era mais forte que o alerta.

Estava difícil acompanhar a velocidade de Ayden e Eden. O corte de meu vestido dificultava dar passos largos.

— Vocês poderiam ir mais…

Bati o dedão do pé numa pedra grande e, de repente, comecei a cair para frente. Como meu vestido era apertado nos joelhos, não pude nem tentar abrir as pernas e amortecer a queda. Soltei um grito agudo antes de cair de cara na rua de paralelepípedos. Eu havia tentado me segurar no braço de Ayden, mas seus dedos roçaram meu rosto nu ao tentar me segurar.

Uma dor forte e quente percorreu minha espinha e eu mal pude estender as mãos para amortecer a queda.

— Não! — gritou Ayden quando eu caí e rolei para o lado. Ouvi um som de algo se rasgando em meu vestido. O toque em meu rosto havia sido breve, mas ativou minha maldição mesmo assim.

— Fallon! — Eden correu para mim, mas estendi as mãos para impedi-la. Não queria ninguém perto de mim naquele momento.

Ela derrapou até parar, e então, olhei para Ayden. Ele estava com o rosto entre as mãos, parecia que ia vomitar. Seus olhos estavam arregalados e a boca, aberta de horror.

Trocamos olhares e eu soube que estava tudo terminado. Aquele momento sobre o qual havíamos conversado no banco do jardim da casa dele havia chegado.

— Não aguento mais isso — sussurrou ele, confirmando minhas suspeitas.

Ali estava. O momento que eu já esperava. Ele tinha aguentado firme o máximo que pôde, e eu era grata por isso. Havíamos tentado.

Eu me sentei e uma onda de dor me fez tremer. O fato de saber que esse momento chegaria não o tornava menos doloroso. Meu coração estava em pedaços quando a solidão me envolveu; uma lágrima rolou pela minha face. Eu odiava minha vida naquele momento. A única noite em que eu iria a um baile e me sentiria uma garota normal estava arruinada. A manga de meu vestido estava rasgada, eu estava com dor e tudo estava acabado. Tudo com Ayden estava acabado.

— Pode nos dar um minuto? — Ayden olhou para Eden.

Minha melhor amiga estava à beira das lágrimas e eu acenei com a cabeça para ela.

— Ele encontra você no baile. Estou bem — disse a ela, e me levantei devagar.

Ela hesitou, mas por fim foi embora, olhando por cima do ombro para nós algumas vezes.

Estávamos bem na frente da escola e mais de uma dúzia de pessoas haviam visto minha queda. Eu tinha esperanças de que isso não acontecesse, mas estava preparada, por via das dúvidas. Enfiei a mão em minha bolsinha e peguei o frasco de *Xô Dor* e o de *Tônico Neural*. Avis os havia feito especialmente para mim, caso eu fosse tocada, e não tinham o mesmo efeito colateral sonífero das outras tinturas para dor. Eu também tinha essas tinturas em casa, para uma emergência. Tomei um golinho de cada e as guardei de volta na bolsa. Suspirei de alívio quando fizeram efeito imediato, diminuindo a dor pela metade. Assim eu conseguia funcionar. Ayden se sentou num banco ali perto. Fui até ele, abraçando a mim mesma. Minha pele queimava, mas meu coração doía mais naquele momento. Porque eu sabia que estava prestes a me despedir de um de meus melhores amigos.

— *Vai ficar tudo bem* — disse Yanric em minha mente, e eu quis chorar ainda mais. Ele devia estar observando de alguma árvore por ali.

— Acho que era inevitável — disse Ayden, suspirando. — Desculpa, não posso mais. Eu quero, mas… me mata ver você sofrendo e saber que eu fui a causa.

Concordei, piscando com força porque as lágrimas não paravam de cair.

— Está tudo bem.

— Depois do que aconteceu no dia dos biscoitos, fico ansioso quando chego muito perto de você. Mas você é tão linda que eu quero estar a seu lado. Tenho tido pesadelos nos quais eu toco em você e… Não sei como seu pai consegue.

Dei uma risadinha, enxuguei as lágrimas e respirei fundo.

— Ele reclama muito. Quando descobriu que Ariyon podia me abraçar, disse que estava com ciúme.

Ayden engoliu em seco.

— Você abraçou Ariyon?

Franzi a testa.

— Sim, mas só aquela vez que você me mandou um abraço por meio dele. — Ele ficou confuso, então continuei: — Logo depois do ataque na festa. Você estava em casa se recuperando e… — Minha voz sumiu, porque Ayden estava meio irritado.

— Eu nunca te mandei um abraço, Fallon. Foi tudo coisa dele. — Ele riu então, e passou os dedos pelos cabelos. — Acho que meu irmão gostou de você desde o primeiro dia, mas ele se afastou porque eu te reivindiquei no exato segundo em que te vi naquele primeiro dia de aula.

Fiquei surpresa ao ouvir essa confissão. Por vários motivos. O abraço foi de Ariyon? Ayden devia estar enganado sobre o irmão ter gostado de mim desde o primeiro dia, porque, na verdade, ele me odiava desde o primeiro dia.

— Você me reivindicou? — Lancei um olhar irônico a ele.

Ele fez que sim, com um olhar ardente.

— Você é a garota mais bonita da escola. Não é pretensiosa, fica na sua, e sua risada provoca uma revolução em mim. Claro que eu te *reivindiquei*.

Eu te vi primeiro. Fazia sentido agora. Não, de jeito nenhum, não podia ser. Minha mente girava enquanto eu tentava manter o foco em Ayden e em mim.

— Dizer que sou a garota mais bonita da escola não está facilitando as coisas! — repreendi, e ele sorriu.

Se inclinando para mim, com cuidado para não tocar em nenhuma parte exposta, ele me fitou sério.

— Temos que continuar amigos, Fallon. Eu ficaria arrasado se você não quisesse mais falar comigo.

— Claro que sim! — concordei, aliviada por ele querer que continuássemos sendo amigos próximos.

Ayden era um de meus melhores amigos e talvez isso fosse tudo que deveríamos ser; caso contrário, a Luz teria permitido que ele tocasse em mim, e não o irmão.

— E você está errado sobre o Ariyon gostar de mim desde o primeiro dia. Ele me odeia, isso é fato.

Ayden suspirou.

— Meu irmão é complexo. Acho que ele odeia gostar de você. É diferente.

Era meio estranho falar sobre a possibilidade de Ariyon gostar de mim com o irmão dele depois que terminamos. Então ele se virou para mim.

— Se rolar alguma coisa entre você e o Ariyon a partir de agora, tudo bem para mim. Só quero que você seja feliz.

Arqueei as sobrancelhas.

— Tá... bem, se alguma coisa rolar entre você e a Eden a partir de agora, tranquilo para mim.

Ele ficou meio chocado e abriu sorriso maroto.

— Tá bem.

— Aconteça o que acontecer, somos amigos para sempre — declarei.

— Promete? — perguntou.

Estendi o dedo mindinho protegido pela luva, dando vida àquele gesto da infância. Ele sorriu e enganchou o dedinho no meu.

— Prometo — concordei.

Ele suspirou e olhou para os meus lábios.

— Em outra vida, eu poderia ter te amado tanto, Fallon.

Lágrimas brotaram em meus olhos, mas pisquei para contê-las. Meu coração estava pleno naquele momento.

— Eu também.

Acaso seria possível amar alguém de verdade e por muito tempo sem *qualquer* contato físico? Talvez por um tempo. Mas um abraço, um beijo, um carinho no rosto aprofundavam o amor; era o que meu pai sempre dizia.

— Você vai conseguir encontrar a gente no baile? — perguntou ele, melancólico.

— Vou tentar. Só preciso de um tempo — respondi, com um sorriso sincero.

Meu coração doía, mas eu também me sentia aliviada. Era um misto estranho de emoções ao mesmo tempo.

— Quer que eu fique aqui com você?

Sacudi a cabeça.

— Acho que prefiro ficar sozinha e refletir um pouco sobre a minha vida.

Ele me deu um sorriso triste, depois ficou em pé para ir embora e me lançou mais um olhar desejoso. Dei um meio-sorriso e acenei. Então, ele foi na direção da extravagante entrada do baile, do outro lado da rua.

Em outra vida, eu poderia ter te amado tanto. Era muito fofo dizer isso, mas eu queria ser amada nesta vida.

Fiquei em pé, passei pelos portões abertos da Academia, sem querer ser vista por nenhum outro aluno naquele momento. Todos se dirigiam à mansão do outro lado da rua. Dava para ouvir muito bem a linda música no pátio da escola. Minha pele ainda doía; como estava sozinha, tirei o bolero com capuz que havia se rasgado e deixei os braços respirarem, mas continuei com as luvas.

— Você está no lugar errado. — A voz do mestre Clarke surgiu atrás de mim e eu voltei o olhar para ele.

— Fui tocada sem querer, quero esperar um pouco para me acalmar.

Ele franziu a testa e sacudiu a cabeça.

— Sinto muito. Você está muito linda, Fallon, espero que se divirta bastante.

Outro homem saiu das sombras atrás dele; carregava uma maleta e se aproximou do mestre Clarke. Estreitei os olhos, tentando identificá-lo. Ele me parecia familiar. Tinha cabelo castanho-escuro e parecia ter pouco mais de quarenta anos. Quando meu olhar pousou em suas mãos e nas marcas de mestre curandeiro que nelas se encontravam, lembrei quem era: o mestre professor de Ariyon. Um curandeiro.

— Fallon, conhece o mestre Hart? — perguntou o mestre Clarke, indicando o outro mestre.

O mestre Hart acenou para mim.

— Oi, Fallon. Preciso ir para casa, minha esposa e meus filhos estão me esperando. Boa noite — disse ele depressa, sem fazer contato visual, e foi embora.

Troquei um olhar confuso com o mestre Clarke, que deu de ombros.

— Ele é meio recluso. Divirta-se no baile, está bem?

Eu disse que sim e o mestre Clarke foi embora. Fiquei sozinha, balançando o corpo ao som da música que vinha do outro lado da rua.

Eden e Ayden estariam dançando? Blair e Hayes estariam juntos? Eu queria ir até lá e tentar fazer daquela uma noite divertida, mas também queria mais um tempinho para mim. Mais um momento para chafurdar na autopiedade pelo meu primeiro namorado de verdade ter me largado porque minha maldição era difícil demais de suportar. Não era justo nem pensar nisso. Ayden havia tentado; ele quis tentar quando eu mesma tentei acabar com isso. Mas, ainda assim, era triste, ainda mais porque agora eu estava completamente sozinha.

Sempre sozinha.

Duas sombras passaram pelo portão da frente e meu coração deu um pulo quando vi que eram precedidas por Ariyon e Ayden.

Ayden olhou para mim ali, no pátio da escola, depois olhou para o irmão e acenou com a cabeça. Então, foi embora, atravessou a rua para provavelmente encontrar Eden.

Que diabos foi aquilo? Aquele aceno com a cabeça? Ele havia ido contar para o Ariyon o que tinha rolado? Que terminamos? Por que ele faria isso? E por que Ariyon vinha na minha direção com um olhar determinado? Estava com uma camiseta branca rasgada, com manchas de tinta, e uma calça preta também coberta de respingos de tinta.

Ele veio até mim, deixando seu olhar percorrer todo o meu corpo, e eu nem conseguia respirar. Ariyon pegou minha mão e puxou minha luva pelo dedo mindinho, tirando-a. Fez o mesmo com a outra, deixando as duas luvas caírem no chão e meus braços nus. O que ele fez a seguir me deixou sem ar. Levou a mão a meu cabelo, soltou minha presilha e deixou minhas longas madeixas negras caírem em cachos pelas costas.

Eu já estava ofegante quando ele disse em meu ouvido:

— Quero te dar tudo o que você deseja. — E passou as mãos pelos meus cabelos, e meus joelhos fraquejaram com essa declaração.

Então, dançamos. Uma dança *de verdade.* Pertinho. Devagar. Pele com pele. Corações acelerados. Olhares fixos. Foi tudo o que eu sempre imaginei e muito mais.

A música era baixa, mas não importava; poderíamos dançar apenas ao luar que não faria diferença naquele momento.

Olhei para Ariyon toda embasbacada, enquanto ele me conduzia habilmente pelo pátio, me encarando com uma ternura da qual eu não achava que ele fosse capaz.

Quando finalmente consegui articular as palavras, olhei para ele e perguntei sem rodeios:

— Por que você terminou com a Blair?

Eu não queria ser um estepe. Desde que o havia conhecido, Ariyon me tratava ora com calor, ora com frieza, de modo que eu não sabia o que ele sentia por mim, e eu havia literalmente acabado de terminar com o irmão dele.

— Porque ela não era você — declarou ele, e eu fiquei sem fôlego. — Porque não importa quantas vezes eu beijasse a Blair, não era você.

Essa devia ter sido a coisa mais romântica que ele já disse, de uma forma meio confusa.

— Por que não quis ficar comigo antes? — perguntei, tentando disfarçar a mágoa.

Ele suspirou, aflito.

— Quando descobri que você era filha da assassina da minha mãe, é claro que fiquei com algumas reservas.

— Faz sentido. — Dei de ombros. — E depois?

Ele olhou para os portões do pátio onde Ayden esteve antes.

— Depois de meu irmão gêmeo chegar apaixonado lá em casa no primeiro dia de aula reivindicando você, eu tive que ficar na minha. Eu amo demais o meu irmão, não seria capaz de tirar dele nada que ele queira.

Meu coração martelava no peito, tão alto que eu tinha certeza de que ele podia ouvir. O amor dele pelo irmão fez meu coração derreter.

— O que quer dizer tudo isso, Ariyon? — sussurrei.

Ele soltou minha cintura e aninhou as mãos entre meus cabelos, pousou os polegares nas laterais de meu rosto e senti uma descarga inebriante de adrenalina. Ele estava me tocando mais do que eu já havia sido tocada na vida inteira, e estava adorando.

— Quero dizer que, desde o momento em que te conheci, senti uma centelha ganhar vida dentro de mim, uma chama que eu julgava morta havia muito tempo. Quero dizer que não consigo tirar o seu cheiro da cabeça e sonho em sentir o seu gosto. Quero dizer, Fallon Brookshire, que não me importa quem seja sua mãe, eu só quero ser a pessoa que te faça feliz. Sempre esperei por você.

Ele colou os lábios nos meus e engoliu meu gemido. Sua língua forçou passagem em minha boca fechada e eu abri os lábios, intensificando nosso beijo. Meu estômago deu uma cambalhota quando sua língua se enroscou na minha, e essa sensação fez um calor tomar meu ventre. Ele acariciava meu pescoço enquanto me beijava, e foi quase demais para mim, uma sobrecarga para a qual eu não estava preparada. Mas foi perfeito.

Eu estava sendo beijada.

Aquele era meu primeiro beijo.

Eu era normal.

A emoção de finalmente ter algo com que eu sonhava, que achava que nunca conseguiria, fez uma lágrima escapar de meu olho e pousar sobre nossos lábios colados. Ariyon a enxugou com o polegar, pressionando seu corpo no meu, buscando que nos tornássemos um só. Eu ofegava enquanto ele deslizava os dedos pelos meus braços, e sentia seu sorriso em meus lábios. Quando se afastou, me deu um selinho e sorriu.

Meu coração batia forte, meu estômago dava pulos e minha cabeça girava. Naquele momento, tive certeza de que esse havia sido o melhor beijo que qualquer garota jamais havia tido — apesar de não ter com que comparar.

— Adoro o fato de ser o único que pode fazer isso com você — murmurou em meu ouvido.

Sorri junto a seu rosto, mas logo meu corpo estremeceu quando um grito rasgou a noite.

— *Criaturas da noite!* — anunciou Yanric, sobrevoando-nos.

Outro grito, e mais outro. Olhei pelos portões do pátio e vi os alunos aterrorizados, saindo correndo da mansão onde o baile estava acontecendo. Ariyon me colocou atrás de seu corpo e fomos até a entrada do pátio. Ele observou a entrada da mansão, do outro lado da rua, tentando entender o que estava acontecendo.

A música parou.

— Criaturas da noite! — avisei para que se preparasse. — Está com sua espada aí?

Ele sacudiu a cabeça.

— E meus poderes só funcionam em seres vivos.

Eu sabia que ele estava se referindo ao poder de causar mal, como quando ele tinha me provocado aquela dor de cabeça, no dia em que nos conhecemos, quando eu havia puxado minha faca e o ameaçado.

Apesar de ter acabado de admitir que não tinha poder sobre as criaturas da noite nem uma espada ali, Ariyon saiu correndo e foi até a mansão sem hesitar.

E eu fui atrás dele, esperando poder ajudar de alguma forma.

— *Eden está bem?* — perguntei a Yanric.

Por que aqueles desgraçados haviam voltado? O que eles queriam?

— *Está, está lutando ao lado de Ayden e alguns professores.*

Os alunos saíam correndo pelas portas da mansão, em pânico, gritando, enquanto eu e Ariyon nos espremíamos, tentando atravessar a multidão. Alguém esbarrou em mim e eu gritei, sentindo minha maldição se ativar e a dor subir pelas minhas costas.

Não.

Agora não. De novo não. Cedo demais. A escuridão se cerrava sobre minha visão enquanto eu lutava para não perder a consciência.

Sem dizer uma palavra, Ariyon pegou minha mão e me aninhou em seu corpo para me proteger da multidão; seu poder de cura fluiu através de mim, como um bálsamo para minha dor. Suspirei de contentamento, horrorizada por ter acabado de tirar dias de sua vida, mas feliz por não estar inconsciente e sendo pisoteada no chão. Eu havia jurado nunca mais tirar tempo de vida dele, mas era uma emergência. Uma vez dentro do grande saguão, escapamos da multidão e chegamos ao salão de baile, onde tudo parecia estar acontecendo. O salão de baile estava lindamente decorado, com flores brancas que pendiam do teto e centenas de cordões de luzes. Mas eu não podia apreciar a beleza, pois via a carnificina que se desenrolava.

Mais de duas dúzias de criaturas da noite haviam se materializado no salão e atacavam alunos e professores. Yanric pousou em meu ombro e Eden correu ao meu encontro, vindo do nada, e me entregou um machado que parecia ter saído do depósito de lenha de fora.

— Foi só o que consegui encontrar. — Ela também tinha um machado menor em uma das mãos e uma bola de fogo na outra.

Os alunos corriam gritando. Um professor, o senhor Whitlock, tentava levá-los para os fundos do salão, onde parecia haver uma saída de emergência. Ayden e Ariyon estavam na nossa frente, como se quisessem nos proteger do que estávamos vendo.

— Por que voltaram? — perguntei, com a respiração trêmula, observando as sombras que rodopiavam pela sala.

Mas logo obtive a resposta. Uma sombra se solidificou bem diante dos príncipes, com uma cobra amarela enrolada no braço.

Marissa Bane. Ela estava ali por mim.

Mas foram Ayden e Ariyon que atraíram sua atenção naquele momento.

— Madden, os filhotes reais — sibilou minha mãe biológica e fechou o punho, erguendo-o e fazendo com que Ayden e Ariyon fossem levantados do chão por uma força invisível. Eles tossiam e cuspiam como se não conseguissem respirar, com as mãos no pescoço e agitando as pernas.

Gritei em pânico e corri para ela.

— Pare! Eu amo esses dois!

Se ela gostasse de mim, com certeza não machucaria as pessoas que eu amava.

Marissa voltou a cabeça em minha direção e me encarou com seus olhos negros como a noite.

— Você *ama* esses dois? Os Madden? — Ela estalou a língua. — Eles são venenosos, assim como eram os pais deles.

Era inegável que ela era má. Era uma feérica das trevas por inteiro e isso transparecia em sua aparência. Tinha zero empatia.

Olhei para os príncipes e vi que estavam ficando roxos, suspensos no ar, arranhando a garganta. Sabia que precisava fazer alguma coisa. Sem pensar, invoquei minha magia e estendi a mão livre do machado. Uma onda de poder atingiu Marissa e a jogou para trás, fazendo-a gritar. Ayden e Ariyon caíram no chão, ofegantes, mas livres das garras dela.

Yanric voou logo acima e mergulhou do teto, atacando a cobra familiar de Marissa, enquanto eu avançava com o machado na mão. Se ela achava que iria machucar as pessoas que eu amava, estava muito enganada.

Senti Eden correr para mim.

— Para trás! — rosnei, e usei meu novo poder para empurrá-la para trás.

— Não! — gritou ela, mas estava impotente diante daquele campo de força ou sei lá o que era.

Era como se eu pudesse lançar um escudo invisível e afastar as pessoas, levantá-las ou derrubá-las. Naquele momento, eu queria colocar Marissa debaixo da terra, a sete palmos. Mas ela se transformou em sombra de novo e começou a girar a minha volta como fumaça saindo de uma fogueira.

— Venha me encontrar. Há muita coisa que você precisa aprender — sussurrou ao passar por mim. Então, ela se solidificou por um segundo diante de mim, deixou cair um pedaço de papel dobrado a meus pés e sumiu, se transformando em sombra negra de novo.

Gritei de raiva, brandindo o machado às cegas na direção das sombras que passavam diante de mim.

— Lição número um — disse ela, ainda em forma de sombra, enquanto eu tentava cortá-la com o machado. — *Nunca* se apaixone.

As sombras desapareceram de repente e o machado foi arrancado de minha mão por uma força invisível. O grito de Eden, de gelar o sangue, percorreu o salão de baile, fazendo os pelos de meus braços se arrepiarem. Me voltei e senti que minha alma havia deixado meu corpo por um segundo. Ariyon me encarava, boquiaberto, segurando o machado cravado em seu peito, à altura do coração.

O grito de dor de Ayden quando pegou o irmão que caía no chão assombraria meus sonhos para sempre. Foi um golpe mortal, não havia remédio; um machado cravado até o cabo no coração.

A fúria crua pulsava em minhas veias, acendendo um inferno dentro de mim. Minha visão ficou turva, coberta por uma névoa vermelha, e meu coração batia como um tambor de guerra. Cada batida alimentava ainda mais minha raiva. Cravei as unhas na palma das mãos quando fechei os punhos, tentando libertar minha raiva reprimida.

Soltei um berro de fúria e o fogo roxo saltou de minhas mãos, incendiando todas as criaturas da noite ao redor. Eu não precisava olhar para elas, minha magia sabia onde estavam e que eram os destinatários de minha ira. Gritos de dor preencheram o espaço enquanto as criaturas da noite queimavam, e então, corri para Ariyon. Caí de joelhos, gritando e chorando, enquanto Eden gritava em vão, chamando um curandeiro.

— Perdão, Ayden — solucei, olhando para seu irmão gêmeo. Era como se a culpa fosse minha; eu achava que Marissa e suas ações eram de minha responsabilidade.

Ele estava em choque, acariciando os cabelos de Ariyon, cuja cabeça pendia em seu colo. Engatinhando para frente, puxei o rosto de Ariyon para perto do meu e beijei sua boca.

Seus lábios estavam frios, mas reagiram, e quando afastei os meus, ele teve forças suficientes para estender a mão e acariciar meu rosto.

— Não seja… como ela — sussurrou.

— Não sou! — gritei, soluçando incontrolavelmente. Eu não aguentava mais, aquilo jamais aconteceria.

Ele olhou atrás de mim e eu segui seu olhar.

Pela Luz. O salão de baile estava em chamas. Muitas criaturas da noite haviam sido queimadas até virar cinzas, mas o piso de madeira e as cortinas também estavam pegando fogo. Eu torcia para que a houvesse matado. Rezava para a Luz que Marissa tivesse sido destruída.

— Não faça magia... por... raiva — sussurrou Ariyon, passando o dedo pelo meu lábio inferior. — Eu queria tantos outros beijos — disse baixinho.

Toda a raiva que existia invadiu meu organismo naquele momento e explodiu como um balão, e eu fiquei simplesmente vazia, preenchida agora apenas por repulsa e desespero.

Não.

O que eu havia feito?

A fumaça tomava todo o salão, e Ayden tossia; os últimos alunos e funcionários fugiam.

— Ariyon... — Coloquei as mãos sobre cada lado do machado cravado em seu peito e gritei. Gritei tanto que minha garganta ardia. Era como se eu quisesse queimar junto com aquele edifício.

— *Você tem que sair daqui* — alertou Yanric, bicando a cabeça de Eden para fazê-la sair dali.

Ela se levantou de um pulo, se sacudindo.

— A gente tem que sair — disse, tossindo.

Eu havia passado cada momento evitando a conexão entre mim e Ariyon, e então, quando finalmente assumimos nossos sentimentos e nos beijamos. Uma dança. E agora tudo estava acabado. Não foi o suficiente, eu queria mais. Queria uma vida inteira com ele. Não era justo. Senti um formigamento forte sob as mãos. Ayden ofegou e imediatamente começou a tossir.

— Marcas de cura! — disse Eden, entre acessos de tosse.

Senti um calor nas costas, fiquei em pé, e vi duas rodas prateadas girando em minhas mãos.

O que era isto?

Meu coração disparou. Eu conhecia essas marcas: eram exatamente iguais às de Ariyon. Olhei para as mãos dele e quase desmaiei de choque. Suas marcas haviam desaparecido. Eu não tinha a menor ideia do que aquilo significava... acaso eu era uma curandeira? Estava pegando emprestado o poder dele? Como era possível?

— Fallon, salve o Ariyon — disse Ayden, chorando.

Olhei para aqueles olhos cor de aço e depois para os olhos fechados de Ariyon, e concordei.

Yanric deu mais uma bicada na cabeça de Eden, desesperado para fazê-la sair dali.

— Vamos arrastá-lo lá para fora ou a gente vai morrer aqui! — disse ela, e saiu correndo pela porta, tossindo.

Ayden começou a arrastar o irmão. Corri para ajudá-lo, chocada, porque a fumaça não me incomodava. Pensei brevemente que podia ser porque estava me curando com o poder de Ariyon, mas nada disso importava naquele momento. Eu precisava salvar Ariyon. Aquelas marcas de cura não apareceriam à toa. Segurei os tornozelos de Ariyon e ajudei Ayden a levá-lo para o saguão, onde havia muito menos fumaça. Quando chegamos lá, Ayden desabou no chão, tossindo, e pôs a cabeça do irmão de novo no colo.

Olhei para minhas mãos e as novas marcas e depois para o peito de Ariyon, que mal se movia. O sangue escorria no lugar onde o machado estava cravado.

— Vocês sabem o que fazer — disse a minhas mãos, a minha magia, à magia dele. — Custe o que custar, eu não ligo. Por favor, salvem ele.

Acessando meu poder, com aquela sensação selvagem que crepitava nas profundezas de minha alma, segurei ambos os lados do peito de Ariyon, como o tinha visto fazer com meu pai, e fui sugada para um lugar bem diferente, onde não havia mais fumaça, saguão, Ayden. Eu ainda estava segurando o peito de Ariyon, mas agora ele jazia no gramado de um lugar que eu temia ser o Reino da Eternidade.

Pela Luz.

Acaso eu havia usado um portal? Não. Não. Não.

Alguém pigarreou atrás de mim e eu me voltei, me afastando de Ariyon e ficando cara a cara com…

O Sinistro.

O Guardião da Morte tinha mais de dois metros de altura, usava uma capa branca, cujo capuz cobria seu rosto. Quando criança, eu tinha aprendido que era magro, esguio, mas, na verdade, ele era corpulento e musculoso. Ele segurou firme sua foice com dedos grossos e nodosos e a apontou para mim.

— *Você* não deveria estar aqui, criatura da noite — rosnou.

Como ele… deixa pra lá.

Olhei para Ariyon, me perguntando se seu corpo estava mesmo ali ou se era só sua alma, que tinha a forma do corpo. De qualquer maneira, eu havia feito tudo errado, porque ele não estava respirando e o machado continuava cravado em seu peito.

— Preciso que você o cure. Não vou embora daqui sem que ele seja curado. Por favor. Pegue o que quiser de mim. — Estendi as mãos para ele e me aproximei.

Ele sacudiu a cabeça, furioso.

— Não é assim que funciona. Você não é um especialista abençoado, não pode barganhar comigo! — rugiu, e a força de sua voz me jogou para trás.

Meus pés deslizaram pela grama e eu caí de joelhos, contendo um soluço.

— Mas ele é! Ele é um especialista abençoado que cura as pessoas e a vida dele foi interrompida cedo demais. Por favor, tenha misericórdia.

Ele olhou para minhas mãos, viu as marcas que giravam ali e franziu o cenho. Então, ergueu o queixo, olhando para o céu, como se esperasse que algum julgamento fosse emitido pelas nuvens. Daquele ângulo, pude ver que ele era um sujeito bonito de verdade. Um homem de uns cinquenta e poucos anos, com um maxilar forte, pele marrom e olhos gentis da cor do céu.

— A misericórdia vem da Luz, eu apenas sigo as regras. E neste momento, as regras dizem que você não pode estar aqui — disse ele. — Levarei seu pedido à esfera superior e o manterei em segurança até que uma decisão seja tomada.

Ele bateu a foice em uma pedra plana no chão a seu lado e duas coisas aconteceram ao mesmo tempo.

Uma: Ariyon ofegou, se sentou e o machado caiu de seu peito, revelando que ele estava completamente curado.

Duas: fui ejetada do Reino da Eternidade e me encontrei de volta ao saguão, agora cheio de fumaça.

Ayden estava inconsciente diante de mim. Girei em círculo, procurando sinais de Ariyon ou de seu corpo. Mas só encontrei a mancha de sangue formada quando o arrastamos.

Ele estava preso no Reino da Eternidade? Seria possível?

— Fallon! — gritou Eden da porta. Me abaixei, peguei os tornozelos de Ayden e o puxei, fazendo um esforço tremendo. O teto do salão de baile estava desabando e minha cabeça girava descontroladamente. Seria possível? Acaso eu, de alguma forma, havia transportado Ariyon para o Reino da Eternidade? E seu corpo físico também?

Quando ele tinha curado meu pai, seu corpo permaneceu na sala o tempo todo. Aquilo não era possível, não é? No entanto, as duas rodas prateadas em minhas mãos diziam que sim. De alguma forma, eu havia usado a magia de especialista de Ariyon para salvá-lo e agora estava presa a ela.

Dois guardas reais chegaram correndo para ajudar a arrastar Ayden para fora do edifício e um curandeiro começou a cuidar dele. Saí cambaleando, com os olhos turvos e em choque. Então, de repente, vi a rainha ali, a minha frente, com mais raiva do que eu já havia visto em uma pessoa.

— Cadê o Ariyon? O que você fez com ele? — Ela encarou o prédio em chamas.

Lágrimas marejaram meus olhos; pisquei para afastá-las e mostrei a ela o dorso de minhas mãos e suas marcas.

— Ele está com o Sinistro…

Eu mal terminei de falar e ela bateu na lateral de minha cabeça com tanta força que tudo ficou preto. Fiquei grata pela escuridão.

19

Eu encarava as grades de ferro da cela com resignação. Era ali que eu merecia estar. Eu era perigosa. Havia incendiado a mansão durante o baile da escola e… Minha garganta travou ao pensar em Ariyon.

Perdi Ariyon.

Não.

Como era possível que eu houvesse arrastado seu corpo sem vida para o Reino da Eternidade? Agora todos me odiavam, pensavam que ele estava morto e que eu o havia matado. A rainha com certeza queria me ver morta. Olhei para as marcas de cura no dorso de minhas mãos com total e completa descrença. Não era possível. Eram as marcas de Ariyon, marcas de mestre.

O som de passos me fez sentar ereta, enquanto a rainha atravessava às pressas o corredor com uma dúzia de guardas em seu encalço. Eu estava ali sozinha por várias horas, sem poder dormir, preocupada com meu destino. Teriam levado meu pai para interrogatório? Acaso ele também estava numa cela? Será que cortariam minha mão? Ou pior?

O guarda abriu a porta com violência e a rainha Solana correu em minha direção com um olhar venenoso.

— Ele está vivo! — gritei, porque eu sabia que ela achava que não.

Ela achava que eu havia matado o herdeiro da coroa e roubado seus poderes, mas não foi isso que tinha acontecido.

A rainha me pegou pelo pescoço, me provocando uma dor que percorreu toda a minha pele. Senti sua magia me envolver como uma rede, me prendendo em sua teia. Sibilei, sem fôlego, enquanto ela mantinha a mão em meu pescoço, apertando minha traqueia. Ela não me soltava. Estava me machucando de propósito.

Em resposta, tentei acessar minha magia, mas descobri que o poço de poder estava vazio. Havia outro poder ali, um poder estranho, que não era meu. Seria o de Ariyon? Que diabos estava acontecendo! Cadê meu poder?

De repente, a cela se encheu de sombras, que se enrolavam no chão como cobras. A rainha arregalou os olhos.

— *Não deixe que ela saiba que você perdeu sua magia* — disse Yanric.

As sombras. Eram dele.

— Você ousaria usar sua magia contra sua rainha? — disse ela, fervendo, mas sabiamente retirou a mão de meu pescoço.

Yanric apareceu de repente em meu ombro e a rainha enrijeceu, demonstrando pela primeira vez um lampejo de medo. Dois de seus guardas sacaram suas espadas, que irromperam em chamas.

A dor… não estava mais latejando como de costume. Eu não estava no chão. Eu não havia desmaiado.

Olhei para minhas mãos e vi as marcas de curandeiro girando e aquele bálsamo familiar para minhas feridas cobrindo minha pele. Senti certo pânico e me perguntei se isso não estaria roubando meu tempo de vida, ou pior, de Ariyon. E ao mesmo tempo, um nó se formou na minha garganta; sentia saudade dele. Pela Luz, como eu sentia saudade dele.

— Você matou meu sobrinho Ariyon Madden, herdeiro do trono da Cidade Dourada?

A rainha cuspiu sua acusação em mim e eu senti sua magia reveladora deslizar sobre minha pele.

— *Ela não precisa de dois olhos* — provocou Yanric.

— *Quieto, ou vamos acabar os dois mortos.*

Agora que ela achava que Ariyon estava morto, não hesitaria em me matar. Não existia mais o medo de ativar a maldição que Marissa havia lançado sobre ela.

— Não, eu não o matei — eu disse.

— Você tentou matá-lo? — rosnou ela.

— Não.

— Você ajudou outra pessoa a matá-lo?

— Não.

— Você fez…

— Ele não está morto! — gritei e ela franziu as sobrancelhas.

Ela estendeu a mão e pegou uma espada feérica de um de seus guardas. O metal das Montanhas Elísias brilhou à luz, lançando um leve arco-íris sobre a lâmina, e eu engoli em seco. Um corte em meu pescoço e minha cabeça seria arrancada.

— Conte tudo o que você recorda daquela noite. Não esconda nada, e *talvez* eu deixe você viver — rosnou ela.

O mestre Clarke não estava ali para me defender. Eu sabia que tinha que agir com cautela.

Eu sentia a magia dela me apertar como uma cobra, me fazendo perder o ar. A dor do toque anterior, que deveria ter me incapacitado, era ínfima, e as marcas de cura giravam no dorso de minhas mãos.

— Eu estava no pátio da escola, dançando com Ariyon quando...

— Por que você estava com ele? Achei que ia com meu outro sobrinho ao baile — disse ela, me olhando com ceticismo.

Engoli em seco.

— Ayden me tocou sem querer a caminho do baile e... terminamos.

Ela revirou os olhos, como se não tivesse paciência para o drama de minha adolescência, e fez um gesto com a mão para que eu me apressasse.

— Então, Ayden foi buscar o Ariyon e... — Parei; não queria compartilhar o lindo momento que havíamos vivido, o beijo... Não com ela. — Ele me convidou para dançar, só para ser legal. Enquanto a gente dançava, ouvimos um grito da mansão do outro lado da rua.

— Você chamou sua mãe e as criaturas da noite para atacar — declarou ela.

— Não! — gritei. — Ela *não* é minha mãe. Bem, ela é, mas eu não a considero assim. Não a conheço.

Ela ergueu a espada e encostou a ponta em minha garganta. Senti uma pontada de dor e, a seguir, uma gotinha úmida.

Fiquei boquiaberta diante de sua ousadia. *Ela havia me cortado.*

De repente, Yanric decolou de meu ombro e voou direto para o rosto dela.

— Não! — gritei.

A rainha lançou a mão para ele e um raio de luz saiu da sua palma, atingindo-o em cheio no peito.

— Yanric! — gritei quando ele caiu no chão, sem vida.

— O sangue de Marissa Bane corre em suas veias. Ela é sua mãe, *não* negue isso — disse a rainha, com a voz mortal.

Então, pela primeira vez desde que todos me disseram que um dia eu sucumbiria às trevas e faria coisas horríveis, senti uma raiva desenfreada que percorria meu corpo diante do doce Yanric deitado no concreto frio da cela, morto. Fiquei em pé, e ela manteve a espada em meu pescoço.

— Você *vai* me deixar curar meu familiar ou vou queimar esta cidade inteira. — Minha voz não era minha; era tenebrosa e ameaçadora. Fiquei assustada. Eu mesma me assustei com naquele momento.

A rainha ficou indecisa por um instante, e eu disse com escárnio:

— Eu salvei sua vida nas provas trimestrais. Você deveria se envergonhar.

Houve um leve brilho de culpa em seus olhos e ela retirou a espada de meu pescoço. Caí de joelhos diante de Yanric.

Um soluço se formou em minha garganta quando vi seu peito parado. Ele estava atordoado ou… morto?

— Yan — chorei, pegando-o nos braços e sentindo uma depressão profunda que puxava meus membros e tentava me arrastar para baixo.

Fui logo sentindo o poder abandonar meu corpo, como se a tampa de uma banheira houvesse sido puxada e eu estivesse sendo sugada pelo ralo. Meu peito doía, apertado, e eu não sabia o que estava acontecendo.

Curem ele. Por favor, me ajudem a curá-lo, implorei aos símbolos no dorso de minhas mãos enquanto giravam.

O aperto em meu peito se dissipou e Yanric abriu seu biquinho e respirou fundo.

Ouvi a rainha e seus guardas ofegarem atrás de mim, mas eu os ignorei. Yanric me encarou com seus olhinhos pretos e brilhantes e eu acariciei suas penas.

— *Eu o vi* — disse Yanric, sonolento e fraco, com a voz distante.

— *O quê? Você está bem?*

Ele olhou para a rainha com um olhar penetrante.

— *Vou arrancar o nariz dela enquanto dorme.*

Bem, sem dúvida, estava se sentindo bem.

— *Graças à Luz você está vivo. Pensei que havia morrido!*

— *Sim. Por uma fração de segundo, estive no Reino da Eternidade e vi Ariyon.*

Um arrepio percorreu minha espinha.

— *O que... o que ele estava fazendo?*

Yanric ficou calado.

— Ainda não terminei de interrogar você — disse a rainha.

— Shhh — silenciei-a.

Ela me olhou com uma sobrancelha erguida.

— *O que Ariyon* estava *fazendo? Ele está bem?*

Yanric ficou em pé na palma de minha mão, sacudiu as penas e olhou para mim.

— *Ele estava sendo preso. Lamento, Fallon.*

— Preso!? — eu disse em voz alta, e a rainha levou de volta sua espada para minha garganta.

— Já está ficando louca? Não demorou muito — disse ela.

Eu sabia que a rainha tinha seus motivos para me odiar, mas quanto mais tempo passava com ela, mais a odiava.

— *Vá para casa ver como está meu pai. Diga a ele para se preparar para fugir para Isariah* — disse a Yanric com urgência, e ele se transformou em sombra sem questionar.

— Ariyon foi morto por Marissa. — Olhei para a rainha Solana. — Quando fui tentar salvá-lo, estas marcas apareceram nas minhas mãos. — Levantei as mãos. — Do nada, eu fui parar no Reino da Eternidade com o corpo dele.

Ela estreitou os olhos.

— Espera que eu acredite que você atravessou um portal? Não existem feéricos portalistas há mais de um século. São necessárias décadas para dominar essa habilidade. Sua amiga Eden terá cabelos grisalhos quando conseguir isso.

Dei de ombros.

— Só o que sei é que eu estava curando Ariyon e, de repente, seu corpo estava no Reino da Eternidade e o Sinistro o curou.

Vi esperança em seu olhar.

— Você está dizendo que meu sobrinho está vivo... no Reino da Eternidade?

— Está, no mesmo lugar para onde você acabou de enviar meu familiar. Yanric viu Ariyon lá agora mesmo sendo preso.

A cor desapareceu do rosto da rainha Solana. A espada começou a tremer em sua mão. Ela virou a cabeça devagar e olhou para o guarda.

— Chame o mestre Clarke agora mesmo.

— Por que está assustada? — perguntei, estreitando os olhos.

Acaso ela sabia que história era aquela de prisão?

Ela me olhou com a mesma desconfiança de sempre.

— Minha magia é forte demais para que você possa mentir para mim. Você ainda não é tão poderosa.

Era como se ela estivesse falando sozinha, se convencendo de que, de fato, eu estava dizendo a verdade.

— O corpo dele foi queimado. Você deve estar enganada, o corpo de Ariyon foi queimado e a alma dele está com o Sinistro — declarou ela.

— Não! — eu a interrompi. — Ayden pode testemunhar. Eu levei o corpo dele para o Reino da Eternidade. Vi o Sinistro e implorei para que salvasse Ariyon. Ele disse que o levaria para a Luz, e então, eu fui... ejetada.

Ela ficou em silêncio, um silêncio assustador que me deixou apavorada.

— Por que Ariyon seria preso no Reino da Eternidade? Não é para lá que todo mundo vai em busca da paz eterna?

— Nem todo mundo. — Ela me olhou de cima a baixo.

Criaturas da noite. Então as criaturas da noite não iam para lá?

De repente, o mestre Clarke apareceu como se houvesse visto um fantasma. Parecia ter ouvido as últimas frases que eu e a rainha trocamos.

Olhei para uma das poucas pessoas em quem confiava ali, tentando conter as lágrimas.

— Mestre Clarke, por que Ariyon seria preso no Reino da Eternidade?

Ele olhou para o dorso de minhas mãos e depois para a rainha, resignado.

— Quando alguém da Casa de Cinzas e Sombras morre, pode ser ressuscitado. Primeiro é preso, transferido para o Reino do Renascimento e, a seguir, desafiado numa série de lutas. O vencedor renasce... como criatura da noite.

Reino do Renascimento? Eu nunca havia ouvido falar disso.

Pisquei depressa, me perguntando o que isso tinha a ver com Ariyon.

— Mas Ariyon não é da Casa de Cinzas e Sombras.

Mestre Clarke acenou com a cabeça.

— Mas você é. E dizem que os Bane têm o poder de trocar de magia com outros feéricos. — Ele apontou para minhas mãos. — E parece que você passou sua magia para ele...

Fiquei boquiaberta e meu coração se apertou.

— Não.

A rainha jogou a cabeça para trás e gritou — um som horrível que ecoou nas paredes daquela pequena cela.

O que ele estava dizendo? Que Ariyon agora carregava minha magia? Que ele teria que sobreviver a uma série de batalhas no Reino do Renascimento para voltar como uma criatura da noite? Um bebedor de sangue feito de sombras?

Ele nunca me perdoaria.

Eu nunca me perdoaria.

Caí de joelhos e escondi a cabeça entre as mãos.

Eu havia arruinado a vida dele. Tinha tentado ajudar e só piorado as coisas.

A rainha deixou a espada cair no chão, provocando um estrondo, e apontou para o mestre Clarke.

— *Você* trate de ensiná-la a consertar isso. Ela tem que voltar lá para baixo e pegar o lugar de Ariyon. Nenhum sobrinho meu será uma criatura da noite.

Nenhuma palavra poderia ser mais verdadeira. Não havia como eu *permitir* que isso acontecesse com ele. Mas não tinha a mínima ideia de como consertar aquilo.

Luz, me ajude.

AGRADECIMENTOS

Agradeço muito a toda a equipe da Bloom Books (especialmente a Christa) pela parceria nesta série. Fallon e Ariyon não seriam os mesmos sem sua expertise em preparação e suas contribuições incríveis. E agradeço muito a Brittany, da Bookish B, por revisar este livro tão em cima da hora. Amo vocês. Agradeço também as minhas agentes Flavia e Meire, da Bookcase Literary, pelo apoio constante, vocês são as melhores. Agradeço a meu marido e filhos, que sempre têm que me dividir com minha imaginação fértil, amo vocês infinitamente. E, por fim, obrigada a meus incríveis leitores que me permitem chamar o que faço de "trabalho", apesar de nunca pesar como trabalho para mim.

LEIA TAMBÉM

LEIA STONE
O
ÚLTIMO
REI
DRAGÃO
FARO EDITORIAL

LEIA STONE
O
REI
ELFO
FARO EDITORIAL

LEIA STONE
O
IMPLACÁVEL
REI
DAS
FADAS
FARO EDITORIAL

LEIA STONE
O
REI
LOBO
FARO EDITORIAL

Faro Editorial
COVEN
ELA NASCEU COM UM DOM...
E ESTÁ DISPOSTA A MORRER
POR ELE.
Faro Editorial
MARCADA
DAS CINZAS DE UM AMOR
OBSSESSIVO, ELA TERÁ DE SE
ERGUER PARA RECONSTRUIR
O MUNDO.
Harper L. Woods
DA AUTORA DE COVEN

CLAIRE LEGRAND
UMA COROA DE HERA E VIDRO
FARO EDITORIAL

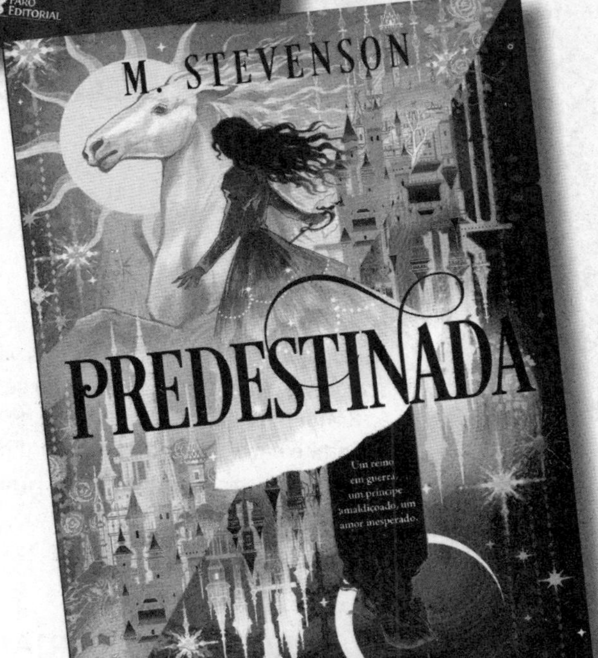
M. STEVENSON
PREDESTINADA
Um reino em guerra, um príncipe amaldiçoado, um amor inesperado.
FARO EDITORIAL

FARO EDITORIAL

ESTA OBRA FOI IMPRESSA
EM AGOSTO DE 2025